염원의 밤

염원의 밤

이연주 장편소설

문이당

작가의 말

소설은 삶의 모자이크이다. 기억 속의 삶과 기억 밖의 삶을 조합해 새로운 세계를 모자이크한다. 그 과정에서 어떤 삶은 축소되거나 확대되고 어떤 삶은 변형되거나 상상의 힘을 빌리기도 한다. 소설을 '픽션'이라 부르는 이유다. 이 소설도 그런 과정을 거쳐 탄생했다. 삼분의 일은 직접 경험한 것이고, 또 삼분의 일은 타인의 삶이거나 타인에게서 들은 것이고, 나머지 삼분의 일은 필요에 따라 상상력을 동원한 것이다.

이 소설에 나오는 지명들은 대개 실재하는 것들이다. 주인공의 고향 마을로 설정된 팔뫼, 담웃재, 의봉산, 대가천, 금산재, 이레재 등등. 팔뫼는 실제로 내가 태어나고 자란 마을이고, 담웃재는 내가 대구의 고등학교 다닐 때 뻔질나게 넘나들었던 추억의 공간이다. 팔뫼에서 바로 건너다보이는 의봉산은 내 시골집 뒤곁에 있던 우물과 함께 나의 문학을 있게 한 원천이기도 하다. 그리고 엄한길의 기억 속에 존재하는 고향 집의 풍경은 고스란히 내 고향 집의 모습이다. 내 고향 집은 마을 가운데 있었고 규모가 조금 컸지만, 나는 그 집을 주인공의 환경에 맞게 외딴곳으로 옮기고 축소시켰다. 내가 이 소설에 남다른 애착을 가지는 것은 그런 것들과 무관하지 않다.

지난 삼 년은 고스란히 이 작품에 바쳐졌다. 집필하고 수정하고 마무르는 데 대부분의 시간을 쏟아부었다. 잠잘 때를 제외하고는 내 머릿속은 온통 이 소설로 꽉 차 있었다. 그래서 시간 가는 줄 몰랐고, 긴장의 연속이었고, 때로는 설레는 시간이었다.

아마 코로나19가 아니었으면 이 소설이 세상 밖으로 나오는 데는 좀 더 시간이 필요했을 것이다.

학교폭력을 비롯한 폭력 문제는 어제오늘의 문제가 아니다. 날이 갈수록 교묘해지고 지능화되는 각종 폭력은 과거에도 있었다. 다만 인식의 차이로 묻혀 있었을 뿐이다. 나는 이 소설을 통해 폭력의 비극성을 말하고 싶었고, 집필하는 내내 학교폭력을 비롯한 이 땅의 모든 폭력이 하루빨리 사라지기를 염원했다.

앞으로 새로 집필하더라도 이보다 더 긴장과 설렘의 시간을 갖는 일은 없을 것이다.

2023년 4월

이 연 주

차례

처음의 끝

엄한길이 마지막 퇴근을 위해 사물이 든 택배 박스를 안고 현관을 나왔을 때, 학교는 보랏빛 어둠에 젖어 있었다. 보안등이 켜진 운동장에는 여남은 명의 이웃 주민들이 총총걸음으로 트랙을 돌고 있었고, 운동장 건너편 고3 교실은 막바지 수능을 준비하느라 불빛들이 휘황했다. 안내실의 김 주사는 보이지 않고 그가 애지중지하는 다갈색 야옹이가 그를 대신해 안내실을 지키고 있었다. 반점 배달원의 50cc 오토바이가 이제야 삼삼오오 퇴근하는 고등학교 선생님들 사이를 서부영화의 무법자처럼 쏜살같이 뚫고 지나갔다.

이때쯤이면 자주 맞닥뜨리는, 그러나 이제는 더 이상 볼 수 없는 마지막 풍경들이었다. 그럼에도 엄한길은 아무런 느낌이 없었다. 마치 마음만 먹으면 앞으로도 언제든지 마주할 수 있는 풍경인 것처럼 무덤덤했다. 언젠가 맞닥뜨릴 저승길의 풍경 앞에서도 이런 느낌, 이런 기분일까. 엄한길은 콧물을 들이마시듯 까라지는 택배 박스를 허벅지로 추스르며 잠깐 상상했다. 그러자 무덤덤함 속으로 저녁놀 같은 쓸쓸함이 스며들었다.

돌아보면 아스라한 세월이었다. 애오라지 앞만 보고 걸어온 먼 외길이었다. 그러기에 엄한길은 이렇게 허망하게 교직 생활을 마감하리라곤 단 한 순간도 짐작하지 못했다. 정년을 불과 일 년 앞둔 시점이라 더욱 그랬다. 그러나 미련이나 후회는 없었다. 언제든 그만둘 마음의 준비가 되어 있었고, 여기까지 온 것만도 분에 넘치는 은총이고 행운이었다.

엄한길은 마지막 날에도 오후 6시까지 평상시처럼 근무했다. 교문 앞에서 하교하는 아이들에게 일일이 하굣길 안전사고 주의를 당부하고 들어와서는 운동장과 교사 주변의 휴지를 줍고 특별실을 포함한 전 교실을 순회하며 열린 창문과 출입문을 닫고 불이 켜져 있는 교실은 불을 끄고 청결 상태가 불량한 곳은 직접 말끔하게 청소했다. 그리고 교장실로 돌아와 행정실과 교무실의 불이 꺼질 때까지 기다렸다가 택배 상자에 사물私物을 챙겨 나왔다. 나올 때, 미리 준비한 세 개의 봉투를 책상 위에 가지런히 놓아두었다. 봉투 속에는 학생, 교직원, 후임자로 내정된 교감 앞으로 쓴 퇴임사가 들어 있었다. 마스터키와 교장실의 책상, 책장, 각종 장식장 열쇠는 열쇠함에 담아 퇴임사 옆에 놓아두었다.

야옹이가 뭘 아는지 전에 없이 다가와 앙증맞은 볼을 엄한길의 바짓가랑이에 비비며 야옹야옹하고 울었다. 엄한길은 주머니를 뒤졌으나 녀석에게 줄 만한 게 없었다. 혹시나 싶어 트렁크 안을 뒤적였더니 먹다 남은 새우깡이 배낭 속에 들어 있었다. 엄한길은 한 주먹 쥐어 녀석에게 내밀었다. 녀석이 군말 없이 받아먹었다. 말랑말랑한 혓바닥의 감촉이 가슴속으로 스며들어 혈관을 타고 전신으로 번졌다. 엄한길은 녀석이 다 먹을 때까지 쪼그려 앉아 있었다.

"학교 잘 지키고, 행복하게 지내."

엄한길은 녀석에게 작별 인사를 건네고 스마트키를 눌렀다. 교문을 빠져나올 때 사이드미러로 보니 녀석이 교문 밖까지 아장걸음으로 따라 나오더니 멀뚱히 바라보며 서 있었다. 쫑긋한 귀가 잔영처럼 사이드미러에 오래 찍혀 있었다.

엄한길이 퇴직하고 맨 먼저 한 일은 늦잠 자는 연습이었다. 늦잠은 오래전 그의 사전에서 사라진 사어였다. 엄한길에게 새벽이 밝아지도록 뒤척이며 지며리 누워 있는 것은 꼿꼿이 앉아 밤을 지새우는 것만큼이나 견디기 어려운 고역이었다. 돌이켜보면 지금까지 허위단심 건너온 삶의 고비마다 연습 아닌 것이 있었던가, 싶었다. 감추는 연습, 견디는 연습, 지는 연습, 맞추는 연습, 척하는 연습……. 끝없는 연습의 세월이었다. 그러기에 엄한길은 고통스럽지만, 이것도 한 번은 겪어야 하는 또 하나의 연습일

뿐이라고 자위했다.

아내가 퇴직 사실을 안 것은 9월 첫 월요일 아침이었다. 일어날 시간이 한참 지났는데도 여전히 자리에 누워 있자 걱정스러운 얼굴로 물었다.

"당신, 어디 아파요? 이러다 늦겠어요."

"나 8월 31일 자로 퇴직했소."

엄한길은 돌아누운 채로 대답했다.

"뭐라고요?"

"퇴직했다고 하잖소. 지난 금요일 자로."

엄한길은 목소리를 한 켜 높여 말하곤 이불을 뒤집어썼다.

"당신 지금 잠꼬대해요?"

아내는 어이없어 웃었다. 이불 속으로 손을 디밀어 이마를 짚어보고는 어르듯 말했다.

"어서 일어나세요. 이러다 정말 늦겠어요."

"정 못 믿겠으면 학교에 전화해 봐요."

엄한길은 순간적으로 화가 치밀어 반쯤 몸을 일으켰다가 다시 나자빠졌다. 그 순간 저도 모르게 눈물이 콧물처럼 삐져나왔다. 엄한길은 얼른 고개를 꺾어 이불자락에 눈을 비볐다. 불현듯 누나들에게 건짜증을 내던 어린 시절의 부끄러운 기억들이 가슴을 훑고 지나갔다. 아내가 말없이 방을 나갔다. 그리고 30분쯤 뒤 조용히 들어와 여전히 이불을 감고 누운 엄한길을 뒤에서 끌어안았다.

"지현 아빠, 그동안 수고 많았어요."

아내의 목소리는 투명했지만, 가슴속엔 울음으로 가득 차 있다는 걸 등덜미로 전해오는 미세한 떨림으로 느낄 수 있었다. 엄한길은 면목 없다는 말을 하고 싶었으나 그 말이 입 밖으로 나와지지 않았다. 더는 누워 있을 수 없었다.

주방 식탁에는 평소처럼 아내가 차려놓은 아침밥이 정갈하게 놓여 있었다. 엄한길은 아내의 성의를 생각해 몇 숟갈을 뜬 뒤 일어섰다. 그리고 바삐 갈 데라도 있는 것처럼 양치질하고 세수를 한 뒤 여느 때처럼 신사복 차림으로 현관을 나섰다. 20층에 머물러 있는 승강기를 기다리며 바라본 환기창 너머의 부신 햇살이 문득 수상쩍고 낯설게 느껴졌다. 다행히 승강기에는 아무도 없었다. 현관을 나서자 아는 사람과 마주칠까 저절로 고개가 꺾이고 발걸음이 빨라졌다.

지하 주차장은 아침 에너지로 충만했다. 다투듯 둔중한 엔진 소음을 뿌리며 꼬리를 물고 출입구로 나가는 자동차들이 비장한 몸짓의 랠리 카 같았다. 엄한길은 괜히 발끝으로 툭툭 앞뒤 바퀴도 차보고 트렁크도 열어보았다. 트렁크 속은 자신의 내면처럼 잡다한 물건들로 가득 차 있었다. 운동복, 운동화, 등산화, 배낭, 야외용 돗자리, 기름걸레, 예초기, 몇 개의 공구와 낫과 톱이 든 헝겊 주머니, 휘발유 통, 파크골프클럽, 그리고 지난 금요일 퇴근할 때 들고나온 택배 상자도 그대로 놓여 있었다.

운동화로 갈아 신은 엄한길은 시동을 걸고 안전띠를 맸다. 그러나 막상 갈 곳이 없었다. 눈을 내리깔고 참선하는 선승처럼 묵묵히 정좌해 있자니 어떤 풍경이 시나브로 떠올랐다.

자동차로 40분이면 닿는 마을. 가깝고도 먼, 멀고도 가까운 이씨 문중 마을, 운수 팔뫼(八山). 엄한길이 태어나고 자란 곳이었다. 그의 집은 마을에서 외따로 떨어진 산 밑에 있었다. 나직한 토담에 함석 대문, 대문 옆 슬레이트 지붕의 단칸 사랑, 사랑에 딸린 쇠죽간과 외양간, 덧대어 지은 허름한 돼지우리. 대문 안쪽의 부엌 앞에 무릎 높이쯤 되는 장독대, 장독대 건너편의 조붓한 앞 마루, 앞 마루와 면한 큰방, 큰방 옆에 아궁이가 딸린 작은방이 있던 삼간초가. 아담한 마당 안쪽 담벼락 따라 남매처럼 서 있던 감나무 두 그루, 감나무와 마주하고 있던 문 없는 변소, 변소 뒤편의 석류나무 한 그루, 그 석류나무가 내려다보는 뒤곁에 디딜방아와 우물이 있던 집. 사진 한 장 남겨놓지 않아 엄한길의 기억 속에만 존재하는 고향 집의 풍경이었다. 그 집에서 그의 조부모와 부모는 한평생 광대 앵금뛰기 같은 삶을 살았다. 조부는 기억에 없고 조모는 엄한길이 일곱 살 때 돌아가 기억이 아슴푸레하지만, 아버지와 어머니는 여든이 넘도록 생존해 계셨으므로 기억에 또렷이 남아 있었다. 언젠가 버섯바위 밑에 나란히 앉아 있을 때, 아버지가 뭉실뭉실 담배 연기를 피워 올리며 말했다. 아버지를 따라 뒷산으로 꼴 베러 갔다가 내려오던 길이었다.

"후제 오매 아배가 죽거들랑 집하고 밭뙈기는 모다 처분하고 여길 떠나거라. 떠나거든 다 잊고 앞만 보고 부지런히 가거라. 번거롭게 매장할 생각 말고 화장해 뒷산에 뿌리다고. 저승서는 새처럼 훨훨 살아볼란다."

그 후에도 아버지는 생각날 때마다 그와 비슷한 말을 버릇처럼 입에 담았다. 엄한길은 아버지의 소원대로 했다. 아버지가 죽고 오 년 뒤에 어머니마저 심근경색으로 돌아가시자 엄한길은 미련 없이 고향 집을 처분했다. 그러고는 발걸음을 끊었다. 추석 밑 벌초와 설 명절 때 성묘하러 잠깐 들렀다 돌아오는 것 말고는 일절 내왕하지 않았다. 그러길 벌써 십 년째다.

부모는 집 뒤 텃밭에 모셨다. 차마 화장해 뒷산에 뿌려 달라는 말은 실행에 옮길 수 없었다. 고향의 흔적은 그게 다였다. 집이 있던 자리에는 주황색 고벽돌로 지은 2층 양옥이 들어섰고, 지금은 타지에서 들어온 사람이 살고 있다.

매년 벌초하지만, 부모의 유택은 언제 보아도 생전의 애옥살이만큼이나 궁상맞았다. 잡풀들이 웃자라 어디가 봉분인지 가늠하기조차 어려웠다. 그나마 한처럼 남아 있는 봉분은 멧돼지가 들쑤셔 구멍이 패고 일부는 허물어져 있었다.

운동복으로 갈아입은 엄한길은 죄송스러운 마음에 숨 돌릴 겨를도 없이 예초기를 작동했다. 한 시간가량 정신없이 작업하고 나서야 우련한 윤곽이 드러났다. 그 흔한 상석 하나 없었다.

엄한길은 야외용 돗자리 위에, 나올 때 집 근처 전통시장에 들러 장만한 배, 사과, 귤, 육포를 진설해 놓고 두 개의 종이컵에 소주를 따라 올린 뒤 오래도록 어깨를 들썩이며 엎드려 있었다. 부모에겐 엄한길이 삶의 전부요, 마지막 희망이었다. 그럼에도 기쁨과 보람을 선사하기는커녕 큰 충격과 실망을 안겨주었다. 엄한길은 알고 있었다. 마지못해 마음의 빗장을 열긴 했지만, 여전히 마음 한 켠에 감물처럼 지워지지 않은 상흔이 남아 있다는 걸.

엄한길은 무덤 앞 잡풀 위에 멀뚱히 앉아 있었다. 이곳에 앉아 있으면 가난했지만 불평할 줄 몰랐던 어린 시절의 추억들이 종달새의 지저귐을 타고 아지랑이처럼 피어올랐다. 백오십 평 남짓한 텃밭. 그때는 꽤 넓어 보였던 이곳이 엄한길의 집에서 소유한 유일한 땅이었다. 땅을 조금이라도 더 활용하려고 봄이면 온 가족이 달라붙어 일구고 다듬고 고랑을 짓곤 했다. 그런 때면 파란 하늘 위로 까마득히 솟구친 종달새가 텃밭의 미래를 축복하듯 맑고 경쾌한 소리로 조잘댔다. 가족들의 합동으로 완성한 텃밭 가두리에는 옥수수를 심고 두둑에는 호박을 심었다. 그래도 남는 자투리에는 에멜무지로 메주콩을 심었다. 봄에는 감자, 여름에는 고추와 고구마, 가을에는 무, 배추를 심었고, 한쪽 모서리를 삐져

철 따라 상추, 부추, 가지, 오이, 케일, 우엉 등속을 심었다. 그러기에 텃밭은 엄한길 가족에겐 단순한 텃밭이 아니라 배고픔을 잊게 해주고 사철 무상으로 영양소를 공급해주는 복토였다.

엄한길은 잡념을 떨듯 궁둥이를 떨고 일어났다. 아직 여름 기운이 남아 있는 바람 끝은 후텁지근했다. 시간을 보니 막 3교시 수업이 끝난 휴식 시간이었다. 매점을 향해 달려가는 아이들과 분주히 교무실로 들어가는 선생님들의 모습이 허공에 걸어둔 대형 스크린을 보듯 선명했다. 그리고 노영수의 어벙한 모습도 보였다. 노영수는 약속을 지켰다. 그 뒤로 녀석의 손에는 별자리판이 쥐어져 있지 않았다. 엄한길은 그것으로 위안을 삼았다.

그런 불상사가 없었으면 올해도 그 녀석과 함께 이곳에 들렀을 것이다. 엄한길은 그럴 생각이었고, 작년처럼 오동석의 농막으로 데려가 밤하늘의 별들을 실컷 보여주리라 마음먹고 있었다. 다 신중하지 못한 제 불찰이었다.

뒷산은 빼곡한 잡목들이 길을 덮고 있었다. 엄한길은 낫으로 잡목들을 쳐 길을 내며 올라갔다. 어릴 때는 하루에도 몇 번씩 오르내리던 길이었다. 지게를 지고 오르내리며 봄이면 진달래 꽃잎도 따먹고, 쏠쏠한 새순 가지를 잘라 하모니카처럼 입에 물고 쌉쌀하면서도 달짝지근한 송액을 빨아먹었다. 여름이면 꿀풀의 꽃잎을 따서 달달한 꽁무니도 빨아먹고, 쌉쌀한 찔레순도 꺾어 먹고, 텁텁한 맛이 혀끝에 아리는 돌배와 머루도 따 먹던 정겨운 길이었다. 그 길을 따라 올라가면 벌이 넓은 이씨 문중의 선묘가 나타나고, 다시 흡사 낙타 등 같은 산마루를 따라 반나절 나아가면 꿈에나 그리던 대구가 아스라이 보인다는 의봉산이 있었다. 엄한길은 아직 그 산까지 가보진 못했지만, 어른들은 그곳까지 철 따라 약초를 캐러 가거나 고사리를 꺾으러 새벽길을 나서기도 했다.

뒷산 중턱에는 모양과 빛깔이 버섯처럼 생긴 버섯바위가 있었다. 바위 밑에는 사철 물이 고여 있는 작은 옹달샘이 있었고, 어른 두세 사람 정도 앉을 수 있는 공간이 뚫려 있었다. 봄철이면 아카시아꽃 향기가 안개처럼 자욱하고 여름철이면 으아리꽃 향기가 은은히 번지던 신비의 공간이었다. 어린 한길은 그곳에 웅크리고 앉아 자주 손등으로 눈물을 훔치곤 했다.

"한길아!"

어둠이 짙도록 웅크리고 있으면 누나 중 누군가가 어둠을 헤치고 찾아오곤 했다. 한길이 오 총사 형들로부터 얼굴에 오줌 폭탄을 받던 날이었다. 캄캄해지도록 내려오지 않자 삶은 옥수수 한 자루를 들고 올라온 큰누나가 한길에게 옥수수를 쥐여주며 말했다.

"한길아! 저기 반짝거리는 별 보이제? 저런 별들이 없어 봐라 밤하늘이 얼마나 외롭고 슬프겠노. 한길이 니는 우리 집안의 별인 기라. 그러니까 슬픔도 참고 서러워도 이빨을 꼭 물고 우짜면 다른 별들보다 더 반짝거리겠노, 그 생각만 하며 죽기 살기로 공부해야 하는 기라. 알겠제?"

그날따라 한길은 설움과 울분이 목구멍까지 차올라 정말 죽고 싶었었다. 그날 이후 엄한길은 울분과 설움이 북받칠 때면 큰누나의 말을 떠올리곤 했다. 그러면 없던 힘도 생겨나고 끓어오르던 감정도 가뭇없이 잦아들었다.

큰누나는 엄한길이 고등학교 2학년 때 죽었다. 식모살이하던 이씨 문중의 종갓집 개망나니 아들이 술 처먹고 홧김에 지른 위채 불더미 속으로 상노인을 구하러 뛰어들었다가 끝내 나오지 못했다. 석 달에 한 번꼴로 들르는 주말에 집으로 왔을 때 어머니가 훌쩍이며 그 슬픈 소식을 전해주었다. 그 순간 엄한길은 불이 큰누나를 삼킨 게 아니라 가난이 삼켰다고 생각했다.

엄한길은 버섯바위 밑에 앉아 목덜미의 땀을 씻었다. 산마루 어디쯤에서 귀익은 멧비둘기 울음소리가 바람을 타고 미끄러져 내려왔다. 한없이 단조롭고 둔탁한 저음. 어린 시절 마음이 울적할 때면 저 구성진 소리가 저물녘 무논의 맹꽁이울음만큼이나 처량해 까닭 없이 가슴을 저미곤 했다.

새삼 귀익은 새소리를 들으며 우두망찰 마을 풍경을 바라보고 있자니 꼭 먼 길을 돌고 돌아 제자리로 돌아온 느낌이었다.

"엄 교장, 이제 연마저 끊을 참인가."

엄한길이 전화하자 이사장이 천연한 목소리로 퉁바리를 놓았다. 출발할 때 아내에게 문자메시지를 보낸 뒤 휴대전화의 전원을 꺼버렸다. 그새 부재중 전화와 문자메시지가 수십 통 들어와 있었다. 그 가운데 이사장의 부재중 전화도 들어 있었다. 차마 그것마저 외면할 수 없었다.

"죄송합니다, 이사장님. 이곳은 전화가 잘 안 터지는 곳이라……."

엄한길이 떠듬거리며 변명했다.

"마음이 정리되는 대로 전화하게. 점심 한 끼 하세."

"심려를 끼쳐 죄송합니다."

이사장은 엄한길보다 16년 연상이었다.

지난 7월 초순이었다. 긴급 호출을 받고 약속 장소로 갔을 때, 이사장의 얼굴은 전에 없이 굳어 있었다. 이사장 앞에는 흰 봉투 하나가 놓여 있었다. 엄한길이 호출한 영문을 몰라 벙벙한 얼굴로 맞은쪽 자리에 앉자 이사장이 다짜고짜 엄한길 앞으로 그 봉투를 밀었다. 내용증명으로 보낸 수상쩍은 봉투였다.

엄한길은 조심스럽게 집어 들었다. 그 속에는 사진 한 장과 편지 한 장이 들어 있었다. 말하자면 이사장 앞으로 보낸 비리 제보였다. 편지에는 마치 엄한길의 행동을 곁에서 지켜보고 있었던 것처럼 상세하게 적혀 있었고, 말미에는 이런 교장 밑에서는 우리 아이를 맡길 수 없으니 응분의 조치를 취해 달라는 것과 만일

요구가 상응한 수준이 아니면 교육청과 각 언론사에 제보하겠다는 협박성 경고까지 덧붙어져 있었다. 사진은 더 충격적이었다. 뒷모습이지만 웬만큼 안면 있는 사람이면 알아볼 수 있을 만큼 선명했다. 입이 백 개라도 할 말이 없는 명확한 증거였다.

엄한길이 내려놓자 이사장이 자네가 맞느냐고 물었고, 엄한길은 차마 제 입으로 수긍할 수 없어 "죄송합니다"만 되뇌었다. 엄한길이 고개를 떨구고 있자 분을 삭이지 못한 이사장이 벌떡 일어나 한동안 창밖을 바라보다가 털썩 주저앉았다.

"자네 머리가 어찌되지 않고서야 어찌 이런 해괴한 일이 벌어진단 말인가. 자네는 명색이 학교 최고 책임자인 교장이 아닌가. 그런 사람이 어린 학생과 한통속이 되어…… 이게 정상적인 사고를 가진 교육자가 취할 행동인가? 입이 있으면 대답해 보게."

아직도 귀에 쟁쟁한, 이사장의 칼칼한 목소리. 그날에 비하면 목소리가 많이 누그러진 셈이었다. 엄한길은 부끄럽고 미안한 마음에 얼굴을 붉혔다.

엄한길은 바로 다음 날 이사장에게 사직서를 제출했다. 치사하게 버티고 싶지 않았다. 그런다고 해결될 성질의 사안도 아니었다. 작심하고 투서한 마당에 제보자가 호락호락 물러설 리가 없었다. 이사장은 허탈해하면서도 반려하지 않는 것으로 사직서를 접수했다. 그래도 즉시 수리하지 않고 학사 운영의 차질을 들어 팔월 말까지 미뤄준 것은 현직 교장에 대한 최소한의 배려였다. 그리고 또 있다. 철저히 비밀을 지켜준 점. 그래서 마지막 날까지 아무도 눈치채지 못했다. 그 점에 대해 엄한길은 진심으로 고맙게 생각하고 있었다.

"너무 섭섭하게 생각지 말게. 나도 어쩔 수 없었네."

이사장이 변명하듯 말했다.

"거듭 감사하고 죄송하다는 말씀을 드립니다. 조만간 연락드리겠습니다."

"기다리겠네."

통화를 끝내고 엄한길은 문자메시지를 확인했다. 모두 학교에서 보낸 것들이었다. 전화기가 꺼져 있어 문자를 남긴다며 너무 황당하고 충격적이라는 소감과 함께 앞으로 늘 건강하고 행복한 나날을 보내기를 기원한다는 내용이 주를 이루고 있었다. 더러는 일간 찾아뵙겠다는 체면치레 인사도 섞여 있었다.

엄한길은 면목 없어 답신할 엄두도 못 내고 다시 전원을 껐다.

엄한길은 빵과 우유로 점심을 때우고 자동차로 30분 거리인 오동석의 농원으로 갔다. 사범대 과 동기인 오동석은 엄한길의 둘도 없는 친구였다. 그는 재작년 2월에 명퇴했다. 명퇴하자마자 미리 장만해 둔 고향 마을 근처의 밭떼기에서 농사를 짓고 있었다. 말이 농사지 삼백 평 남짓한 땅에 여섯 평짜리 농막을 지어놓고 일주일에 한두 번 들락거리며 소일 삼아 고추와 채소를 재배

하는 정도였다. 그는 상추, 가지, 부추, 풋고추, 케일, 비트 등 농산물을 수확하면 잊지 않고 엄한길의 집으로 택배로 보내주었다. 그뿐만 아니라 김장철이 되면 무, 배추를 직접 자동차 트렁크에 싣고 와 아파트 현관 앞에 부려놓기도 했다. 엄한길도 주말을 이용해 그 농원을 몇 번 방문했다.

오동석은 밀짚모자를 쓰고 홍고추를 따고 있었다. 오동석은 농원으로 들어서는 엄한길을 보자 몽달귀 만난 표정으로 경악했다. 엄한길은 농막 데크 테라스에 걸터앉았다. 도착하면 문을 따고 들어가 덜퍽지게 낮잠을 즐기다가 감쪽같이 사라질 참이었는데, 계획이 수포로 돌아갔다. 현관 도어록 비밀번호는 알고 있었다. 어느 날 오동석이 이곳으로 들락거릴 날도 멀지 않았는데, 미리 알아두라며 여는 방법을 동영상으로 찍어 보내주었다. 오동석이 냉장고에서 캔맥주 두 개를 꺼내와 곁에 앉았다.

"조금 의외군. 효계는 정년을 채울 줄 알았는데……."

효계는 엄한길의 별명이었다.

"어떻게 알았어?"

"범생 교장이 공무를 팽개치고 이리로 달려왔다면 뻔 자 아닌가."

"면목 없다."

"암튼 축하한다. 청명에 죽으나 한식에 죽으나……."

오동석이 씩씩하게 캔을 따 높이 들었다. 엄한길도 마지못해 캔을 땄다.

"농원 실습해보지 않겠나? 최저 시급으로 계산해 주겠네."

캔을 다 비우자 오동석이 제의했다.

"민생고 해결이 더 급하네."

엄한길이 농막 안으로 들어갔다. 좁고 어둑한 실내는 꿉꿉했고, 음식을 조리한 냄새가 연하게 배어 있었다. 엄한길은 그런 걸 따질 겨를이 없었다. 매트리스 침대에 몸을 눕자 잠이 파리떼처럼 달라붙었다. 평생 실컷 자보지 못한 잠을 몰아 자면 몇 시간까지 잘 수 있는지 실험해 보고도 싶었다. 눈을 감기 전 휴대전화의 전원을 켜 확인하니 아내의 문자메시지가 들어와 있었다.

- 6시 전에 들어오세요.

엄한길은 여태 아내의 청을 거스른 적이 없었다. 애써 지키려 한 것도 아닌데 어쩌다 보니 결과가 그렇게 됐다. 이날도 그랬다. 오동석이 박새와 산까치의 아침 인사가 죽인다며 퇴직 기념으로 여기서 하룻밤 하늘과 바람과 별과 술로 마음의 허기를 채우지 않겠느냐고 꼬드겼으나 엄한길은 군말 없이 운전석에 앉았다. 당근색 햇살과 콧속을 간질이는 삽상한 바람과 하늘이 내려앉은 산색이 일순 가슴을 흔들었지만, 덤덤히 시동을 걸었다.

"언제든 들르라고. 단, 여유 있게 연락하고……."

아쉬운 표정의 오동석이 뒷좌석에 풋고추, 들깻잎, 애호박, 상추를 넣은 비닐봉지를 던지며 큰형님처럼 말했다. 엄한길은 내려둔 유리창 너머로 손을 뻗어 작별 인사하고 곧장 집으로 돌아왔다. 지하 주차장에 주차하고 시동을 끄기 전 디지털시계를 보니 '17:42'에서 깜빡이고 있었다.

오동석이 준 비닐봉지를 들고 무심코 현관으로 들어서는데 느닷없는 폭죽이 엄한길의 눈앞에서 연달아 터졌다. 큰딸과 작은딸이었다.

"아빠, 퇴직 축하해요."

"저도요, 아빠."

큰딸이 엄한길의 오른팔을 꼈고, 작은딸이 왼팔을 꼈다. 두 딸 너머에는 사위와 두 분 누님이 엉거주춤 서서 웃고 있었다. 내과 의사인 큰딸은 작년에 결혼해 분가해 살고 미혼인 작은딸은 서울에서 직장을 다니는데 아내가 긴급 호출한 모양이었다. 가운데 아들 녀석은 공군 중위로 복무 중이었다.

아내는 저녁 준비를 하느라 분주했다. 주방 식탁 위에는 만들어놓은 저녁 반찬들이 푼더분히 올라 있고 거실 중앙에는 4인용 두 개를 잇댄 마호가니 교자상이 주방의 음식들을 기다리며 대기 중이었다. 거실 벽과 천장에는 두 딸이 작당했을 퇴임 축하 현수막과 오색 종이와 울긋불긋한 풍선들이 붙어 있었다. 학창 시절, 스승의 날 때 교실에서 꽤나 해본 솜씨였다.

엄한길은 뜻밖의 풍경 앞에 어리둥절했다. 그러나 내색하지 않고 주방으로 들어가 아내의 소맷자락을 다용도실로 슬쩍 끌어 당겼다.

"당신은 굿이나 보고 잠자코 있어요."

아내가 못질했다. 엄한길은 어이없어 수소처럼 웃었다.

아내의 연출은 완벽했다. 교자상에 둘러앉아 저녁을 먹으려는 사품에 엄한길의 휴대전화가 부르르 떨었다. 아들놈 상욱이었다.

"아빠, 퇴직하셨다면서요? 정말 잘하셨어요. 축하드려요."

아들놈은 각본을 외듯 빠르게 말했다. 엄한길이 끼어들 틈이 없었다. 엄한길은 "그래, 어, 오냐." 하다가 아내에게로 전화기를 넘겼다. 아내를 시작으로 앉아 있는 시계 반대 방향으로 한동안 전화기 돌리기가 이어졌고, 다시 마지막으로 엄한길에게로 돌아왔을 때 너무 길게 붙들고 있는 것 같아, 건강 잘 챙기고 매사에 조심하라고 당부만 하고 전화를 끊었다.

"기관장일수록 앞모습보다 뒷모습이 아름다워야 해요. 한 해 더하면 뭣하겠어요. 제가 권했어요. 자리를 물려주고 그만 쉬시라고. 아마 새로 교장 되신 분은 애 아빠를 두고두고 못 잊을 거예요. 만일 이 사람이 미련스레 정년을 지켰으면 그분은 교장 택호도 못 달고 교감으로 마쳤을 거예요."

저녁을 먹으며 아내가 능청을 떨었다.

"그래야지. 그동안 고생 많이 했다. 축하하네."

두 누님이 차례로 엄한길에게 축하주를 따라주었다. 엄한길은 부끄러워 따라주는 족족 얼른 받아 마셨다. 술이 코로 들어가는지 입으로 들어가는지 몰랐다. 오직 자리를 뜨고 싶은 마음뿐이었다.

"이제 아빠 하고 싶은 것 하세요. 제가 팍팍 밀어드릴게요. 제 친구 아빠가 소설가이신데 창작 교실을 운영하고 계세요. 아빠가 원하시면 수강할 수 있는지 알아볼게요."

큰딸 지현이 말했다.

"그래요, 아빠. 전부터 소설을 쓰고 싶어 하셨잖아요."

작은딸 소현이 맞장구쳤다.

"저도 적극 찬성입니다."

누님에 이어 두 딸과 사위까지 축하주 세례에 가세했다. 엄한길은 어떤 의식을 치르듯 꾸역꾸역 다 받아 마시곤 일어났다. 끊은 지 5년이 넘었지만, 불현듯 담배 생각이 났다. 베란다로 나가 담배 연기 대신 공기를 깊게 들이마셨다.

거실 유리문 저편이 딴 세상 같았다. 간간이 쏟아지는 웃음소리가 파도처럼 밀려왔다 밀려가고 분위기는 봄날처럼 화사했다. 밝은 표정의 아내는 종알거리다 웃고 잠시 뜸을 들였다가 다시 종알거렸다. 엄한길은 창턱에 팔꿈치를 괴고 바쁘게 오가는 차들을 바라보았다. 어디론가 바삐 갈 데가 있다는 게 행복이라는 걸 미처 깨닫지 못했던 지난 세월이었다.

"아빠, 벌써 소설 구상하는 거야?"

소현이 거실 유리문을 열고 베란다로 나오며 웃었다.

아내 곁에 덤덤히 누워 있어도 꽃잠 잔 그날 밤처럼 기분이 섬서했다. 아내는 새우처럼 등을 꼬부리고 돌아누워 자는 척하고 있었다. 작은딸마저 내일 출근해야 한다며 밤 9시 10분 기차를 타기 위해 총총히 집을 떠난 뒤부터 집 안의 공기는 급속도로 썰렁해졌다. 엄한길은 어떻게 처신해야 좋을지 몰라 이 방 저 방을 유령처럼 일렁거리다 그예 아내 곁으로 갔다. 그때부터 자는 척하고 있었다.

"연기 솜씨가 뛰어나더군."

"그럼 울어요?"

"그렇다는 얘기야."

아내가 엄한길 쪽으로 돌아누웠다.

"솔직히 말해 보세요. 그게 사실이에요?"

"다 끝난 일이야."

"그날 약주 하셨어요?"

"아니야."

"그럼 맨정신으로 그랬다는 거예요?"

"면목 없구려."

엄한길이 돌아누웠다.

"아무리 이해하려 해도 저는 이해가 안 돼요. 그것도 모자라는 그런 애랑 짝짜꿍이 되어…….”

아내가 잠시 숨을 몰아쉬었다.

“뭐에 씌지 않고서야 야밤에…….”

아내가 다시 길게 한숨을 내쉬었다.

“차마 입에 담기조차 민망한…… 교목校木에 쉬를 하다니요. 도저히 이해가 안 돼요.”

“면목 없소.”

엄한길은 그 소리 말고는 달리 할 말이 없었다.

아내가 다시 돌아누우며 이불을 뒤집어썼다.

엄한길은 일주일 내내 집에만 머물러 있었다. 그동안 한 일이라곤 누웠다 일어났다 앉았다 서성거린 것뿐이었다. 집 밖이라곤 아내가 나가며 부탁한 쓰레기를 분리 배출하기 위해 벙거지를 눌러쓰고 잠깐 다녀온 것 말고는 없었다.

소식을 듣고 가장 먼저 연락한 이는 강종욱, 종규 형제였다. 형제는 엄한길이 대학 때 가정교사 하면서 가르친 제자였다. 자세한 얘기를 듣고 싶다며 한사코 찾아뵙겠다는 걸 주저앉히느라 엄한길은 애를 먹었다. 형제는 그러고도 남았다. 마음이 정리되는 대로 꼭 연락하겠다고 달래며 다짐했더니 그제야 다소곳해졌다. 그들뿐만 아니라 알음알음으로 소식을 듣게 된 지인들도 전화해 밥 한번 먹자고 했지만, 엄한길은 선약이 있다는 이유로 완곡하게 사양했다. 만사가 귀찮고 사람 만나기가 두려웠다. 무엇보다 외출 자체가 싫었다.

본심을 숨기기가 거짓말하기보다 더 어려웠다. 큰딸은 일주일에 한두 번, 작은딸은 이틀에 한 번꼴로 하던 전화를 퇴직 이후 매일 아침저녁으로 해댔다. 그럴 때마다 걸걸한 목소리로 응석을 받아주려니 죽을 맛이었다. 전화를 끊고 나면 피로가 한꺼번에 몰려왔다. 마음이 심란하니 글자도 눈에 들어오지 않고 애써 읽은 것도 금세 무얼 읽었는지 기억이 흐리마리했다. 퇴직 후 몸을 제대로 관리하지 않으면 건강도 잃고 우울증에 걸리기 십상이라는 선배들의 조언이 실감 나게 다가왔다. 그렇다고 뾰족한 수가 있는 것도 아니고, 또 당장 뾰족한 수를 내고 싶은 기분도 아니었다.

그런 엄한길을 집 밖으로 불러낸 건 교장 직무대리 이수인이었다. 그는 부장 몇 명과 함께 엄한길의 아파트로 쳐들어왔다. 변명할 여지가 없었다. 하필 쓰레기 분리배출하고 있는 중에 그들 일행과 맞닥뜨렸다. 엄한길은 그들을 잠시 기다리게 하고 외출복으로 갈아입고 나왔다.

아파트 옆 막창집 불판 앞에 둘러앉자 이수인이 따졌다. 학교와 완전히 인연을 끊을 셈이냐고. 엄한길은 미안하고 면목이 없었다. 그들은 엄한길의 불미스러운 일을 소상히 알고 있었다. 면전에서는 엄한길을 위로한답시고 남자가 술 한잔하다 보면 그럴 수도 있지 그게 뭐 그리 큰 죄냐, 우리도 예전에는 술 바람에 전

봇대에 둘러서서 그러지 않았느냐, 요즘 학부모들이 너무 별나고 툭하면 투서하는 고약한 풍조가 문제라고 떠들어댔지만, 눈빛은 그런 걸 감안하더라도 이해가 안 된다는 속내가 깔려 있었다. 그들이 안다는 것은 이미 학교 전체에 소문이 퍼졌다는 걸 의미한다. 소문이란 속성상 자극적이고 흥미 위주로 확대 재생산되기 마련이어서 그 생각만 하면 엄한길은 지구 뒤편으로 숨고 싶은 마음뿐이었다.

"노영수는 잘 다니는가?"

일어설 때 엄한길이 넌지시 물었다.

"그 또라이 새끼는 왜요? 교장 선생님의 목을 친 놈인데……."

이수인은 체육과 출신답게 늘 말이 거칠었다.

"잘 좀 돌봐 주게."

"이제 학교 일은 잊으시고 건강 관리나 잘하십시오. 자주 연락드리겠습니다."

이수인이 안쪽주머니에서 꺼낸 제법 두툼한 봉투를 내밀었다. 친목회에서 규정에 따라 드리는 전별금이라 했다. 장학금으로 넣으라 했더니 한사코 엄한길의 주머니에 찔러 넣었다. 그럴 의향이 있으면 직접 접수하라고 했다. 막창집을 나오며 엄한길이 계산하려 했으나 이수인이 먼저 손을 뻗어 카드를 내밀었다.

그들과 헤어지고 허청허청 걸어 들어오는 거리에는 그날처럼 후텁지근한 바람이 불고 있었다.

다음 날 엄한길은 노영수의 집으로 갔다. 녀석의 집은 학교에서 1km 떨어진 일반주택이 밀집한 재개발 예정 동네에 있었다. 판박이처럼 규모와 모양이 같은 세 채가 나란히 붙어 있는 고샅 끝의, 마당이 좁다랗고 대문간 옆에 창고와 화장실이 있고 그 위에 장독대가 있는 단층 한옥. 거기서 제 조모와 단둘이 살고 있었다. 조모의 말에 따르면 타워크레인 설치 기사인 아비는 노영수가 세 살 때 건설 현장에서 사고로 죽고 그 어미는 어린 노영수를 조모에게 맡기고 돈 벌로 나가서는 영영 돌아오지 않았다고 했다.

엄한길은 벙거지와 마스크로 얼굴을 최대한으로 가리고 나지막한 담벼락 너머로 안을 살폈다. 어둠을 덮어쓴 집 안은 적막했다. 다행히 노영수의 방에는 불이 켜져 있었다. 엄한길은 담벼락에 몸을 바짝 붙이고 손나발을 만들어 가만히 불렀다.

"노영수!"

두어 번 부르자 고샅 쪽 들창문이 열렸다.

"새벽닭!"

녀석의 눈이 반짝 빛났다.

"잠시 나와."

엄한길은 녀석을 데리고 길 건너 목욕탕 리모델링 공사장으로 갔다.

"그동안 어디 갔었어? 학교에는 안 보이던데……."

"졸업했어."

"언제?"

"얼마 전에."

"그럼 이제 못 보는 거야?"

"응. 학교에서는……."

"별도 못 보러 가?"

"그렇지."

"……."

녀석은 손등으로 눈물을 훔쳤다.

"혹시 어려운 일 생기면 바로 전화해. 핸드폰이 안 터지면 집으로 해. 알았지?"

엄한길은 퇴직 전에 노영수에게 집 전화를 가르쳐 주었다.

"그냥 보고 싶을 때 해도 돼?"

"그럼. 너도 아까처럼 부르면 꼭 나와야 해."

"알았어."

녀석이 고개를 끄덕였다.

"약속할게. 영수가 학교 잘 다니고 공부 열심히 하면 내년에는 꼭 별 보러 데려가 줄게."

"진짜야?"

녀석의 눈이 어둠 속에서 다시 빛났다.

"그럼."

엄한길이 힘주어 대답했다.

엄한길은 노영수를 집까지 데려주고 곧장 귀가했다. 방으로 들어서자 아내가 어디 갔다 왔느냐고 물었다. 엄한길은 잠시 바람 좀 쐬고 왔다고만 하고는 이내 돌아누웠다. 아내는 더는 따져 묻지 않았다.

누워 있어도 노영수가 눈에 밟혔다. 녀석이 내심 손꼽고 있었을 텐데, 별 보러 데려가 주지 못한 것이 못내 아쉽고 미안했다. 마음만 먹었으면 데려가 줄 수도 있었지만, 이젠 사람들의 눈이 두려웠다. 이 세상에 비밀이 없다는 걸, 지난 몇 달간 절감한 엄한길이었다.

엄한길은 몸을 뒤척였다. 전에는 베개에 머리만 붙이면 바로 잠이 들었는데, 퇴직한 뒤부터 습관이 바뀌었다. 뚜렷한 이유 없이 좀처럼 잠이 오지 않았다. 종종 불면증의 고통을 호소하는 지인들을 보면 이방인 같았던 엄한길은 이제야 그들의 심정을 이해할 수 있었다. 이내 잠 속으로 빠져든 아내가 부러웠다. 아내의, 낮게 코 고는 소리를 들으며 곁눈으로 협탁의 디지털시계를 보니 이제 겨우 11시였다. 앞으로 여덟 시간은 꼼짝없이 누워 있어야만 했다. 벌써 답답함이 가슴을 짓눌렀다.

엄한길은 웅크리고 누워 잠을 청하며 버릇처럼 작년 여름 오동석의 농막에서 만들었던 '새벽닭자리'의 별들을, 어린 시절 구구단을 외듯 외기 시작했다.

짓밟힌 꿈

엄한길은 누나 셋이 있는 막내로 태어났다. 바로 위에 형이 하나 있었지만, 어릴 때 홍역을 앓다 죽었다. 외아들이 된 엄한길은 집에서는 누구 못지않게 귀여움과 사랑을 독차지하며 자랐지만, 밖에서는 정반대였다. 늘 주눅 들어 지내야만 했다. 이씨 문중 형들의 까닭 없는 무시와 해찰궂은 괴롭힘 때문이었다. 처음엔 그 이유를 몰랐다. 나중에 그 사실을 알고는 낙담하고 절망하다가 차츰 숙명으로 받아들였다.

엄한길의 집은 가난했다. 아버지는 대를 이은 이씨 문중의 고지기였고, 그 대가로 부치는 이씨 문중의 사래논 다섯 마지기가 여섯 식구의 목숨을 쥔 생명줄이었다. 아버지가 틈틈이 테메우러 다니고 어머니가 삯바느질과 날품을 팔았지만, 애옥살림을 면하기는 어려웠다. 그렇다 보니 엄한길의 누나들은 중학교 진학은 꿈도 꾸지 못했다. 국민학교 졸업과 동시에 큰누나는 이씨 문중 종가댁의 식모살이로 들어갔고, 둘째 누나와 막내 누나는 양장점과 직물공장에 일자리를 얻어 집을 떠났다. 엄한길도 당연히 누나들의 뒤를 밟으리라 믿고 있었다. 당시에는 남자들은 양복 기술이나 금은 세공 기술을 익히기 위해 양복점 아니면 금은방으로 취직하는 게 일반적이었다. 엄한길은 양복 기술자가 되고 싶었다. 일류 기술자가 되어 대구에서 근사한 양복점 하나를 갖는 게 꿈이었다.

6학년 2학기로 접어들자 엄한길은 초조해지기 시작했다. 무작정 있을 수 없어 둘째 누나에게 양복점의 일자리를 알아봐 달라고 편지를 보냈다. 그러나 보름이 지나도록 아무런 답장이 없었다. 혹시 주소를 잘못 적었나 싶어 재차 보냈지만, 역시 깜깜소식이었다. 견디다 못해 엄한길은 토요일 오후 교문을 나서자마자 책보를 어깨에 단단히 졸라매고 읍내로 내달렸다. 읍내 중학교 앞에서 고종형이 양복점을 하고 있다는 걸 알고 있었다. 안 되면 거기라도 취직해야겠다고 생각했다. 읍내를 한 번도 가본 적이 없어 지나가는 사람마다 읍내로 가는 길을 물으며 뛰었다. 한달음에 대가천의 외나무다리를 건너고 옥산을 지나 운수와 덕곡으로 갈리는 삼거리에 이르자 땀이 등줄기를 타고 흘러내렸다. 중학교 앞 양복점은 하나뿐이라 쉽게 찾을 수 있었다. 땀을 뻘뻘 흘리며 들어서는 엄한길을 보자 고종형이 무슨 큰일이 생긴 줄 알고 놀란 얼굴로 맞았다. 엄한길은 부끄러움을 무릅쓰고 솔직히 말했다. 그러자 고종형이 자기 가게는 아직 사람을 들일 형편이 못 된다며 정 원하면 다른 데를 알아봐 주겠다고 약속했다. 양복점 하는 친구들이 많다는 것이었다. 든든한 고종형의 말을 듣자 엄한길은 큰맘 먹고 시오리 길을 달려오길 정말 잘했다고 생각했다. 고종형이 주는 박카스 한 병을 받아 마시고 바로 가게를 나왔다. 나올 때 꼭 알아봐 달라고 거듭 부탁하는 말도 잊지 않았다. 그길로, 다닐 순 없지만 그래도 호기심이 돌아 건너편 중학교에 가보았다. 역시 중학교는 뭐가 달라도 달랐다. 건물이 크고 운동장이 넓었다. 국민학교에는 없는 농구 골대와 테니스장도 있고 도서실과 과학실도 있었다. 부러웠다. 날이 빠르게 기울어 건성 눈요기만 하고 돌아섰지만, 필통의 몽당연필이 달그락거리도록 달리는 발걸음이 내처 무거웠다. 자신에겐 그림의 떡인 줄 알면서도 마음과 달리 학교의 전경이 자꾸만 발길에 차였다.

금세 연락할 줄 알았던 고종형도 어쩐 일인지 아무 소식이 없었다. 학교에서 돌아오자마자 궁금해 물어보았지만, 내막을 모르는 아버지와 어머니는 갑자기 웬 고종형 타령이냐고 되레 엄한길을 타박했다. 하루씩 날을 잘라먹을 때마다 엄한길의 속은 숯덩이처럼 타들어 가는데, 부모는 천하태평이었다. 졸업하면 이씨 문중의 꼴머슴으로 보낼 속셈이 분명했다. 그런 생각이 미치자 고종형의 소식이 더욱 간절했다.

내일이나 올까 애면글면 목을 빼고 있을 때, 배달부 형이 대문으로 들어서며 큰소리로 엄한길! 하고 불렀다. 그 형도 알고 있었다. 엄한길이 눈이 빠지도록 편지를 기다리고 있었다는 걸. 형이 내민 편지는 그때야 보낸 누나의 답장이었다. 잔뜩 기대하며 봉투를 뜯었으나 실망 그 자체였다. 쓸데없는 소리 하지 말고 공부나 열심히 하라는, 말도 안 되는 충고였다. 중학교도 안 가는데 공부해서 뭣하냐고, 마음 같아서는 당장 찾아가 따지고 싶었지만, 한 번도 가본 적 없는 낯선 도시에서 주소만 가지고 누나를 찾아갈 자신이 없었다. 하나뿐인 남동생 마음을 몰라 주는 누나가 원망스러웠다.

시간이 빠르게 흘러 고종형으로부터 아무런 연락을 받지 못한 가운데 원서 기간이 닥쳤다. 그때부터 엄한길은 이씨 문중의 또래들을 애써 피해 다녔다. 먼저 등교하거나 무슨 구실을 달아 늦게 하교하곤 했다. 또래 중에 유일하게 이성異姓인 천승조란 아이가 있었다. 승조와는 전부터 동병상련을 느껴 친하게 지냈다. 승조는 이씨 문중의, 흔히 '면장댁'이라 부르는 집의 행랑채에서 살았다. 승조의 아버지는 그 댁의 머슴이었고 어머니는 부엌데기였다. 승조도 중학교에 갈 형편이 못 되었다. 언젠가 엄한길이 고종형에게 양복점 자리를 부탁해 놓았다고 했더니 자기도 부탁 좀 해달라고 통사정하기도 했다. 승조도 양복 기술자가 꿈이었다.

꼭 그러자고 약속한 건 아닌데, 그 무렵부터 승조와 등하굣길에서 만나는 일이 잦았다. 그날도 교문 앞에서 승조를 만나 함께 하교했다. 그날따라 승조는 말이 없었다. 엄한길은 직감적으로 승조에게 안 좋은 일이 생겼다는 걸 알았지만, 먼저 꺼내기가 뭣했다. 둘은 바람과 햇살을 등지고 아득한 들판 길을 함께이면서 혼자인 것처럼 타박타박 걸었다.

파릇파릇한 보릿잎으로 채색한 들판을 지나면 개울이 있었다. 학교와 마을의 얼추 중간 지점이었다. 개울로 내려가는 길가 둑에는 가지를 늘어뜨린 수양버들이 서 있고, 바닥에는 징검다리가 놓여 있었다. 하교하던 아이들은 다리를 건너기 전 수양버들 밑에 책보를 벗어놓고 한동안 놀다가 줄을 지어 내려가곤 했다. 뙤약볕이 내리쬐는 여름날 그곳은 산들바람과 그늘이 있어 다리쉬임하기에는 그만이었다. 그리고 개울 위쪽, 엄한길과 천승조에겐 꿈에라도 나타날까 봐 진저리쳐지고 생각만 해도 오금이 달라붙는 산모롱이 도린곁이 있었다. 그곳은 사철 시커먼 까치집을 우듬지에 주렁주렁 매달고 늘어서 있는 미루나무 숲과 으스스한 상엿집이 있었다.

개울에 이르러 수양버들 밑에 나란히 앉았을 때, 엄한길이 제의했다. 책보는 어깨에 두른 채였다.

"승조야, 우리 돌치기 한번 하고 가까?"

둘이 있을 땐 종종 그 놀이를 하곤 했다.

"그래."

승조가 흔쾌히 동의했다.

둘은 책보를 벗어놓고 징검다리로 내려갔다. 징검다리를 건너면 제법 널찍한 자갈밭이 있었다. 그곳에서 둘은 가끔 돌치기를 했다. 자갈밭은 오랜 가뭄으로 하얗게 말라 있었다. 둘은 과녁 받침대를 만들 돌덩이를 주우러 눈을 반짝였다. 과녁은 반반한 돌덩이를 일정한 간격으로 벌여놓고 그 위에 주먹만 한 모오리돌을 올려놓으면 되었다. 둘은 다섯 개의 과녁을 만들어놓고 뒤로 물러섰다.

"규칙은 전과 동이다."

"좋아."

규칙이란 각자가 주운 열 개의 돌멩이를 3미터 전방에서 던져 표적물을 더 많이 맞히는 사람이 이기는 걸 말한다. 드러내놓고 말하진 않았지만, 다섯 개의 표적물이 누구인지는 이심전심으로 알고 있었다. 돌치기에서 지면 승자의 소원 하나를 들어주어야 하는 게 둘만의 규칙이었다.

그날은 삼세판 게임에서 엄한길이 이겼다. 책보를 어깨에 두르고 개울둑에 나란히 앉았을 때, 엄한길이 말했다.

"니 마음 속 비밀 한 가지만 말해 주라."

"그래. 규칙이니까."

승조는 싹싹하게 대답했다.

"당분간 니만 알고 있거라. 내 꿈, 접기로 했다."

"와?"

"어제 아빠가 그카더라. 졸업하면 그 댁 꼴머슴으로 눌러앉으라고. 그 댁 어르신과도 벌씨로 약조했나 보더라. 머슴도 등급이 있데이. 꼴머슴, 곁머슴, 상머슴. 두고 봐라, 5년 안에 상머슴 돼갖고 그 집 논 다 사버릴 끼다."

승조는 어쩔 수 없이 번지는 눈물을 소매로 훔쳤다.

엄한길은 말없이 일어났다. 승조도 따라 일어났다. 둘은 앞서거니 뒤서거니 하며 땅만 보고 걸었다. "야들아, 너거 둘이 싸웠나. 동무끼리 사이좋게 지내야지." 지나가던 어른들이 참견했지만, 아무 대꾸도 하지 않았다. 승조는 걸으며 자주 손등으로 눈물을 훔쳤다. 그럴 때마다 엄한길은 걸음을 늦추거나 먼눈을 팔며 못 본 체했다. 집으로 가는 길이 그날따라 멀게만 느껴졌다. 마침내 정미소 옆 갈림길에 이르렀을 때, 엄한길이 집 쪽으로 걸음을 꺾으며 말했다.

"승조야, 내일 보자."

엄한길은 끝내 승조에게 해줄 말이 떠오르지 않았다.

집에는 아무도 없었다. 아버지와 어머니는 또 마을에 올라간 모양이었다. 이씨 문중은 자주 뭔 일이 있었다. 아버지는 문중 사람들로부터 부름을 받으면 하던 일도 팽개치고 급하게 집을 나갔다. 대개 아버지 혼자 갔지만, 어떤 때는 어머니와 함께 가는 일도 있었다.

엄한길은 부엌으로 들어가 찬물 한 바가지로 허기를 채우고 고주박을 캐러 뒷산으로 올라갔다. 누나들이 떠난 뒤로 쇠죽솥의 땔감은 엄한길의 몫이었다. 겨울철 쇠죽솥의 땔감으로는 고주박이 최고였다. 화력도 좋고 한번 불이 지펴지면 오래 갔다. 아궁이를 벌겋게 달구며 너울너울 타고 있는 고주박을 보고 있으면 먹지 않아도 배가 든든하고 마음이 푸근했다. 어쩌다 거뭇거뭇 내려앉은 불잉걸 속에 감자나 고구마를 묻어두고 있으면 그보다 더 행복한 시간은 없었다.

엄한길은 버섯바위 옆에 바지게를 벗어놓고 고주박을 찾아다녔다. 맨날 캐대는 바람에 상등품 고주박은 귀한 몸이 된 지 오래였다. 어쩌다 불땀 좋아 보이는 고주박을 발견하는 순간이면 더덕이나 도라지를 발견한 것만큼 기분이 좋았다. 엄한길은 고주박을 찾아다니면서도 내내 우리 아빠도 승조 아빠처럼 그러면 어쩔까, 그 생각뿐이었다. 승조를 생각하니 가슴이 아팠다. 승조도 그런 마음일 것이다. 꼴머슴으로 이씨 문중의 어느 집으로 들어가기는 죽기보다 싫었다.

엄한길은 해거름에 쏠쏠한 고주박 여섯 개를 캐 지고 산을 내려왔다. 그새 아버지와 어머니는 집에 돌아와 있었다. 어머니는 부엌에서 저녁을 짓고 아버지는 구유에 쇠죽을 퍼주고 있었다.

엄한길을 보자 아버지가 하던 일을 멈추고 점잖게 불렀다. 엄한길은 그만 간이 콩알만 해져 어깨가 움츠러들었다.

"한길아, 니도 중학교 다니고 싶제?"

엄한길이 아버지 앞에 고개를 숙이고 있자 뜬금없이 물었다.

"아닙니더. 지는 이 마을만 떠나면 깡통 차도 좋습니더."

엄한길은 반사적으로 선수 쳤다.

"그래. 니 마음 안 캐도 안다. 부모 잘못 만나 설움 받고 고생하는 거. 니 없을 때 너거 선상님이 댕겨가싰다."

"우리 선생님이요?"

"하무. 한길이가 공부도 잘하고 착하다면서 읍내 중학교에 원서 한번 내 보면 어떻겠냐고."

"우리 형편에 안 된다 카지요."

"그래 승낙했다."

"예?"

엄한길은 뜻밖이라 눈이 휘둥그레졌다.

"단 조건이 있데이. 중학교 들어가면 전교 10등 안으로 들어야 한데이. 약속할 수 있겄제?"

"5등 안으로도 자신 있심더. 그란데, 공납금이 억수로 비쌀 낀데예."

전교 1등은 전면 장학생, 5등 안이면 반면 장학생이라는 걸, 엄한길은 들은풍월로 알고 있었다.

"니 누부야들이 십시일반으로 보태준다 캤다. 한길이만은 우야든동 공부시켜야 된다문서……."

그 순간 엄한길의 눈에서 눈물이 솟구쳤다. 아버지 보기 부끄러워 얼른 고개를 숙였지만, 눈물은 걷잡을 수 없이 땅바닥으로 떨어졌다. 손등으로 연방 눈물을 훔치며 서 있자 아버지가 말했다.

"그리 알고 가서 저녁 무라."

엄한길은 한달음에 뒷산 버섯바위까지 뛰어올랐다. 조금 전까지 맹렬한 기세로 뱃속을 무두질하던 허기도 가라앉았고, 고주박을 뽑다가 뒤로 넘어져 돌부리에 짓찧은 엉덩이의 쓰라림도 사라지고 없었다. 온 산과 들을 적시는 붉은 노을을 바라보며 앉아 있자니 마음은 무지개를 탄 기분이었다. 아무래도 꿈만 같았다. 중학생이 된다는 게 도무지 믿어지지 않았다. 까만 교복을 입고 중학교 교표가 달린 모자를 쓰고 집을 나서는 일은 꿈속에서나 가끔 체험해 보던 꿈이었다.

"한길아, 저녁 안 묵고 어디 갔노."

어머니가 저 아래서 올라오는 기척을 듣고서야 엄한길은 자리에서 일어났다.

다음 날 엄한길은 교문 앞에서 화장실 청소 당번인 승조를 기다렸다가 같이 하교했다. 승조는 어제보다 더 풀이 죽어 있었고, 멍이 든 듯한 눈두덩이 약간 부어올라 있었다. 예의 개울에 이르렀을 때 승조가 먼저 돌치기를 제안했다. 이번에는 승조가 이겼다. 개울둑에 나란히 앉았을 때 승조가 물었다.

"좋아하는 가시나 생겼나? 얼굴이 종일 솜사탕 같더라."

"승조야, 미안하다. 나 중학교 가게 됐다."

엄한길이 솔직히 말했다.

"진짜로? 와! 축하한다."

승조가 엄한길의 손을 번쩍 들었다.

"니도 아빠한테 사정해 보면 안 되겠나?"

"말도 말거레이. 중학교는 안 보내 줘도 좋으이까 양복점에 보내 달라고 그캤다가 가슴에 헛바람이 들었다고 처발렸다 아이가."

"어제 혹시 너거 집에는 우리 선생님 안 오셨다 카더나?"

"왔다 갔다. 선생님이 원서만 한번 내보자고 통 사정해도 손톱도 안 들어가더라. 얼굴만 뿌옇게 닦이고 갔다."

"니도 누부야가 있으면 좋을 낀데."

엄한길은 승조가 안타까워 애먼 돌멩이만 개울 바닥으로 집어 던졌다. 승조는 맏이였고 아래로 여동생과 남동생 하나씩 있었다.

"한길아, 중학교 가거든 전교 1등 해서 나중에 꼭 훌륭한 사람이 되거라. 나는 뼈 빠지게 일해서 우리 마을에서 제일가는 부자가 되께."

"승조야, 중학교 들어가면 열심히 배워갖고 니한테 다 갈쳐주께. 우리 누부야 말로는 중학교 안 가고도 시험 쳐서 졸업장 따는 그런 방법도 있다 카더라."

"고맙다, 한길아."

그때였다. 퍽, 하는 소리와 함께 눈앞에서 번갯불이 번쩍 튀었다. 돌아보니 이씨 문중의 오 총사 형들이 에워싸고 서 있었다. 이재욱, 이상길, 이재철, 이상국, 이동환. 모두 중학교 1학년들이었다. 엄한길과 천승조는 손을 맞잡은 채로 그 자리에 얼어붙었다. 제일 악질인 재욱 형이 이죽거렸다.

"요 새끼들 봐라. 대낮에 겁대가리도 없이 연애질하고 자빠졌네."

그날도 엄한길과 천승조는 상엿집 뒤 도린곁으로 끌려가 형들이 지켜보는 가운데 정말 하기 싫은 게임을 했다. 형들이 제시하는 게임의 종류는 다양했다. 씨름, 팔씨름, 돌팔매질, 팔굽혀펴기, 나무타기, 가위바위보……. 상대를 봐주거나 최선을 다하지 않으면 어김없이 쥐어박혔고, 게임에서 진 자는 형들이 명하는 벌칙을 수행해야 했다. 벌칙도 다양했다. 개울물 마시기, 머리털 뽑기, 풀 뜯어 먹기, 혓바닥으로 가래침 받아먹기, 지우개 씹어 먹기, 낯짝으로 오줌 받기, 뺨 맞기, 아랫도리 까고 고추로 이름 쓰기…….

그날의 게임은 가위바위보였다. 승자가 패자의 뺨을 때리는 게임. 힘껏 후려치지 않으면 오케이 사인이 나올 때까지 반복해야 하는 게임. 그러므로 처음부터 사정을 봐줄 수도 없었다. 그러기에 이기는 만큼 고통스러운 일은 없었다. 그날의 게임은 열다섯 차례나 계속되었다. 뺨이 잘 익은 토마토처럼 부어오르고 코피가 인중에 범벅이 되어서야 게임 종료를 선언했다. 게임 종료 선언과 함께 손뼉 치며 형들이 한 말은 "수고했어" 였다. 그들은 엄한길과 천승조를 폐품처럼 버려둔 채 끌고 온 자전거를 타고 휭하니 가버렸다.

날은 이미 어둑해져 있었고, 온몸이 움츠러들 만큼 기온이 떨어져 있었다. 엄한길과 천승조는 그들의 자취가 가뭇없이 사라진 뒤에야 개울로 내려갔다. 둘은 말없이 개울물 앞에 쭈그리고 앉아 오래도록 눈물과 코피와 얼굴의 생채기를 씻었다. 아무 일도 없었다는 듯이 게임 흔적을 지워야 하는 비참함이 욱신거리는 아픔보다 더 서러웠다. 그나마 다행인 것은 어둑해져 서로의 얼굴을 자세히 볼 수 없었다는 점이었다. 승조가 고개를 떨구고 상처 부위를 씻으며 말했다.

"한길아, 니는 나중에 꼭 판검사가 돼라. 판검사 돼가꼬 저 새끼들 내 모가치까지 원수 갚아 주라."

"승조야!"

엄한길은 승조에게 진심으로 사과하고 싶었지만, 그 말이 떨어지지 않았다. 그날은 엄한길이 아홉 번, 천승조가 여섯 번 이졌다.

엄한길과 천승조는 어둠이 완전히 내려앉았어야 집으로 향했다. 배가 고팠지만 고프지 않았고, 서러웠지만 서럽지 않았다. 장날이라 이따금 자전거를 타고 지나가는 이씨 문중 어른들이 죄끄만 것들이 어디서 발발거리며 놀다 이제 가느냐고 타박해도 아무런 느낌이 없었다. 그저 저승길 가듯 묵묵히 걸음만 옮겼다. 이윽고 개 짖는 소리가 들리고 헤어져야 할 정미소 옆 갈림길에 다다랐을 때, 엄한길은 용기를 내어 승조를 불렀다. 차마 얼굴은 보지 못하고 먼눈으로 노란 달을 쳐다보며.

"승조야!"

그러나 엄한길은 뭔가가 목구멍을 짓눌러 끝내 말을 잇지 못했다.

이듬해 봄 엄한길은 중학생이 되었고, 천승조는 '면장댁'의 꼴머슴이 되었다.

읍내 중학교까지는 이십 리가 실했다. 아이들의 걸음걸이로 두 시간 가까이 걸리는 거리여서 매일 걸어서 등하교하기란 여간 힘든 일이 아니었다. 그래서 이씨 문중 아이들은 중학생이 되면 모두 자전거로 통학했다. 여학생들은 자전거 통학 아니면 읍내에서 자취했다. 그러나 엄한길은 3년 내내 걸어 다녔다. 지각하지 않으려면 꼭두새벽에 일어나야만 했다. 어쩌면 엄한길이 꼭두새벽에 일어나는 버릇은 그때 형성되었는지 몰랐다.

엄한길은 아직도 입학 첫날의 아침을 잊지 못한다. 입학식이 오전 10시여서 늦어도 7시에는 일어나야만 했다. 혹시 지각할까 봐 몇 번이나 잠을 설치는 바람에 그만 깜박 늦잠을 자고 말았다. 어머니가 깨우는 소리에 눈을 뜨니 문살이 희붐한 아침이었다. 엄한길은 부리나케 일어나 세수하고 윗목에 개켜놓은 교복을 재바르게 입었다. 교복은 고종형이 선물한 것이었다. 고맙게도 고종형이 달포 전 장날에 아버지 편으로 축하한다는 미니어처 엽서와 함께 모자까지 세트로 보내주었다. 그때부터 엄한길은 잠자는 머리맡에 교복과 모자를 놓아두고 매일 일어나자마자 입어보고 써보곤 했다. 그래서 그 무렵엔 눈감고도 차려입을 수 있을 만큼 능숙했다.

"안죽 안 늦으이까 천천히 묵고 가거라."

어머니가 아침 소반을 들고 방으로 들어오며 말했다.

"글케 안 서둘러도 되니라."

아버지도 문밖에서 참견했다.

시계는 물론 라디오도 없던 시절이었다. 엄한길은 그래도 안심이 안 되어 밖으로 나왔다. 마당의 아침 빛깔이 수상쩍었다. 어둑해야 할 외양간의 속살이 훤하고 감나무 우듬지가 오롯이 보였다. 아무래도 아침을 먹으며 늑장 부릴 시간은 아닌 것 같았다.

"8시는 된 것 같심더. 그냥 갈게예."

엄한길이 모자를 벗어 꾸벅 인사하고 나서자 아버지가 말했다.

“첫날인데 내가 태워 주꾸마. 자전거 구해 놨다.”

아닌 게 아니라 대문 밖에 짐자전거가 든직하게 세워져 있었다.

그제야 엄한길은 방으로 들어가 소반 앞에 앉았다. 따뜻한 김이 피어오르는 닭고깃국과 반짝거리는 놋 주발. 놋 주발의 뚜껑을 여는 순간 몽실몽실 피어오르는 김과 함께 드러나던 하얀 쌀밥. 그 눈부신 쌀밥을 보는 순간 엄한길은 가슴이 싸하게 울렸다. 제사 때를 제외하곤 한 번도 먹어보지 못한 순백의 쌀밥이었다. 엄한길은 차마 그 밥을 먹을 수 없었다. 그냥 기념으로 윗목에 고이 모셔두고 싶었다. 그랬다가 배가 몹시 고프거나 삶이 괴롭고 힘들 때 한 번씩 열어보고 싶었다.

“한길아, 어여 묵어라. 국 식겠다.”

오래도록 수저 놀리는 소리가 들리지 않자 문밖의 어머니가 다그쳤다. 엄한길은 울음을 삼키며 숟가락을 들었다. 윤기 흐르는 쌀밥에 숟가락을 꽂는 순간, 눈물이 닭고깃국 속으로 대책 없이 미끄러졌다. 엄한길은 이를 사리물고 쌀밥을 푹푹 퍼먹었다. 그러면서 엄한길은 다짐하고 또 다짐했다. 결코, 이날을 잊지 않겠다고.

엄한길은 걸어서 다녔지만, 지각해 본 적이 없었다. 특별한 날을 빼고는 늘 등교 순위 열 손가락 안으로 들었다. 어떤 날은 교실 열쇠 담당보다 먼저 도착해 복도에서 기다리고 있어야 할 때도 있었다. 반 아이들은 엄한길이 두 시간 가까이 걸어 등교한다는 사실을 알고는 놀라 자빠졌다. 담임 선생님도 아이들이 지각하면 꼭 엄한길을 들먹이곤 했다. 그 시절, 엄한길의 별명은 '올빼미'였다. 잠도 안 자고 학교에 온다고.

엄한길은 승조와의 약속을 지켰다. 승조를 위해 선생님들의 농담 하나도 허투루 듣지 않았고, 중요한 것은 별도의 공책에 기록했다. 그러나 남을 가르친다는 게 생각처럼 쉽지 않았다. 무엇보다 일주일의 분량을 압축해 단 몇 시간 만에 가르친다는 게 여간 어려운 일이 아니었다. 게다가 그것마저 서로 시간이 안 맞아 빼먹는 일이 허다했다. 그래서 생각해 낸 것이 '교과서를 구해 주자'였다. 교과서만 있으면 혼자 틈틈이 공부하다가 잘 모르는 걸 묻는 것만 가르쳐주면 되겠다는 생각이 들었다.

목표가 생기자 덩달아 용기도 생겼다. 엄한길은 교과서 담당 2학년 형을 찾아가 혹시 여분의 교과서를 얻을 수 있느냐고 물었다. 형은 재고품은 벌써 반품하고 없다며 왜 그러느냐고 되물었고, 엄한길이 솔직히 대답했다. 그러자 다음 날 형은 일부러 엄한길을 찾아와 붉은 보자기를 내밀었다. 그 속에는 1학년 때 형이 사용했던 교과서와 참고서까지 들어 있었다.

"보이스 비 엠비셔스!"

형이 보자기를 건네곤 구호를 외치듯 주먹 쥔 손을 내밀며 소리쳤다. 그때는 그게 무슨 말인지 몰랐지만, 그 순간 엄한길은 깨달았다. 형이라고 다 나쁜 형만 있는 게 아니며, 형 중에서도 좋은 형이 얼마든지 있다는 걸.

승조는 묵직한 보자기를 보자 마치 중학생이 된 것처럼 좋아했다. 그리고 약속했다. 3년 안에 꼭 중학교 졸업 자격증을 따겠다고. 승조는 말처럼 실천했다. 그런 승조를 위해 엄한길은 능력껏 지원을 아끼지 않았다. 재활용이 가능한 필기도구와 공책, 이면지 활용이 가능한 종이들을 모아 주었고, 월말고사를 비롯한 중간 · 기말고사 시험 문제지도 꼭꼭 챙겨 주었다. 승조는 머리가 좋고 이해력이 빨라 영어와 수학을 제외하고는 가르칠 게 별로 없을 정도였다. 날이 갈수록 승조의 성적 향상 속도는 놀라웠고, 1학기 말 무렵에는 실력이 엄한길 반의 중위권까지 치솟았다.

엄한길은 아버지와의 약속도 지켰다. 1학년 1학기 중간고사에선 반 2등, 전교 6등을 차지했고, 기말고사에선 마침내 반과 전교 모두 1등을 차지했다. 석차 난에 1/60, 1/300이란 숫자가 찍힌 통지표를 들고 오던 날, 엄한길은 생애 두 번째로 바특한 닭고깃국과 순백의 쌀밥이 놓인 저녁 소반을 받았다. 그러나 차마 멀건 국에 꽁보리밥을 먹는 아버지와 어머니 앞에서 이악하게 숟가락을 들 수 없었다. 엄한길이 머뭇거리자 아버지가 다그쳤다.

"개안타. 괘념 말고 묵거라."

"어서 푹푹 떠묵어 봐라. 우리 한길이가 이렇게 장한 아들이 되었는데, 우리는 이것밖에 해줄 게 없구나."

어머니는 연방 치맛자락으로 눈물을 훔쳤다.

엄한길은 마지못해 숟가락을 들었지만, 순백의 쌀밥이 모래를 씹는 것처럼 버석거렸다.

"한길아, 후학기도 공부 잘하면 기둥뿌리를 뽑아서라도 자전거를 사 주꾸마."

"자전거는 필요 없습니더. 걸어댕기면 건강에도 좋고, 영어 단어도 많이 외울 수 있어 더 좋습니더."

"약속하꾸마."

"진짜라예. 차라리 그 돈 있으면……."

엄한길은 말하다 그만두고 닭고깃국을 퍼먹었다. 차라리 그 돈 있으면 저축해 두었다가 나중에 고등학교를 보내 달라고 말하고 싶었지만, 차마 그 말이 입에서 떨어지지 않았다. 그러나 아버지는 엄한길의 가슴속 말을 알아들은 것 같았다. 입꼬리가 휘도록 입술을 굳게 다문 아버지가 말했다.

"알았다."

"우리 한길이가 내 뱃속에서 나왔다는 게 믿기지 않는데이. 장하다, 우리 아들. 남들처럼 벤또도 변변히 못 싸 줬는데……."

어머니는 저녁 먹는 내내 숟가락질보다 치맛자락으로 눈물을 훔치는 일이 더 잦았다. 아니라고, 자책하지 않아도 된다고 말해도 내처 눈물 바람이었다. 그랬다. 그 시절 대부분 아이가 그랬지만, 엄한길도 흰 밥알이 흐린 날 밤하늘의 별처럼 박힌 꽁보리밥에 반찬이라곤 귀퉁이에 붙인 한 숟갈의 고추장이나 장아찌뿐인 도시락을 싸 들고 다녔다. 어떤 날은 그것도 없어 밥 대신 삶은 감자, 고구마, 옥수수 한두 개를 도시락에 넣어 가기도 했다. 그러나 엄한길은 그 일로 부끄러워하거나 부모를 원망한 적은 없었다. 오히려 그 도시락을 먹을 때마다 배곯지 않게 해준 부모님과 텃밭에 감사했고, 그것마저도 먹지 못하고 있을 아버지와 어머니 생각에 늘 미안했다. 실제 몇몇 아이들은 그런 도시락도 싸 오지 못해 점심때는 몇 숟갈 구걸해 먹거나 수돗물로 허기를 채우는 일도 있었다.

여름방학 첫날이었다. 아침을 먹고 대문 앞의 널평상에 앉아 영어 단어를 외우고 있는데 바지게를 진 승조가 환하게 웃으며 다가왔다. 승조는 바지게를 내려놓자마자 엄한길의 목을 끌어안고 마구 꿀밤을 먹였다.

"소식 들었다. 진짜 축하한다."

"다 니 덕분이다. 니 갈쳐줄라고 쌤 말씀을 귀 따갑도록 들었거든."

"나는 벌써 알고 있었다. 이 바닥에서 니 당할 자 없다 아이가."

"고맙다, 승조야."

"뭔 소리. 내가 진짜로 고맙지. 뒤져도 안 잊으께."

엄한길은 승조를 따라 낫을 들고 뒷산으로 올라갔다. 여름 산은 풀의 세상이었다. 온 산이 싱그러운 풀 냄새로 가득했다. 합동으로 후딱 한 바지게의 풀을 베어놓고 둘은 땀도 식힐 겸 버섯바위 밑으로 갔다. 옹달샘의 물을 두 손으로 받아 마시고 나란히 돌덩이에 걸터앉았다. 그곳에 앉아 있으면 희끗희끗한 개망초와 으아리꽃이 지천인 산등성이와 면사무소로 이어지는 마을 길과 길옆으로 바람에 펄럭이는 광목처럼 펼쳐진 들판이 아스라이 보였다.

"한길아, 저기 들판 보이제? 내 나이 스물이면 전부 다 내 끼다."

승조가 얼굴의 땀을 푸른 남방 자락으로 문지르고 나서 말했다.

"뭐, 스물에? 꿈이 너무 큰 거 아이가."

"안될 값이라도 목표를 크게 잡아놓고 죽기 살기로 매달려 보는 거지 뭐. 꿈이란 꾸라고 있는 거라 카대."

"니가 어푼 중졸 자격증을 땄으면 좋겠다. 니킹 내캉 자취하며 낮에는 양복점 다니고 밤에는 고등학교 다니고 하면 얼마나 좋겠노."

"야간 다닐라고?"

"우리 집 형편에 주간에 보내주겠나. 공납금이 억수로 비쌀 낀데."

"그렇기는 하네. 니 말대로 그리되면 얼마나 좋겠노. 니는 나중에 판·검사되고 나는 일류 재단사가 되면 내가 니 옷 폼 나게 맞춰줄 수도 있고…… 생각만 해도 기분 죽이네."

"그러니까 승조야, 먼저 자격증 따는 기 급선무다. 그담에 아빠를 설득해도 안 늦데이."

"우리 아부지는 벽창호라 씨알도 안 먹힐 끼다."

"그래도 꿈이라도 꿔 보자. 꿈은 꾸라고 있는 거라매?"

"좋아."

승조가 일어났다. 그리고 엄한길의 손을 끌고 버섯바위 옆 언덕배기로 올라갔다. 그곳에 서 있으면 아카시아 숲 사이로 육십여 호의 마을 모습이 오롯이 보였다. 승조가 바지춤을 풀며 말했다.

"한길아, 우리 여기서 마을에 대고 오줌 한판 갈기자. 파이팅 대신."

"좋아."

엄한길도 바지춤을 풀었다.

"야이 개새끼들아, 머슴 아들과 고지기 자슥은 사람 새끼 아이가. 두고 봐라. 언젠가는 너거들이 우리 앞에 무릎 꿇고 사정사정할 날이 올 끼다. 그때 너거들 상판때기가 참으로 궁금하데이. 맛배기로 이 오줌이나 받아 처묵으라."

승조가 오줌 줄기를 멀리멀리 뿌리며 악다구니를 쏟았다.

"너거들이 저지른 소행을 낱낱이 다 기억하고 있데이. 두고 봐라. 보란 듯이 출세해서 백배 천배 갚아 줄 끼다. 코딱지만 한 권력으로 약자를 괴롭히는 더럽고 치사한 너거들한테는 이 오줌도 아깝다."

엄한길도 승조의 악다구니에 가세했다.

그런 다짐에도 불구하고 두 사람의 꿈은 끝내 이루어지지 않았다.

중학생이 되었어도 이씨 문중 오 총사의 괴롭힘은 여전했다. 단지 게임의 상대가 천승조에서 형들로 바뀌고, 일방적인 게임 지정에서 선택으로 바뀌었을 뿐. 오 총사가 베푼 유일한 선심은 엄한길에게 게임의 종류와 상대를 정하는 제비뽑기의 권한을 주었다는 점이다. 말이 선심이지 좀 더 흥미를 더하기 위한 얄팍한 꼼수에 지나지 않았다. 그들은 이미 암암리에 게임의 종류와 상대를 정해 놓고 엄한길에게 대단히 배려하는 양 해낙낙한 얼굴로 뽑기를 강요했다. 처음에는 몰랐다, 그 흉계를. 모자 안의 제비에 똑같은 게임명과 이름이 적혀 있다는 걸. 말하자면 이런 식이었다. 게임이 씨름일 경우에는 씨름을 제일 잘하는 형의 이름이, 돌팔매질일 경우에는 돌팔매질을 제일 잘하는 형의 이름이 적혀 있었다. 당연히 힘들고 위험한 나무타기나 승리가 불확실한 가위바위보와 같은 게임은 제외되었다. 시쳇말로 짜고 치는 고스톱에 이길 재간이 없었고, 이겨서도 안 되었다. 이겼다가는 괘씸죄가 추가돼 더 혹독한 보복이 따랐다.

엄한길은 아직도 그날의 충격을 잊지 못한다. 게임은 돌팔매질이었고, 상대는 재욱 형이었다. 엄한길은 욱하는 성에 힘껏 팔매질했다. 엄한길이 너끈하게 이겼다. 뒤에서 구경하던 형들이 뜻밖의 결과에 놀라 괴성을 질렀다.

"어쭈, 제법이네."

재욱 형이 묘한 웃음을 흘리며 삼세판을 제의했다. 삼세판은 원래 없는 규칙이었다. 규칙이란 그들이 만들면 그게 곧 규칙이었다. 팔매질할 때 발을 한 발 더 앞으로 내밀어 반칙을 저질렀다는, 말도 안 되는 죄명을 덮어씌워 푸쉬업 스무 번을 시켰다. 그들이 합창하는 구령에 맞춰 스무 번을 하고 나니 팔과 온몸에 힘이 빠졌다. 그리고 돌팔매질. 이길 재간이 없었다.

그들은 엄한길을 상엿집 뒤 도린곁으로 끌고 갔다. 자갈 바닥에 엄한길을 반듯이 눕혀놓고 넷이서 양팔과 양다리를 하나씩 붙들었다. 그리고 재욱 형부터 엄한길의 얼굴에 오줌을 갈겼다.

"고지기 새끼 주제에 기어올라?"

입을 정조준해 오줌을 갈기며 재욱 형이 이빨을 갈았다. 바지춤을 여민 재욱 형이 다음 순번의 형에게 배턴을 넘겼다. 엄한길은 곱다시 다섯 형의 오줌을 얼굴로 다 받았다. 온 얼굴이 오줌

범벅이었고, 얼마는 입안으로 흘러들었다. 그럴 때마다 헛구역질이 솟구쳤고, 그럴수록 더 많은 양의 뜨뜻미지근한 오줌이 흘러들어 목 안으로 넘어갔다.

"또 껍죽대기만 해보라. 그땐 머리털을 확 조 뽑아버릴 끼다."

"억울하면 학교 때려치우던가."

"고지기 새끼가 겁대가리 없이……."

"주둥아리 함부로 놀렸단 봐라."

"그땐 니 인생도 끝이야."

벌주기를 마친 형들은 한마디씩 뒷말을 남기고 유유히 현장을 떠났다. 엄한길은 그들의 기척이 들리지 않을 때까지 널브러진 자세로 저문 하늘을 망연자실 바라보았다. 세상이 원망스럽고, 죽고 싶었다. 죽어서 두억시니가 되어 오늘의 치욕을 되갚아주고 싶었다. 저절로 샘처럼 솟구치는 눈물이 온 얼굴을 덮으며 바닥으로 흘러내렸다.

당시에는 학교나 집에 일러바친다는 생각은 감히 상상조차 할 수 없던 시절이었다. 그건 학교를 그만두겠다는 각오 없인 불가능한 일이었다. 그리고 일러바쳐 봐야 근본적인 해결책이 마련되는 것도 아니었다. 기껏 그들에게 내려지는 벌이라곤 형식적인 반성문 쓰기 정도일 것이다. 그러니까 상책은 하굣길에 오 총사와 맞닥뜨리지 않는 길밖에 없었다. 그러나 그것도 그들의 배려가 있을 때만 가능했다. 그들이 그러기로 마음먹은 날엔 어떤 식으로든 만나졌고, 만나야만 했다. 요행 무슨 일로 만나지 못한다 해도 다음 날이면 은밀히 쪽지가 날아왔다.

- 한길아, 오늘 되게 보고 싶네.

점심시간에 그런 쪽지를 받으면 일순 머리칼이 쭈뼛 서고 오금이 달라붙었다. 그런 날은 선생님의 설명이 귀에 들어오지 않았다. 오직 아프고 싶다는 소망뿐이었다. 간혹 하느님은 엄한길의 간절한 소망을 들어주기도 했다. 갑자기 온몸이 펄펄 끓고 냉기가 가슴으로 몰려들면서 시나브로 의식이 흐려졌다. 눈을 뜨면 양호실이거나 병원일 때가 있었고, 반 아이들과 선생님, 아주 드물게는 아버지와 어머니가 와 있을 때도 있었다. 그러나 아무도 몰랐다. 그 쪽지 때문이라는 걸. 알고 있는 이는 오직 오 총사뿐이었다. 몸 상태가 정상으로 돌아오면 아버지와 어머니는 엄한길을 불러놓고 타이르곤 했다. 몸을 상해 가면서까지 공부하지 말라고. 아마 담임 선생님과 반 아이들도 그렇게 알고 있었을 것이다.

한차례 홍역을 치르고 나면 한동안 잠잠했다. 그러나 언제 쪽지가 날아들지 몰라 늘 초조하고 불안했다. 그런 노심초사는 2학년 1학기까지 계속되었다.

2학년 여름방학 때였다. 당시에는 마을 전체가 한 곳으로 소에게 풀을 뜯기러 다니던 시절이었다. 아침에 한 번, 오후에 한 번, 3월부터 10월까지. 누군가가 소를 몰고 나서면 그 뒤를 따라나섰다가 점심때와 저녁때 소를 몰아오는 식이었다. 여름방학 때라 엄한길은 집에서 기르던 암소와 송아지를 몰고 풀을 뜯기러 다녔다. 승조도 꼴망태를 메고 면장댁 황소를 몰고 풀을 뜯기러 자주 다녔다.

그날은 이씨 문중의 선산으로 갔는데, 하필 오 총사 모두 와 있었다. 엄한길은 가슴이 뜨끔했지만, 스무남은 명이나 되는 아이들이 있었기에 설마 어쩌랴, 싶었다. 붉은 해가 설핏하던 오후였다. 남자애들은 끼리끼리 모여 딱지치기와 제기차기, 여자애들은 쎄쎄쎄와 공기놀이를 하고 있었다. 엄한길과 천승조가 외따로 앉아 속살거렸던 게 화근이었다. 한곳에 뭉쳐 낄낄거리던 오 총사가 손짓으로 불렀다.

곧 재욱 형이 아이들을 불러 모았다. 내막을 모르는 아이들은 해낙낙한 얼굴로 선묘 아래 큰 도래솔 밑으로 옹기종기 모여 앉았다. 남녀 반반이었고, 대부분 국민학생들이었다. 엄한길과 천승조가 그들 앞에 서자 상길 형이 흥을 돋우듯 나뭇가지로 상석을 두드리며 두구두구두구, 입으로 북소리를 냈다.

그날의 게임은 나무타기였다. 가위바위보를 했는데, 승조가 이겼다. 승자에겐 순서 선택권이 있었다. 승조는 자기가 먼저 타겠다고 말했다. 그러곤 마치 그 게임을 즐기듯 구경꾼들을 향해 파이팅을 외쳤다. 아이들의 박수가 쏟아졌고, 승조는 양손에 침을 퉤퉤 뱉고는 능숙한 솜씨로 도래솔을 타기 시작했다.

엄한길은 고개를 떨구고 앉아 있었다. 게임보다 더 고통스러운 것은 그 뒤에 따르는 벌칙이었다. 어떤 벌칙이 떨어질지 모르지만 많은 구경꾼 앞에서, 더구나 계집애들 앞에서 자존심 상하는 벌칙을 수행하기란 죽기보다 싫었다. 어쩌면 그때 승조도 엄한길과 같은 생각을 했고, 같은 고통을 느끼고 있었는지 몰랐다.

요란한 박수 소리에 무심코 머리를 들었을 때, 승조는 아득한 우듬지 끝에 원숭이처럼 매달려 손을 흔들고 있었다. 소나무 가지 사이로 강렬한 햇빛이 번뜩였고, 그 사이로 파란 하늘이 서럽게 고여 있었다. 햇살과 하늘을 등진 승조가 거인처럼 느껴졌다. 승조는 승리를 확신한 듯 한바탕 괴성을 질렀다. 그리고 몸을 돌려 매끄럽게 타고 내려오는가 싶더니 이내 퍽, 하는 소리가 허공을 갈랐다.

그 사건으로 승조는 일주일 만에 깨어났으나 몸도 마음도 예전의 승조가 아니었다. 부자연스러운 걸음걸이뿐만 아니라 거의 말과 기억을 잃어버린 바보가 되어버렸다. 엄한길도 잘 몰라봤다. 간신히 이름과 친구라는 정도만 기억해 냈다.

지금도 엄한길의 기억 속에 수수께끼로 남아 있는 것은 그날 승조가 보인 수상쩍은 행동이었다. 그날의 행동은 분명히 평소와 달랐다. 여유로운 표정과 어울리지 않는 파이팅과 차갑게 빛나던 눈빛의 날카로움이 그랬고, 거침없는 나무타기와 나무우듬지에서의 행동이 그랬다. 어쩌면 승조는 자연스러움을 가장한 고의성으로 온몸을 던져 그들의 폭력에 저항하려 했던 건 아니었을까. 그런 의구심을 떨쳐버릴 수 없었다.

그 사건은 엄한길의 내면 깊이 감춰져 있던 야성을 일깨우는 계기를 마련해 주었다. 그 사건 이후, 그토록 오금을 달라붙게 하던 쪽지가 이상하게 무섭게 느껴지지 않았다. 오히려 은근히 기다려지기까지 했다. 그러나 쪽지는 좀처럼 날아오지 않았다. 참다못한 엄한길이 먼저 재욱 형에게 쪽지를 보냈다. 상대는 누구도 좋으니 공정한 룰로 무슨 게임이든 한 판 붙자고. 기다리고 있을 테니 조만간 쪽지로 답장을 보내 달라고.

쪽지를 보낸 뒤 엄한길은 곧장 도서 담당 형을 찾아가 사정을 말하고 공정한 심판을 봐 줄 것을 요청했다. 엄한길은 자신 있었다. 비록 형들이지만 공정한 룰만 보장되면 그 누구와 무슨 게임을 해도 이길 자신이 있었다.

사정을 전해 들은 형은 그런 일이 있었느냐고 놀라며 즉각 수락했다. 날짜가 정해지면 친구 몇 명도 데리고 가겠다고 약속했다. 엄한길은 든든했다. 그러나 엄한길은 만일의 경우를 대비해 잭나이프를 준비했다. 그들이 끝까지 비겁한 행동으로 나오면 이젠 가만두지 않겠다고 별렀다.

기다려도 쪽지는 오지 않았다. 재차 보냈지만 역시 마찬가지였다. 이번에도 깔아뭉개면 패배를 인정한 걸로 알겠다고 했지만, 묵묵부답이었다.

알고 봤더니 그들은 무늬만 호랑이인 겁쟁이들이었다. 약자에게는 한없이 악랄하고 강자에겐 끝없이 나약한 종이호랑이였다. 그런 줄도 모르고 그동안 속고 살아온 게 분하고 억울했다.

"승조야, 그 새끼들 아무것도 아니었어. 우리가 폭 속은 거야. 그러니까 제발 정신 좀 차려."

엄한길은 승조를 붙들고 울먹였지만, 승조는 그저 먼 하늘을 올려다보며 히죽히죽 웃을 뿐이었다. "한기아, 하느 마따." 그 말만 되풀이했다.

승조는 이듬해 폭우가 쏟아진 날, 온전하지 못한 몸으로 산에서 한 짐 벤 꼴지게를 지고 내려오다가 계곡물에 휩쓸려 죽었다. 저녁 무렵 학교에서 돌아왔을 때, 어머니가 그 소식을 전해주었다. 그 순간 엄한길은 하늘이 노래지는 걸 실제로 경험했다. 붉은 놀에 젖어 있던 하늘이 순식간에 노랗게 내려앉았다. 곁에 있던 어머니가 순간적으로 보듬지 않았으면 노란 하늘에 짓눌려 질식사했을 것이다.

승조의 주검은 널브러져 있는 꼴지게에서 백여 미터 떨어진 계곡의 소에서 발견되었다. 주검을 수색하러 나갔다 돌아온 아버지로부터 그 소식을 전해 듣고 어머니와 함께 득달같이 달려갔을 때, 승조는 질척한 면장댁 마당에 거적을 덮고 누워 있었다. 승조 어머니는 넋 놓고 마당에 퍼더앉았고, 승조 아버지는 마루에 걸터앉아 훌쩍이고 있었다. 혀 차는 소리가 몰려든 어른들 사이에서 우박처럼 쏟아졌다. 거적 밖으로 삐져나온 팅팅 부은 맨발이 그렇게 비참하고 서러워 보일 수가 없었다. 엄한길은 마지막으로 승조의 얼굴이라도 보고 싶었으나 어머니가 결사적으로 막아 끝내 볼 수 없었다. 그날 밤 승조는 면장댁 일꾼들에 의해 이씨 문중의 산 어딘가에 묻혔다. 엄한길은 승조의 무덤만이라도 알아두고 싶었지만, 승조가 어디에 묻혔는지 아무도 가르쳐주지 않았다.

그토록 마을을 떠나고 싶어 하던 승조는 그렇게 마을을 떠났다. 미처 자신의 꿈을 펼쳐보지도 못하고 풀꽃처럼 꺾여 진저리나는 오 총사의 마을을……. 엄한길은 아직도 생생하게 기억한다. 그날 밤 승조가 바지게에 얹혀 집을 떠날 때, 승조 부모님 앞에서 보란 듯이 연방 소맷자락으로 눈물을 훔치던 오 총사의 역겨운 위선을. 반세기 가까이 지난 지금도 그날 밤의 일을 생각하면 피가 거꾸로 솟고 속이 메슥거려진다.

승조의 죽음은 엄한길의 삶에 큰 영향을 끼쳤다. 그를 지켜주지 못했다는 죄책감과 그의 몫까지 감당해야 한다는 책임감으로 평생 멍에와 부채의 삶에서 벗어날 수 없었다. 그리고 그 역겨움은 헛구역질이 솟구칠수록 더 많은 양이 목구멍으로 흘러들던 뜨뜻미지근한 불쾌감과 함께 뇌리에 흉터처럼 자리 잡는 계기가 되었다.

영혼이 맑은 소녀

엄한길이 중학교를 다니던 시절에는 고등학교도 입학시험을 봐서 들어갔다. 2학년까지 만판 놀던 아이들도 3학년이 되면 눈빛과 태도가 달라졌다. 엄한길이 다녔던 고령중학교도 병설 농업고등학교가 있었다. 그러나 웬만큼 공부하는 아이들은 모두 대구에 있는 고등학교 진학을 꿈꿨다. 인문계든 실업계든. 그런 아이들을 보면 엄한길은 마냥 부럽기만 했다. 주간고는 엄두도 못 내고 야간고가 유일한 희망이었던 엄한길은 맛있는 음식을 먹어도 맛을 모르는 것처럼 공부도 그랬다. 그래도 성적은 크게 떨어지지 않았다. 1학년 2학기에서 2학년 1학기까지 오 총사 형들의 계속되는 괴롭힘으로 전교 5등 밖으로 잠시 밀려난 적은 있었지만, 그 이후부터는 줄곧 1, 2등을 유지했다.

3학년 겨울도 깊어 입시 상담이 한창일 무렵이었다. 어느 날 담임 선생님이 엄한길을 불렀다. 엄한길은 솔직하게 말했다. 가정 형편상 진학이 어려울 것 같다고. 그러자 난감한 표정의 담임 선생님이 엄한길의 어깨를 다독이며 그래도 좌절하지 말고 열심히 공부하라고 격려하곤 돌려보냈다.

그리고 열흘쯤 지났을까. 선생님이 엄한길에게 가까운 시일 내로 보호자 한 분이 학교에 오도록 일렀다. 보나마나 장학생으로 추천해 줄 테니 병설 농고의 진학을 권유할 게 뻔했다. 그 무렵 아이들 사이에서 소문이 파다했다. 은밀히 교장 특명을 받은 담임이 학업성적은 우수하지만 가정 형편이 어려워 대구에 있는 고등학교 진학이 어려운 학생을 대상으로 학부모 상담을 진행하고 있다고.

엄한길은 담임 선생님의 속내를 꿰고 있었지만, 그렇다고 선생님의 명을 무시할 수 없었다. 저녁을 먹으며 그 사실을 알렸더니, 선생님의 말이라면 껌뻑 죽는 아버지가 열 일을 제쳐놓고 다음 날 바로 학교를 방문했다. 아버지를 담임께 모셔주고 교실로 돌아오니 마음이 착잡했다. 만일 담임 선생님이 농고 진학을 권하더라도 동의하지 말아 달라고 아버지께 귀띔하고 싶었지만, 차마 그 말이 입에서 떨어지지 않았다. 차라리 고등학교를 안 가면 안 갔지, 거기는 들어가기 싫었다. 꼴 보기 싫은 오 총사 중 세 명이 다니고 있었고, 무엇보다 승조를 앗아간 마을에서 또 3년을 눌러앉아 있어야 한다는 게 상상만으로도 끔찍했다. 그 사건이 있기 전에는 그렇게까지는 아니었다. 싫지만 진학의 길이 그뿐이라면…… 하고 조금의 틈이 있었다.

"한길아, 느거 담임 선상님 말씀으로는 청송군에 안 뭐라 카는 인문고가 있다 카대."

그날 저녁, 담임 선생님을 만나고 온 아버지가 저녁을 먹으며 말했다. 어머니는 사전에 언질을 받았는지 벌써 눈시울이 붉어져 있었다. 엄한길은 잠자코 숟가락질만 했다.

"그 학교에 담임 선상님 백씨 되시는 분이 교감으로 계시는데, 니가 그 학교로 진학하면 어떻겠노 그카더라. 거기로 진학하면 3년 전면 장학생에 묵고 자는 문제도 돈 한 푼 안 들이고 해결되도록 조치해 준다네. 거기다 3년 후에 좋은 대학에 합격하면 입학금도 대준다 카고. 니 생각은 어떤노?"

뜻밖이었다. 그건 전혀 예상하지 못한 일이었다. 청송은 얼마만큼 먼 거린지 짐작조차 안 가는, 낯선 곳이었다.

"어미 애비 떠나서 지낼 수 있겠나?"

엄한길이 미처 대답을 못 하자 아버지가 재차 물었다.

"지는 여기를 떠날 수 있고 고등학교에 다닐 수만 있으면 이북만 아니면 상관없심더. 아부지, 옴마 하시고 싶은 대로 하시이소."

"그래도 그렇지. 그 먼 데까정 널 우예 보내겠노."

어머니는 치맛자락으로 눈물을 훔쳤다.

"젊어서 고생은 사서라도 해야 하는 기라. 앞으로 배 안 곯고 살라 카만 고등핵교는 나와야 하는 기라."

"예."

"이왕 말이 나온 김에 그리 결정해뿔자. 선상님께서도 되도록 빨리 결정해 달라 카더라."

아버지는 이미 결심을 굳힌 표정이었다.

"예."

"한 번 더 생각해 보고 결정하입시더. 우예 자슥을 짐승 팔듯이 그캅니꺼."

"암만 생각해봐도 결론은 똑같다고마. 우리 형편에 고등핵교 보낼 처지가 되나. 주경야독도 말이 숩지, 결코 안 숩다. 공납금이사 낮에 쪼매씩 벌고 야 누부들이 십시일반으로 보태고 하면 그러구러 충당할 수 있다 캐도 어데서 묵고 자고 할 끼고. 야 누부들이 안죽 잠 재워줄 형편은 안 되지……. 선상님 말씀을 들어보이끼네 전면 장학생으로 여기 병설 놓고 다니는 것보담야 거기가 백배 낫겠더구먼. 그러니께 눈 딱 감고 결정해뿌리자. 선상님께서 거짓말할 리 만무하고 돈 한 푼 안 들이고 묵고 자고 배울 수 있다 카이 그런 좋은 조건이 어디 있노. 어미 애비 보고 싶은 거야 공휴일에 한 번씩 댕겨가면 되고……. 그러니 여러 말 할 것 없이 한길이 니가 내일 핵교 가거들랑 선상님을 찾아뵙고 그리 의논해 결정했다고 똑똑히 말씀디리라. 지금부터 마음 단디 묵고…….”

“예.”

다음 날 엄한길은 등교하자마자 교무실로 담임 선생님을 찾아 갔다. 전날 의논해 결정한 사실을 말씀드리자 흡족한 표정의 담임 선생님이 엄한길의 어깨를 토닥이며 말했다.

“잘 생각했다. 공부는 어디에 가서 하든 마음먹기에 달렸다. 내가 특별히 형님께 잘 부탁해 놓을 테니 거기 가서도 열심히 공부해 좋은 대학에 입학하도록 해라. 혹 교장 선생님이나 교감 선생님이 불러 까닭을 묻거든 인문고에 진학해 대학 가고 싶다고 말씀드려라.”

“예.”

엄한길의 미래가 결정되는 순간이었다.

안덕고는 청송군 안덕면 소재지에 있었다. 2월 말, 아버지와 함께 학교를 찾아갔을 때 운동장에는 몇몇 청년들이 축구를 하고 있었다. 첫인상에 어딘가 고풍스러운 느낌이 들었다. 같은 중 · 고 병설이라 해도 엄한길이 다녔던 학교보다 규모가 작고 운동장이 좁았다. 중앙 현관 아치형 간판에 붙은 큼지막한 글귀가 인상적이었다. ‘애교심과 긍지를 가지자.’

교훈 같기도 하고 아닌 것 같기도 했다.

교무실은 현관 옆이었다. 아담한 교무실에는 봄방학 중이어서 그런지 교감 선생님과 몇몇 선생님들만 나와 있었다. 아버지가 출입문 입구에서 찾아온 까닭을 말하자 몇몇 선생님들과 함께 연탄난로 가에 둘러서 있던 교감 선생님이 나서며 반갑게 맞았다. 교감 선생님을 보는 순간, 담임 선생님과 형제간인 걸 금세 알아볼 수 있을 만큼 얼굴과 틀거지가 닮아 있었다. 근처에 있던 선생님들도 엄한길 부자임을 알고는 다가와 반기며 한마디씩 인사말을 건넸다.

교감 선생님이 곧바로 엄한길 부자를 교장실로 안내했다. 교장 선생님은 교장실에 계셨고, 역시 반갑게 맞으며 응접 소파에 앉기를 권했다. 엄한길은 교감 선생님이 안내하는 자리에 아버지와 함께 나란히 앉았다. 소파 앞 유리가 깔린 탁자 위에는 약간의 다과와 음료가 마련되어 있었다. 교장 선생님이 가운데 좌장석에 앉자마자 앞에 놓인 다과와 음료를 권하며 말했다.

"이런 훌륭한 인재를 우리 학교에 보내주셔서 진심으로 감사하다는 말씀을 드립니다."

"철없는 자슥을 선뜻 받아주셔서 저희들은 그저 황송할 따름입니더. 이 은혜는 평생 잊지 않겠십니더."

아버지가 중절모를 벗고 일어나 코가 탁자에 닿도록 허리를 숙였다.

교장은 보다시피 교육적 환경과 인적 자원이 대도시에 비해 떨어지지만, 공부는 자기 하기 나름이라며 부지런히 공부하여 학교의 명예를 거양한다면 그에 상응하는 보상을 하겠노라고 다짐했다. 엄한길은 아버지가 시키는 대로 교장, 교감 선생님의 기대에 어긋나지 않도록 최선을 다해 열심히 공부하겠다고 고개를 숙였다. 교장 선생님이 흐뭇한 표정으로 손을 내밀어 악수를 청했다. 엄한길은 황송해 자리에서 일어나 두 손을 맞잡고 다시 한번 고개를 숙였다.

아버지는 상견례를 마치고 교장실을 나오자마자 돌아갈 채비를 서둘렀다. 서두르지 않으면 당일 돌아갈 교통편이 없었기 때문에 함께 집에 들렀다 가시라는 교감 선생님의 간청을 완곡히 뿌리쳤다. 떠나기 전, 엄한길을 부른 아버지가 말했다.

"떨어져 있으면 여러 가지로 불편하고 많이 적적할 끼다. 집 생각이 나더라도 군에 간 셈 치고 참고 견디거라. 우야든동 건강 잘 챙기고 한눈팔지 말고 부지런히 공부해 교장, 교감 선상님 은공에 보답하도록 해라. 알겠제?"

"예."

"가마."

차마 떨어지지 않는 발길을 돌릴 때, 엄한길은 보았다. 회색 두루마기 옷고름을 여미는 아버지의 눈에서 반짝이는 눈물을. 그것은 여태 한 번도 본 적이 없던 것이었다. 그때 엄한길은 이런 다짐을 했던 것 같다. 결코, 부모님의 기대에 어긋나지 않는 사람이 되겠다고.

엄한길은 교감을 따라 그의 집으로 갔다. 집은 학교에서 10분쯤 걸으면 닿을 수 있는 거리였고, 아담한 2층 양옥이었다. 널찍한 마당 한쪽에 귀여운 하늘빛 개집이 있었고, 봄이면 무척 예쁠 것 같은 꽃밭이 조성되어 있었다. 집 안으로 들어서자 사모님이 반갑게 엄한길을 맞아주었다. 한눈에도 정이 많고 포근한 느낌을 주는 인상이었다. 교감 선생님은 엄한길을 곧장 2층으로 데려갔다. 2층에는 방이 2개 있었다. 나중에 안 사실이지만 하나는 교감 선생님의 서재였고, 다른 하나는 비어 있었다. 교감 선생님이 빈방의 문을 열며 말했다.

"앞으로 네가 자고 공부할 방이다. 어때? 마음에 들어?"

방안은 새로 도배하고 수리한 듯 깨끗했고, 포근한 느낌의 모노륨 장판과 1인용 나무 침대가 놓여 있었다. 엄한길은 마치 달콤한 꿈을 꾸고 있는 것 같았다. 메고 있던 배낭을 벗어놓고 문설주에 등을 기대고 앉아 눈을 감자 승조의 까무잡잡한 얼굴이 떠올랐다. 승조에게 미안했다. 자기만 꽃길을 걷는 것 같아 가슴이 무거웠다.

밖이 어둑해져 고향 집이 생각날 무렵이었다. 저녁을 먹으러 내려오라는 연락을 받고 아래층으로 내려갔다. 귤빛 조명으로 화사한 주방 식탁 위에는 동화 속에서나 본 듯한 형형색색의 반찬들이 각각의 꽃무늬 접시 위에 담겨 있었고, 노란 프릴 원피스 차림의 한 여자아이가 식탁 의자에 다소곳이 앉아 있었다. 그리고 몇 년에 한 번 먹을까 말까 한 쇠고깃국과 흰 쌀밥이 다긴 밥그릇이 사람 수만큼 놓여 있었다. 저녁상에 주눅 들어 얼어 있는 엄한길에게 교감 선생님과 사모님이 번갈아 자리에 앉기를 권했고, 엄한길은 마지못한 몸짓으로 입구 쪽 의자 끝에 궁둥이를 걸치고 앉았다. 교감 선생님이 엄한길 곁에 앉았고, 사모님이 맞은편 여자아이 옆에 앉았다. 수저를 들기 전 교감 선생님이 말했다.

"공주야, 인사해라. 앞으로 널 공부 뒷바라지해 줄 왕자님이시다."

다소 익살스런 어투에 살짝 귀를 붉힌 여자아이는 숙였던 머리를 조금 더 숙였다. 사모님이 웃으며 더 크게, 라고 하자 군말 없이 꼭 그 목소리만큼 더 숙였다. 여자아이는 가르마를 자로 잰 듯이 반듯하게 탄 갈래머리를 하고 있었다. 그것 때문에 도드라져 보이는 둥근 이마와 오뚝한 콧날이 총명하나 고집스러운 인상을 풍겼다.

그 아이가 훗날 엄한길의 삶에 천승조 못잖게 영향을 끼친 조신혜였다. 엄한길보다 세 살 아래였고, 그해 중학생이 되었다. 입학식 전날 긴 머리를 단발머리로 잘랐는데, 부끄럽다며 저녁을 먹을 때도 머리를 다친 아이처럼 제라늄 꽃문양이 찍힌 머플러로 머리를 동여매고 있었다.

입학식은 중 · 고 합동으로 운동장에서 거행되었다. 엄한길은 교감 선생님과 함께 먼저 출발했고, 조신혜는 제 엄마와 함께 늦게 출발했다. 눈이 오고 난 뒤라 운동장은 질척거렸지만, 따사한 햇살이 축복하듯 눈부셨다. 중학교 신입생은 4개 반, 고등학교 신입생은 2개 반이었다. 엄한길이 다녔던 학교에 비하면 중학교는 한 반이 적고 고등학교는 한 반이 많았다.

엄한길은 일주일에 두 번 정도 조신혜의 공부를 봐주었다. 주로 토요일과 일요일 저녁이었다. 주방 식탁에서였는데, 조신혜는 완벽주의자였다. 준비 완료 연락을 받고 아래층으로 내려가면 공부할 교과서와 노트를 펼쳐 놓고 단정히 앉아 있었다. 그 앉음새와 표정이 진지해 그녀가 엄한길의 가정교사인 것 같은 착각이 들 정도였다.

예전 승조를 가르친 경험이 큰 도움이 되었다. 엄한길은 성심성의껏 공부를 돌봐 주었다. 조신혜는 짐작한 대로 똑똑했고 이해력이 빨랐다. 가끔 허를 찌르는 질문에 엄한길이 당황해 얼굴을 붉히는 일도 있었다. 학과 공부를 빼면 오히려 그녀가 더 유식했다. 가령 러시아인들의 작명 메커니즘도 그녀를 통해서 처음 알게 되었다. 러시아인들은 대개 애칭을 가지고 있으며, 공식적인 자리에서 쓰는 정식 이름은 모두 세 마디로 구성되어 있다는 것. 즉 이름, 부명, 성으로 이루어져 있는데, 남자는 부명 뒤에 주로 오비치, 예비치, 여자는 오브나, 예브나가 붙는다는 것이다. 그러므로 러시아인들은 이름만 보면 누구네 집 아들과 딸인지 금세 알 수 있다며 톨스토이를 예로 들어 설명해 주었다. 톨스토이의 정식 이름은 '레프 니콜라이예비치 톨스토이'인데, 한국식으로 풀어 말하면 '톨스토이라는 성을 가진 니콜라이 아들 레프'라는 뜻이라고 했다. 조신혜로부터 처음 그 이야기를 들었을 때 엄한길은 마치 신천지를 발견한 것 같은 경이와 감격을 동시에 맛보았다. 러시아 소설을 읽을 때마다 이름 때문에 애를 먹었는데, 그 사실을 알고 난 뒤부터 복잡한 머릿속이 말끔하게 정돈되는 느낌이었다.

그 힘은 2층 비밀의 방에 있었다. 어느 날 그 공간이 궁금해 용기를 냈다. 깊은 밤이었다. 뜻밖에도 문이 잠겨 있지 않았고, 손잡이를 돌리자 비밀의 방은 아주 쉽게 엄한길을 받아들였다. 구석 어디쯤에서 희미한 불빛이 흘러나와 방의 정체는 금세 눈에 들어왔다. 책이었다. 온통 책들이 또 다른 벽처럼 삼면을 에두르고 있었다. 얼핏 봐도 중학교 때 학교 도서관보다 더 많을 것 같았다. 놀란 가슴으로 어리둥절해 있는 엄한길의 귀에 구렁의 물소리 같은 음성이 흘러나왔다. 교감 선생님이었다.

"아직 안 잤느냐?"

"죄송합니다, 교감 선생님. 제 방인 줄 착각해서……."

엄한길은 얼떨결에 거짓말했다. 얼른 나오려는데 교감 선생님의 말이 엄한길의 덜미를 낚아챘다.

"그럴 필요 없다. 오히려 늦은 감이 있구나. 문은 늘 열려 있으니 언제든 이용해도 좋다. 단 제자리에 꽂아 놓아야 한다."

"감사합니다. 꼭 명심하겠습니다."

엄한길은 소리 나는 쪽으로 허리를 숙이고 신비의 세계를 빠져나왔다. 다음 날 아침, 밥 먹으러 내려갈 때 혹시 간밤에 꿈꾼 게 아닐까 싶어 가만히 문을 열어보았다. 책들은 전날 밤의 모습 그대로 근엄하게 꽂혀 있었다.

조신혜가 어릴 때 소아마비를 앓아 다리가 불편하다는 걸 안 것은 두 달쯤 지난 뒤였다. 토요일 저녁이었고, 여느 때처럼 저녁을 먹고 양치질과 세수를 한 뒤 공부를 봐주기 위해 아래층으로 내려갔을 때였다. 엄한길은 식사나 신혜의 공부를 봐줄 때를 제외하고는 아래층으로 내려가 본 적이 없었다. 그때도 꼭 연락이 왔고, 그러면 곧장 내부 계단을 통해 내려갔다. 그런데 그날은 뭘 착각했는지 아니면 환청을 들었던지 엄한길은 신혜의 공부를 돌봐 줄 준비를 하고 무심코 계단을 내리밟았다. 마지막 계단에서 하필 제 공부방에서 나오던 신혜의 눈과 마주쳤다. 신혜는 그 자리에 모래 인형처럼 허물어졌다.

"봤지?"

신혜의 목소리는 그 어떤 칼끝보다 날카로웠다.

"뭘?"

엄한길은 실제로 아무것도 보지 못했다.

"내가 다리 병신인 거."

엄한길은 어쩔 줄 몰라 온몸을 떨며 엉거주춤 서 있었다.

"내가 그랬지? 연락하기 전에는 절대로 내려오지 말라고."

"미안해."

엄한길은 무얼 잘못했는지도 모르고 고개를 숙인 채 그 말만 반복했다. 교감 선생님이 마당에서 바람 쐬다가 허겁지겁 들어왔고, 놀란 사모님도 안방에서 나왔다. 신혜는 부모의 설득에도 아랑곳없이 계속 악을 쓰다가 그예 까무러쳤다. 교감 선생님이 잠시 올라가 있으라며 등을 떠밀어 엄한길은 정신없이 올라와 침대 모서리에 등을 기대고 앉았다. 고개를 깊게 떨구고 자책하고 있자니 그제야 모든 것이 명료해졌다. 왜 입학식 때도 그렇고 줄곧 따로 등교했는지. 왜 꼭꼭 내려오라는 연락을 했고, 그때마다 신혜는 항상 먼저 식탁 앞에 조신하게 앉아 있었는지. 그랬으면 뭔가 있다는 걸 깨닫고 대비하고 조심했어야 하는데, 바보같이……. 꿈에나 그리던 행복한 시간도 이것으로 끝이라는 생각에 설움이 북받쳤다. 엄한길이 어깨를 들썩이며 자책하고 있을 때, 교감 선생님이 올라왔다.

"미안하구나. 진작 너한테 얘기했어야 하는데, 신혜가 한사코 반대해 차일피일 미루다가 이 지경이 되었구나."

"죄송합니다, 교감 선생님. 제가 경솔하게 행동하는 바람에……."

"아니다. 어차피 한 번은 겪어야 하는 일이다. 차라리 잘 됐구나."

교감 선생님은 재차 엄한길의 등을 다독여주고는 내려갔다.

신혜는 그때부터 사흘 동안 제 방에서 나오지 않았다. 학교도 가지 않았고, 죽겠다며 아무것도 먹지 않았다. 결국, 방문을 강제로 따고 들어가 입원시키고서야 말도 안 되는 해프닝이 끝났다. 그 사이 신혜의 얼굴은 참혹하게 변해 있었다. 눈은 퉁퉁 부어 있었고 입술은 솔보굿처럼 부르터 보기가 민망할 정도였다. 아픔만큼 성숙한다더니, 사실이었다. 이틀 만에 퇴원한 신혜는 완전히 다른 아이가 되어 있었다. 불과 닷새 사이에 신혜는 몇 년을 훌쩍 건너뛴 것 같았다. 더 이상 불편한 다리를 부끄러워하지도 숨기지도 않았다.

"오빠, 걷는 모습이 꼭 미운 오리 새끼 같지?"

어떤 때는 걷다 말고 돌아보며 그렇게 종알대곤 깔깔 웃어대기도 했다.

그 일이 있고 난 뒤부터 엄한길은 신혜와 등교도 함께했고, 토요일엔 교문 앞에서 서로 기다렸다가 함께 귀가하기도 했다. 가끔은 옥상에 올라가 산마루에 붉은 놀이 걸리도록 노닥거리도 했다. 옥상에는 교감 선생님이 즐겨 사용하는 아령, 덤벨, 벤치프레스 같은 헬스 기구들이 널브러져 있고, 4인용 하늘색 벤치가 놓여 있었다. 거기에 앉아 있으면 둥근 하늘과 나직나직 둘러앉은 산들과 산자락 밑으로 올막졸막 들어선 마을과 아기자기한 들판이 고스란히 보였다. 그런 풍경들을 가만히 바라보고 있노라면 불현듯 고향의 버섯바위가 떠오르곤 했다.

그리고 집에 가지 않는 일요일엔 가끔 근교의 산과 개울로 놀러 다니기도 했다. 그럴 땐 꼭 자전거를 이용했는데, 사모님이 싸주는 도시락을 자전거 핸들에 걸고 비포장도로를 달릴 때는 신혜는 엄한길의 허리를 결사적으로 껴안으면서도 신나 즐거운 비명을 질러댔다. 봄에는 개울의 다슬기, 가을에는 벌판의 메뚜기를 잡았고, 여름에는 산속의 딸기를 따 먹으며 시간을 보냈다.

한번은 신혜가 뜬금없이 이렇게 물은 적이 있었다. 가을이었고, 메뚜기를 콜라병에 가득 잡아놓고 원두막에 앉아 김밥을 먹고 있을 때였다.

"오빠, 처음 내 다리 보는 순간 어땠어? 솔직히 말해 봐. 기분 더러웠지?"

"갑자기 그건 왜?"

"궁금해서 그래. 나도 그런 경험이 있었거든. 국민학교 3학년, 가을 운동회 때였어. 엄마 아빠가 학교에 왔는데, 울 엄마 아빠가 친구네들 엄마 아빠보다 엄청 늙어 보이는 거야. 그때 진짜 기분 더러웠어. 울 엄마 아빠가 나를 다리 밑에서 주워 키운 줄 알았거든. 솔직히 말해. 날 주워 키웠지? 저녁도 안 먹고 떼쓰니까 기가 막혀 웃다가 말해 주는 거야. 결혼 10년 만에 갖은 고생 끝에 날 가졌다고. 그래서 세상 누구보다 소중하고 사랑스럽고 자랑스러운 공주라고. 그 소릴 들으니까 괜히 미안했어."

"난 똑같았어, 전과."

엄한길이 차분히 대답했다. 실제로 그랬다.

"내 눈 보고 다시 말해. 정말이야?"

"그렇대도. 정말이야."

엄한길은 시키는 대로 신혜의 눈을 빤히 들여다보며 말했다.

"아니었구나."

그때 신혜는 뜻밖에도 무척 실망한 표정을 지었는데, 그녀가 왜 그런 표정을 지었는지 엄한길은 먼 훗날에야 알게 되었다.

중학교는 남녀 각 2개 반이었고, 고등학교는 남녀 각 1개 반이었다. 당시 중학교의 고교 진학률은 절반 정도였다. 진학 희망자 가운데 대부분은 대구 인문고 진학이 1차 목표였고, 중소도시 인문고 진학이 2차 목표였다. 그렇다 보니 근동의 중학생들을 다 끌어모아도 고등학교 입학 정원을 채우기가 쉽지 않았다. 엄한길이 입학할 당시 입원 정원은 120명이었지만, 입학한 학생은 남학생 51명 여학생 43명이었다. 입학해도 호시탐탐 전학 기회를 노리는 학생들이 대부분이었고, 누군가가 대구 인문고로 전학 간다는 발표가 나면 섭섭해하기는커녕 축하의 박수와 환호성이 터졌다. 그리고 전학자는 미련 없이 학교를 떠났다. 공부는 뒷전이고, 결석은 다반사였다. 남학생은 더했다. 농번기에는 4,5일 정도 가정실습을 실시하고 있음에도 결석하는 일이 일상처럼 되어 있었다.

학교에 대한 애착심이나 학업에 대한 열의가 없다 보니 학력 수준은 형편없었다. 엄한길이 입학할 당시 고등학교는 개교 4주년이었지만, 4년제 대학 진학자는 단 한 명도 없었다.

그런 분위기였기에 엄한길의 정체를 알게 된 아이들은 엄한길을 외계인 대하듯 신기해했고, 그 신선한 충격은 곧장 우상으로 이어졌다. 엄한길은 3년 내내 반장을 맡았다. 말이 반장이지 거의 담임이나 마찬가지였다. 아침 자습 지도는 물론 담임이 출장이나 결근 등으로 유고가 생기면 대신 조례했고, 결손 수업 시간 때는 대신 복습시키기도 했다. 어떤 선생님들은 바쁘다는 핑계로 수업을 통째 엄한길에게 맡겨놓고 볼일을 보기도 했다. 그런 엄한길을 반 아이들은 선생 이상으로 신뢰하고 따랐다.

엄한길은 3년 내내 수석을 놓치지 않았다. 수석도 차석과는 비교가 안 될 만큼 특등 수석이었다. 신혜도 학교생활에 잘 적응했다. 든든한 학습 도우미의 도움으로 성적이 부쩍부쩍 향상되어 졸업할 무렵에는 전교 5등 안으로 들었다.

엄한길은 1학년 때는 두 달에 한 번, 2학년 때는 석 달에 한 번, 3학년 때는 한 학기에 한 번꼴로 고향엘 다녀왔다. 거리가 멀어 토요일 수업을 파하자마자 출발하면 늦은 밤이 되어서야 집에 도착할 수 있었고, 다음날이면 아침 먹기 바쁘게 돌아올 준비를 서둘러야 했다. 그럼에도 집으로 가는 날이 가까워지면 집에 간다는 설렘으로 밤잠을 설치기도 했다.

학교 앞에 바로 버스정류소가 있었고, 청송읍에서 출발한 대구행 직행버스가 한 시간 간격으로 도착했다. 대구 서부정류장에서 고령 방면으로 가는 완행버스로 갈아탄 뒤 성산면 기족 마을 앞에서 내리면 재를 넘어야 하는 부담이 있지만, 성주 용암 쪽으로 둘러 가는 것보다 한 시간 이상 시간을 단축할 수 있었다. 또 용암 방면의 버스가 하루 서너 차례에 불과해 제때 시간 맞추기도 어려웠다. 그래서 엄한길은 갈 때나 올 때나 늘 그 재를 이용하곤 했다.

집에 오는 날이면 아버지와 어머니는 늘 서낭나무와 돌무더기가 있던 담웃재 산마루에서 엄한길을 기다리곤 했다. 허겁지겁 재를 오르다 산마루 쪽에서 일렁거리는 전짓불을 보면 금세 알아보았다. 멀리서 "아부지!", "옴마아!"하고 부르면 전짓불은 더 크고 힘차게 원을 그렸다. 저 아래쪽에서 헐떡거리며 올라오는 엄한길을 보면 어머니는 가만히 있지 못하고 한달음에 뛰어 내려와 얼싸안았다. 얼싸안고 혹시 배곯지나 않았나 싶어 얼굴도 만져보고 등도 만져보곤 했다. 돌아갈 때도 아버지와 어머니는 꼭 그 담웃재 산마루까지 바래다주곤 했다. 그만 들어가시라고 손짓해도 엄한길이 가뭇없이 자취를 감출 때까지 눈 바래며 망부석처럼 서 있곤 했다.

엄한길이 오는 날이면 애옥살이에도 어머니는 꼭 흰 쌀밥에 고깃국을 끓여 내놓았다. 자기는 그 집에서 호강하며 잘 먹고 있다고 해도 소용없었다. 이게 너를 위해 해줄 수 있는 전부라고 오히려 미안스러워했다. 그 밥상을 받으면 엄한길은 괜히 눈물이 났고, 성의를 생각해 없는 표정까지 지어가며 밥과 고깃국을 맛있게 먹었다. 밥상머리에 붙어 앉아 그런 모습을 보면 어머니와 아버지는 마치 자신이 먹는 것처럼 흡족한 표정을 지었다.

엄한길은 집에 들를 때면 꼭 승조의 집을 찾아가 승조의 부모를 찾아뵙곤 했다. 승조 부모는 그때까지도 면장댁 행랑채에서 살았다. 엄한길을 보면 승조 생각에 눈물을 찍어내곤 했다. 그러나 큰누나의 일이 있고 난 뒤부터 엄한길은 마을로는 일절 발길을 돌리지 않았다. 마을은 쳐다보기도 싫었다. 그 내막을 알고부터 엄한길이 왔다는 소식을 들으면 승조의 어머니가 대신 내려왔다. 어떤 날은 부모가 함께 내려오기도 했다. 내려올 때는 꼭 삶은 달걀이나 옥수수 등속을 가져왔고, 자꾸 권하는 통에 보는 앞에서 엄한길이 맛있게 먹으면 승조를 보듯 흐뭇해했다. 승조 부모는 큰누나의 일에 대해서는 애써 꺼내지 않았다.

큰누나의 일이 있고 난 뒤부터 어머니와 아버지는 옛날 같지 않았다. 엄한길을 보면 그냥 반길 뿐 옛날처럼 격하게 반기는 기색이 아니었다. 그래서 집엘 다녀와도 옛날처럼 기분이 전환되지 않고 긴 후유증이 남았다. 신혜가 언제인가부터 오빠의 표정이

어두워졌다며 무슨 일이냐고 꼬치꼬치 캐물었지만, 엄한길은 아무 일 없다며 내처 입을 다물었다.

엄한길이 처음이자 마지막으로 신혜에게 승조 얘기를 해준 것은 그로부터 일주일 뒤였다. 신혜가 자기 눈은 절대 못 속인다며 솔직히 말해 주지 않으면 공부하지 않겠다고 완강히 버티는 통에 결국 엄한길이 졌다. 엄한길은 큰누나 대신 승조가 별이 된 사연을 얘기해 주었다. 진지하게 다 듣고 난 신혜는 오빠에게 그런 아픔이 있었느냐고 놀라워했고, 분노했고, 마침내는 안타까운 나머지 눈물을 보이기까지 했다. 신혜가 마음이 무척 여리다는 걸 그때 처음 알았다. 그때까지 한 번도 슬픔이나 아픔 같은 걸 경험해 보지 못한, 정말 '공주' 같은 느낌이 들었다.

공부하는 내내 혼을 빼고 있던 신혜는 공부를 마치자마자 엄한길을 옥상으로 이끌었다. 밤이 깊어 사위는 어둠이 자욱이 드리워져 있었고, 오롯이 드러난 하늘엔 섬섬한 별들이 투명하게 반짝이고 있었다. 벤치에 앉은 신혜가 하늘을 올려다보며 말했다.

"오빠, 오빠 친구의 별을 알아맞혀 봐."

뚱딴지같은 신혜의 말에 엄한길은 어이없어 웃었다.

"아까 공부할 때, 오빠 친구가 내게 텔레파시로 귀띔해 줬단 말이야. 정말이라니까."

신혜가 진지한 얼굴로 다시 말했다. 그래도 웃기만 하자 신혜는 머리 위의 한 별을 가리켰다. 신혜가 가리킨 별은 큰곰자리의 알파별이었다.

"분명히 그랬어. 저 두베가 자기 별이라고."

신혜가 천연덕스럽게 덧붙였다.

"정말이야?"

그제야 엄한길은 신혜가 무안하지 않게 맞장구를 쳐주었다.

그때부터 큰곰자리의 알파별 두베가 천승조의 별이 되었다. 신혜 없이 엄한길 혼자 옥상에 올라가는 일은 없었다. 그러나 옥상이 아니라도 두베는 엄한길의 방 뒤쪽 발코니에서도 보였다. 늦도록 공부하다가 문득 큰누나와 승조가 생각나면 엄한길은 그 발코니로 나가 머리를 식히며 그 별을 바라보곤 했다. 두베는 엄한길에게 천승조의 별이자 큰누나의 별이기도 했다.

엄한길은 끝내 신혜에게 큰누나의 얘기는 해주지 않았다. 마음 여린 신혜에게 더 이상 슬픔을 전염시키고 싶지 않아서이기도 했지만, 그것보다 엄한길의 마지막 자존심이 그걸 허락하지 않았다.

엄한길은 2학년 겨울방학부터 죽을힘을 다해 학업에 매달렸다. 어렵고 힘에 부칠 때면 큰누나를 생각했고, 속이 까맣게 탔을 어머니와 아버지를 생각했고, 힘든 노동으로 하루하루를 버티는 두 누나를 생각했고, 착한 승조를 생각했고, 결코 생각하고 싶지 않은 오 총사 형들을 생각했다. 그러면 시나브로 감기던 눈도 화톳불처럼 되살아났다.

엄한길은 대학 원서를 내기 전까지 자신이 교사의 길을 걸으리라곤 짐작하지 못했다. 사람을 심판하는 일, 사람의 병을 고치는 일, 사람을 가르치는 일은 아무나 할 수 있는 것이 아니라 선천적으로 그런 재주나 운명을 타고나야 한다고 생각했다. 딱히 무엇이 되겠다는 것도 없었지만, 적어도 남을 가르치는 일은 아니었다. 자기는 그런 재주도 없거니와 그런 운명을 타고나지도 않았다고 생각했다. 국민학교 시절의 꿈은 양복 기술자였고, 중학교에 입학하고부터는 면서기였다. 면서기가 되면 적어도 밥은 굶지 않는다는 아버지의 은근한 권유 때문이었다. 한때 잠깐 소설가의 꿈을 가져보기도 했지만, 그야말로 하룻밤 꿈에 지나지 않았다.

"제가요?"

담임 선생님이 경북대학교 사범대학에 원서를 내보면 어떻겠느냐고 했을 때 엄한길의 첫 반응은 그랬다. 몇 주 전, 담임이 불러 가니 고향에 언제 가느냐고 물었다. 다음 주에 가는 주라고 했더니 잘 됐다며 원서를 어디로 쓸 건지 가는 김에 부모님과 상의해 오라고 당부했다. 엄한길이 기억해 뒀다가 그 말씀을 전했고, 어머니와 아버지는 우리는 아무것도 모르니 선생님과 잘 상의해 알아서 하라고 했다. 월요일 아침에 그 사실을 전했고, 그때 담임은 특별한 언급 없이 고개만 끄덕였다.

"네 말을 듣고 며칠 심사숙고해 봤는데, 가정 형편이나 네 성격과 성적 등을 종합적으로 고려하면 거기가 최선인 것 같다. 서울대면 모르겠지만 너희 집 형편상 서울 유학은 좀 무리인 것 같고, 솔직히 서울대는 힘들어. 문제는 과인데, 네 생각은 어떠냐?"

"제 실력으로 가능하겠습니까?"

"그건 신만이 안다. 다만 우리가 할 수 있는 것은 좀 더 가능성이 있는 쪽으로 선택하는 일이다. 네 예비고사 성적과 평소 실력을 고려하면 나는 불합격보다 합격 쪽에 한 표를 던지고 싶다. 문제는 과인데…… 혹시 생각해 둔 게 있느냐?"

"없습니다. 사범대는 금시초문이라……."

"당장 오늘 안 써도 괜찮으니 며칠 고민해 봐라. 내 생각에는 국어나 일반사회 쪽이었으면 좋겠는데……."

그러고는 국립 사범대학의 장점을 장황하게 설명했다. 국립대는 사립대보다 공납금이 절반 수준인 데다 사범대는 모든 학생이 장학금을 받다 보니 문과대학보다 또 좀 싸다. 교사라는 직업이 안정적이고 사회로부터 존경을 받는다. 사범대를 나와도 일반대학원 진학에 아무런 제약이 없다. 단점이라면 졸업 후 장학금을 받은 연한만큼, 그러니까 4년간 의무적으로 교직에 몸담고 있어야 한다.

"오빠는 국어 쪽이야."

귀가 후 저녁을 먹으며 학교에서 있었던 일을 털어놓았더니 신혜가 적극적으로 추천했다. 고등학교 2학년 때 한글날 기념 도

내 백일장이 경주에서 있었는데, 엄한길은 고등부 군 대표로 참가해 산문부 장원을 차지한 적이 있었다. 신혜가 용케 그걸 기억하고 있었다. 교감 선생님은 사범대학보다 상과대학을 추천했고, 사모님은 법과대학을 선호는 눈치였다. 엄한길은 밤새 고민하다가 결론을 내리지 못하고 이튿날 담임께 전날의 상황을 전했다. 담임은 한참 숙고하더니 말했다.

"좋다. 국어교육과로 하자. 한길이는 문예에 소질이 있고 사려가 깊으니까 나중에 작가나 교수, 언론 계통으로 진출할 수도 있고……."

엄한길의 미래가 두 번째로 결정되는 순간이었다.

그해에도 안덕고의 4년제 대학 합격자는 엄한길이 유일했다. 더구나 개교 이래 처음인 경북대라는 소식이 알려지자 면이 떠들썩했고, 교문에는 축하 현수막이 큼지막하게 내걸렸다. 학교에서는 약속대로 입학금을 장학금으로 주었고, 면장을 비롯한 몇몇 유지들과 동창회장이 방문해 축하와 함께 격려금을 주었다. 소식을 접한 엄한길의 고향에도 모르쇠 잡고 있지 않았다. 면사무소 정문에 고향 출신 다른 합격자들과 함께 축하 현수막을 내걸었고, 면장은 집을 방문해 축하와 함께 손목시계를 선물로 전달했다.

누구보다 기뻐한 사람은 어머니와 아버지였다. 두 분 모두 내심 법과대학에 들어가 개천의 용이 되기를 기대한 눈치였지만,

어느 과든 자기 하기 나름이라는 주위의 조언을 듣고는 눈빛이 달라졌다. 승조 부모님도 승조가 된 것만큼이나 기뻐했다. 승조 어머니가 승조 생각으로 한길의 손목을 잡고 손등으로 연방 눈물을 훔칠 때는 마치 죄인이 된 것처럼 가슴이 먹먹하게 아렸다.

저녁을 먹고 엄한길은 큰누나와 승조가 생각나 뒷산으로 올라갔다. 버섯바위는 변함없이 늠름한 자세로 어둠을 빨아들이며 묵묵히 앉아 있었다. 가만히 들어가 늘 앉아 울음을 삼키던 그 돌덩이에 앉아 넋 놓고 있자니 큰누나와 승조가 미치도록 보고 싶었다.

"한길아! 저기 반짝반짝하는 별 보이제? 저런 별들이 없어 봐라 밤이 얼마나 외롭고 슬프겠노. 한길이 니는 우리 집안의 별인기라. 그러니까 쓸데없는 생각 말고 우짜면 다른 별들보다 더 반짝거리겠노, 그 생각만 하며 죽기 살기로 공부해야 하는 기라. 알겠제?"

"한길아, 저기 들판 보이제? 내 나이 스물이면 전부 다 내 끼다."

큰누나와 승조의 말이 어제처럼 선명히 떠올랐다. 무심한 하늘에는 아득한 별들이 무궁한 빛깔로 반짝이고 있었다. 저 많은 별 가운데 큰누나와 승조는 어디에 머물고 있을까를 생각했다.

"큰누부야, 승조야, 지금 어디 있노. 나 꿈에도 생각 못 한 대학 가게 됐다. 보고 싶다. 참말로, 억수로……."

엄한길은 하염없이 눈물을 뿌리며 오래도록 앉아 있었다.

신혜에게서 새로운 모습을 보게 된 것은 대학 입학을 위해 그 집을 떠날 무렵이었다. 신혜는 대구의 인문고에 합격할 충분한 실력이 되었지만, 신혜가 원해 안덕고로 진학했다. 그해 교감 선생님은 3월 1일 자로 영양교육청 관내 중학교 교장으로 발령이 났다.

그날은 교감 선생님과 사모님이 함께 교장 사택을 수리하러 떠나 집에는 신혜와 둘만 있었다. 점심때 떠나면서 사모님이 마련해 놓은 밥과 반찬으로 저녁을 먹고 2층 교감 선생님의 서재에서 책을 뒤적거리고 있을 때, 신혜가 사과와 배를 깎아 쟁반에 담아 들고 올라왔다. 전에도 토요일 오후나 일요일 한때, 가끔 함께 서재에 있은 적이 있었기 때문에 둘만이 있다고 해서 특별히 분위기가 어색하지는 않았다. 서재 한 녘에는 간이침대와 두세 명이 앉아서 독서할 수 있는 원형 탁자가 놓여 있었다. 원탁 앞에 마주 앉아 과일을 먹고 있을 때 신혜가 말했다.

"오빠와 헤어질 날이 얼마 안 남았네."

"그러게. 세월이 참 빠르다."

"떠나면 여길 다 잊을 거지?"

"그게 말이 돼? 함께한 날이 얼만데."

"정말 그럴까?"

"두고 봐."

"글쎄, 아닐걸."

그 대화를 끝으로 둘은 마주 앉아 책을 읽었다. 엄한길은 존 스타인벡의 『진주』를 읽었고, 신혜는 앙드레 지드의 『좁은 문』을 읽었다. 그리고 자정이 되었을 무렵, 둘은 처음으로 입을 맞추었다. 제법 날이 차가웠고, 캄캄한 밤하늘 아래로 이따금 별똥별이 떨어지는 게 보이던 옥상의 벤치에서였다. 어떤 과정을 거쳐 거기까지 갔고, 그런 일까지 이르게 되었는지 엄한길의 기억 속에 남아 있지 않다. 앞뒤 필름은 잘려 나가고 마치 한 장의 빛바랜 스틸사진처럼 그 부분만 유난히 또렷이 뇌리에 박혀 있었다. 그리고 또 있다. 어느 순간인가 신혜가 했던 말…….

"오빠, 지금 날 가질 수 있으면 가져. 다리 말곤 다 정상이야. 죄책감이나 부담감 같은 건 안 가져도 돼. 난 어차피 사랑이나 결혼 같은 건 안 할 거니까. 내 말이 정 미심쩍으면 지금 바로 오빠 친구에게 물어봐. 얼마 전에 내가 두베 앞에서 고백하고 맹세했거든. 확실하다니까."

자극적이고 원색적인 그 말이 예비 여고생의 입에서, 더구나 착하고 순진무구한 신혜의 입에서 흘러나왔다는 게 엄청난 충격이었고, 그래서 한동안 그날 밤의 일이 엄한길에게 꿈처럼 느껴졌다.

며칠 뒤 엄한길은 그 집을 떠났고, 신혜의 말은 예언처럼 되었다.

영원한 동반자

엄한길은 첫 대학 생활을 둘째 누나의 집에서 시작했다. 당시 둘째 누나는 칠성시장 근처에서 매형과 함께 양복점과 양장점을 하며 살고 있었다. 결혼 1년 차였는데, 가게 건물의 2층에 신접살림을 차렸다. 살림집은 방 하나와 좁고 천장 높이가 1.5미터 될락 말락 한 다락방, 주방 겸 거실, 세면대가 달린 화장실이 다였다. 집이 좁아 곁다리로 붙어살 형편이 못 되었지만, 그 방법밖에 없었다. 막내 누나는 공장에서 기숙사 생활을 하고 있었다.

엄한길은 그 다락방에서 한동안 살았다. 잘 때는 군용 담요로 방문을 가리고, 솜으로 귀를 틀어막곤 했다. 마음 같아서는 양복점 가봉실의 소파에서 배짱 편하게 자고 싶었지만, 누나의 입장이 곤란해질까 봐 말을 꺼내기조차 쉽지 않았다.

입주 과외는 좀처럼 들어오지 않았다. 누나의 매장 전화를 이용해 사방팔방 쪽지를 써서 붙였지만, 효과가 없었다. 어딘가로 팔려나가기를 기다리는 노예처럼 애면글면 이불을 뒤집어쓰고 있으면 신혜 집에서의 생활이 얼마나 행복하고 분에 겨웠던지, 깨달아지곤 했다.

집에서 공부하기란 거의 불가능했다. 여건이 되어 있지 않을 뿐더러 온종일 일하고 들어오는 매형과 누나의 눈치가 보여 마냥 불을 켜고 있을 수도 없었다. 불을 끄고 누워 낮에 들었던 강의를 머릿속으로 복습해 보는 것이 고작이었다. 과제가 있거나 시험이 있는 날은 집 근처의 사설 독서실을 이용했다. 그런 날엔 미리 누나에게 알렸고, 독서실에서 숙식을 해결했다. 하루 이용료가 3백 원이었고, 밤만 이용하면 2백 원이었다. 수입이 없던 엄한길에게는 2백 원도 만만찮은 부담이었다. 그래서 단순한 복습 차원의 공부나 독서는 가까운 역 대합실로 가서 했다. 대합실은 늦은 시간까지 불을 밝히고 있었고, 늘 기차를 기다리는 사람들이 있었다. 기차를 기다리는 척하며 앉아 있으면 타인의 시선을 의식하지 않아도 되었다. 스스로 생각해도 너무 오래 머물렀다 싶을 땐 화장실에 들렀다가 역 광장을 얼마쯤 서성거리다 들어오면 기분 전환도 되고 덜 계면쩍었다.

"엄한길!"

그러던 어느 날, 대합실 구석진 곳에 앉아 『교양 국어』를 꺼내 김성한의 「바비도」를 읽고 있을 때였다. 누군가가 등 뒤에서 부르는 소리가 들렸다. 놀라 무의식적으로 고개를 돌리니 책을 옆구리에 낀 오동석이 바로 뒤에 서 있었다. 오동석은 과 동기였다. 그의 학번이 엄한길 바로 뒤여서 자연스럽게 맨 먼저 알게 된 친구였다. 늦은 시간에 웬일이냐고 물었더니 오동석은 집이 근처라 심심하면 가끔 들른다고 했다. 그러고는 불쑥 제안했다.

"시간 돼? 한잔할래?"

엄한길이 선뜻 대답하지 못하고 머뭇거리자 오동석이 따라와, 하고는 앞장서 대합실 옆문 쪽으로 걸어갔다. 엄한길은 입학 전에는 술을 입에 대지 않았다. 그럴 기회도 없었고 그럴 처지도 아니었다. 입학 후 신입생 환영회 때 선배들의 강권에 못 이겨 술이라는 걸 처음 마셨다. 그날 엄한길은 알았다. 자신이 술 잘 받는 체질이라는 걸. 그때는 막걸리가 대세였는데, 다른 동기들은 몇 잔 안 마셔 얼굴이 홍당무가 되거나 어깨가 흔들리거나 급하게 화장실을 가느라 분주했다. 그런데 엄한길은 아무렇지도 않았다. 남들만큼 마셨는데도 기분만 조금 달랐을 뿐, 신체상으로 큰 변화가 없었다. 옆자리에 앉았던 오동석도 그랬다. 그래서 오동석은 엄한길이 술을 꽤 잘 마시는 줄 알고 있었다.

역 뒤편에는 카바이드 불을 밝히고 영업하는 포장마차가 즐비하게 늘어서 있었다. 대개 한 됫박 막걸리를 노란 양은 주전자에 담아 팔았지만, 손님이 원하면 반 됫박도 주었다. 주된 안주는 어묵꼬치, 파전, 닭똥집 볶음, 곰장어구이, 제육볶음이었다.

"알고 봤더니 주인아줌마가 동향이더라고."

오동석은 입구 쪽에서 세 번째 집의 휘장을 들추며 말했다. 둘은 낯선 일행 옆의 장의자에 나란히 앉았다. 닭똥집 볶음과 막걸리 한 주전자를 주문해 놓고 황금색 청자 담뱃갑을 꺼내며 오동석이 말했다.

"한 대 할래?"

"아직."

"용기를 내보든지."

오동석이 한 개비 빼물고 유혹하듯 담뱃갑을 엄한길 앞으로 슬쩍 밀어놓은 뒤 지포 라이터로 불을 붙였다. 콧구멍으로 담배 연기를 뿜어내는 솜씨가 제법 자연스러웠다. 엄한길은 어떻게 처신해야 좋을지 몰라 담뱃갑만 바라보고 있었다. 담배는 생각해 본 적이 없었고, 술집도 누구랑 단둘이 가본 건 난생처음이었다. 코언저리에 약간 얽은 자국이 있는 아주머니가 안주와 주전자를 두 사람 앞에 내려놓을 때 오동석이 엄한길을 소개했고, 아주머니는 매력적인 눈웃음으로 반기며 엄한길의 잔부터 술을 따랐다. 잠자코 몇 잔의 술을 기울이고 났을 때였다. 다시 담배 한 개비를 빼문 오동석이 말했다.

"실은 널 이리로 유인한 건 한 가지 부탁이 있어서였어."

"뭔 부탁?"

"지난주던가 그랬지. 입주 과외 자리 구한다고."

"어."

"구했어?"

"아직."

그러자 오동석의 얼굴이 뿌연 담배 연기 속에서 밝아졌다.

"고모 집에 고1, 중2짜리가 있어. 고모가 하도 매달려서 내가 몇 달 가르쳐 봤는데, 못하겠더라고. 가족은 못 가르친다는, 그런 말도 있잖아. 고모가 자식 사랑이 유별나고 꽤 잘 사니까 섭섭잖게 해줄 거야. 어때, 해보겠냐?"

"목마른 놈이 샘 가릴 처지냐. 네 고모님이 어떻게 생각할지도 모르잖아."

엄한길이 남은 잔을 마저 들이켠 뒤 닭똥집 한 점을 사각사각 소리가 나도록 씹으며 대답했다.

"그러잖아도 며칠 전에 손 털며 대타로 널 슬쩍 얘기해 봤어. 대환영이더라고. 너가 오케이한다면 이렇게 하면 어떨까 싶어. 밥은 고모 집에서 먹고 잠은 우리 집에서 해결하는 걸로. 나도 지금 그러고 있거든. 솔직히 어쩔 수 없다면 모르지만, 잠까지 함께 하는 건 좀 그렇잖아. 아무래도 불편할 거고, 행동에도 제약이 따를 거고. 고모네 집과 우리 집하고는 걸어서 5분 정도야. 작년에 고모가 들쑤셔서 아버지가 허름한 한옥을 하나 샀어. 그때부터 꿍꿍이가 있었던 거지. 날 가정교사 삼으려고."

"나 방세 줄 형편 안 된다."

엄한길이 웃으며 농반진반으로 말했다.

"아무려면 친구한테 방세 받겠냐. 받으면 고모한테 받아야지. 엄연히 입주 과외나 마찬가진데, 안 그래? 좀 후지지만 방이 세 개야. 하나는 내가 쓰고 다른 하나는 세주고 나머지 하나는 비어 있어. 어차피 그 방은 부엌이 따로 없어 세 주기도 곤란하거든."

"고맙다."

다음 날은 토요일이었다. 엄한길은 오전에 오동석의 고모를 만나 뵙고 당장 이사를 서둘렀다. 이사랄 것도 없었다. 짐이라곤 옷 가방 하나와 몇 권의 책과 노트와 소지품이 든 배낭 하나가 전부였다. 소식을 들은 매형과 둘째 누나는 정말 잘 되었다면서도 섭섭해했고, 막내 누나는 하나뿐인 동생을 건사해 주지 못한 미안함으로 끝내 울먹였다. 어머니와 아버지에게는 전보 외엔 연락할 방법이 없어 그다음 주일에 내려가 알렸다. 그랬더니 오동석에게 진심으로 고마워하며 시간이 되거든 꼭 한번 데려오라고 당부했다.

엄한길에게 신혜가 삶의 구원자라면 오동석은 삶의 든든한 후원자였다. 엄한길은 오동석이 있어 대학 생활이 곤궁하거나 외롭지 않았다. 그의 옆에는 늘 오동석이 있었다. 4년을 거의 붙어 지냈다. 둘이 맨날 붙어 다니자 과 여학생들 사이에서 한때 이상한 소문이 나돌기도 했다. 혹시 사귀는 게 아니냐고. 그런 면에서 오동석은 대범하고 능글맞았다. 차라리 게이였으면 좋겠다고. 오동석의 태도를 보자 소문은 금세 가라앉았다.

오동석의 집은 넉넉했다. 그의 집이 고향에서 큰 목재소를 소유하고 있어서 따로 아르바이트하지 않아도 생활하는 데 불편이나 부족함이 없었다. 그래서 어딜 가든 돈은 늘 오동석이 냈다. 영화관, 기원, 술집, 음식점, 당구장, 탁구장, 목욕탕, 서점……. 번번이 그가 내는 게 미안해 엄한길이 지갑을 꺼내면 오동석은 이죽거리곤 했다.

"이거 내 돈 아냐. 꼰대 꺼지. 나중에 취직하면 꼰대에게 갚든지."

그러고는 한사코 엄한길의 지갑을 가로막았다.

오동석은 재주가 남달랐다. 특히 잡기에 능했다. 노래면 노래, 춤이면 춤, 악기면 악기. 못하는 게 없었다. 곧잘 마술도 잘해 오동석과 함께 있으면 시간 가는 줄 몰랐다. 잡기 머리 1%만 공부 머리 쪽으로 돌렸으면 오동석 보기가 성철 스님 보기만큼 어려웠을 것이라는 우스개가 있을 정도였다. 오동석에 비하면 실력이 한참 못 미치지만, 바둑, 당구, 탁구는 모두 오동석에게서 배운 것이었다.

엄한길은 대학 4년 내내 오동석의 고종 형제를 지도했다. 일요일 빼고 매일 저녁 두 시간씩. 그러니까 월수금은 형 강종욱, 화목토는 동생 강종규를 겨끔내기로 개별 지도하는 식이었다. 대개 형제가 제시간에 엄한길을 찾아왔다. 그들이 나타나면 오동석은 군기반장처럼 "눈 부릅뜨고 확실히 해. 숨어서 보고 있다" 을러메고는 시부저기 나가 동네 만화방이나 책 대여점에서 얼쩡거리다가 끝날 무렵에야 나타나곤 했다.

가끔 피차 부득이한 사정으로 제때 하지 못하는 경우도 있었다. 그런 때라도 엄한길은 얼렁뚱땅 넘어가는 법이 없었다. 별도로 시간을 잡아 못한 부분을 꼭 채웠다. 역시 승조와 신혜를 가르친 경험이 큰 도움이 되었고, 엄한길은 오동석의 입장을 생각해 가르치는 일에 정성과 열정을 쏟았다. 학과 공부뿐만 아니라 가끔 인생의 선배로서 삶의 자세와 지향점을 일깨워주기도 했다. 그런 신뢰들이 쌓여 졸업할 때까지 두 형제를 도맡을 수 있었다.

형제는 착했고, 성실했다. 형제 모두 꾸준한 성적 향상을 보여 엄한길이 졸업할 무렵엔 형제 모두 최상위권에 들었다. 오동석의 고모는 통이 컸고, 형제의 성적이 향상될 때마다 보너스를 두둑이 찔러주어 엄한길은 두 누나에게 따로 손을 내밀지 않아도 등록금을 마련할 수 있었다.

지금 형 강종욱은 조세 전문 변호사로, 동생 강종규는 성형외과 전문의로 일하고 있다. 따지고 보면 엄한길과 그들 형제와의 나이 차가 불과 세 살, 다섯 살이지만, 지금까지도 그들 형제는 엄한길을 '선생님'으로 깍듯이 예우한다. 스승의 날과 생일을 잊는 법이 없었고, 삶의 고비 때마다 안부를 묻고 관심을 드러내는 적극성을 보였다. 엄한길은 교사로서의 보람을 그 어떤 제자보다 그들 형제를 통해 느끼곤 했다.

그들의 공적이 돋보였던 때는 엄한길의 결혼식 때였다. 오동석이 사회를 봤고, 그들 형제는 자청해 축가를 불렀다. 두 형제는 바리톤 성악가 못잖은 실력을 소유하고 있었고, 가곡을 곧잘 불렀다. 축가를 부르기 전 강종욱이 낯간지러운 멘트를 날렸다. 이 세상에서 가장 존경하는 선생님이라고. 존경하는 선생님 결혼식에 저희 형제가 축가를 부르게 되어 가문의 영광이라고. 누가 봐도 사제지간으로 보이지 않는데, 농담이 아닌 진심의 얼굴로 말하자 묘한 기류로 가라앉아 있던 식장의 분위기가 반짝 되살아났다. 두 형제는 신혼여행을 떠나는 차에까지 함께 와 "선생님, 진심으로 존경하고 축하드립니다"를 복창해 또 한 번 주위 사람들에게 웃음을 선사했다.

엄한길에게 '효계曉鷄'란 별명을 지어준 사람은 오동석이었다. 엄한길과 달리 오동석은 지독한 저녁형 인간이었다. 엄한길이 거물거물 넘어가는 때가 돼야 오동석의 눈빛은 어떤 의지로 반짝거리기 시작했다. 오동석은 여간해서 자정 전에 자는 법이 없었다. 특별히 하는 일이 없어도 세상이 고즈넉해진 밤에 홀로 깨어 있으면 마음이 편안하고 기분이 그렇게 좋을 수가 없다고 했다. 어떤 날은 엄한길이 기상하면 그때야 잠자리에 들기도 했다. 그렇다 보니 아침은 오동석에게는 지옥의 시간이었다. 반면 그를 깨워야 하는 엄한길의 아침은 극한작업의 시간이었다. 불이야! 강도야! 정도로는 끄떡도 안 했다. 송곳으로 발바닥을 찌르거나 겨드랑이를 간지럽히거나 극약 처방으로 입과 코를 우악스레 틀어막아야 가까스로 눈을 비벼댔다.

고모도 그의 고약한 잠버릇을 알고 있었다. 때가 돼도 나타나지 않으면 가정부에게 아침상을 들려 고모가 직접 찾아오기도 했다. 그럴 때면 대문을 들어서면서부터 험담을 덜퍽지게 퍼붓기 일쑤였는데, 신기하게도 오동석은 한잠이 들었다가도 고모의 목소리는 용케 알아듣고는 번개처럼 일어나곤 했다. 아침마다 반복되는 극한작업의 알바비면 방세를 주고도 남겠다고 엄한길이 빈정거리자 오동석이 이죽거렸다.

"그럼 공짠 줄 알았냐."

대학 4년 내내 그랬다.

엄한길은 대학 2학년 때 학보사에서 실시한 '전국 대학생 현상문예' 소설 부문에서 당선작 없는 가작으로 입상한 적이 있었다. 어디서 그 소식을 전해 들은 오동석이 과외가 끝난 뒤 추가 질문을 이어가던 고종을 적당히 쫓아버리고는 다짜고짜 엄한길의 손목을 잡아끌고 예의 포장마차로 향했다. 포장마차까지는 걸어서 10분 정도의 거리였다. 걷는 내내 담배만 빼끔거리던 오동석이 포차에 들어서자마자 걸걸하게 떠벌렸다.

“아주머니, 이 친구 얼굴을 잘 봐 두세요. 장차 한국 문단을 짊어질 예비 문호요.”

“고시 합격했남?”

“에이, 천박한 고시랑 비교합니까.”

그제야 이유를 알았던 엄한길이 부끄러워 얼굴을 붉혔다.

“난 니가 뭔 일을 낼 줄 알았지.”

“당선이면 모르겠지만, 가작인걸 뭐.”

“야, 가작이면 어떻고 장려면 어떠냐. 심사위원으로부터 인정받았다는 게 중요하지. 축하한다, 엄한길! 졸업 전에 신춘문예도 끝내라.”

그날 밤 오동석은 진심으로 축하해 주며 기뻐했고, 엄한길도 취기가 오름에 따라 덩달아 기분이 좋아져 억병으로 술을 마셨다. 둘은 술김에 어깨동무하고 돌아오며 마치 대시인, 대소설가가 된 것처럼 호기를 부렸다. 당시 오동석의 꿈은 시인이었다. 보들레르, 베를렌, 말라르메, 랭보를 좋아했고, 워즈워스를 혐오했다.

그리고 며칠 뒤였다. 엄한길이 평소처럼 깨우러 방으로 들어갔더니, 뜻밖에도 오동석이 책상 앞에 꼿꼿이 앉아 있었다. 흡사 갓바위 돌부처를 옮겨놓은 것 같았다.

“아니 밤새 이러고 있었어?”

엄한길이 놀라 물었을 때, 오동석이 대답했다.

"그따위 잠이 문젠가. 드디어 두베의 계시가 있었네. 효계, 어떤가? 새벽 효 닭 계. 자네 필명으로……."

엄한길은 어이없어 픽 웃었다. 오동석도 두베를 알고 있었다. 언젠가 술자리에서 친구 천승조가 별이 된 사연과 두베가 그의 별이 된 까닭을 비교적 자세하게 얘기해 주었다. 신혜만큼은 아니었지만, 얘기를 듣고 난 오동석도 상당히 충격을 받는 모습이었다.

"자고로 문필가에겐 이름이 중요하거든. 엄한길보다 엄효계가 훨씬 운치가 있지 않나. 네 이미지랑도 잘 부합되고. 이번에 가작에 그친 것도 비문학적인 이름 탓일 가능성이 아주 농후해. 자고로 이름이란 널리 많이 불려야 효과가 있는 법이니 오늘 이후로 당장 나부터 실천하겠어."

농담인 줄 알았는데, 오동석은 정말 그렇게 부르기 시작했다. 그뿐만 아니라 과 동기는 물론이고 지인들에게 '효계'를 선전하고 다녔다. 오동석이 광적으로 이름 효과 운운해 나중에는 엄한길도 긴가민가 여겨질 정도였다. 실제로 엄한길은 대학을 졸업할 때까지 잡지와 신춘문예에 소설을 응모하기도 했는데, 혹시 하는 기대감으로 본명 대신 그 필명을 사용하기도 했다. 그러나 이름 효과는 없었다. 2년 동안 다섯 차례 응모했지만, 단 한 번도 최종심에 오르지 못했다.

엄한길은 졸업 후 입대하면서 소설가의 길을 포기했다.

엄한길이 경북의 공립에서 대구 시내 사립으로 자리를 옮기게 된 것은 오동석의 돌출 행동 때문이었다. 엄한길과 오동석은 졸업과 동시에 경북 지역 시골의 공립 고등학교와 중학교에 발령을 받았다. 신검에서 4급 보충역 판정을 받은 오동석은 그해 4월 방위 소집 통보를 받았고, 엄한길은 5월 현역 입영 통지서를 받았다. 엄한길이 교련과목 이수 혜택으로 30개월 만기 제대하고 돌아왔을 때, 오동석은 13개월 남짓 방위병 근무를 마치고 대구의 사립고에서 근무 중이었다. 엄한길이 제대 후 복직 신청하러 교육위원회(교육청)에 들렀다가 그냥 가면 그 성질에 여간 섭섭해하지 않을 것 같아 근무지를 방문했더니 아니나 다를까 오동석은 호탕하게 웃으며 전우처럼 반겼다. 얼굴이나 보고 커피 한 잔 얻어 마시고 후일을 기약하려던 참이었는데, 오동석이 펄쩍 뛰었다. 그의 대책 없는 강요에 못 이겨 혼자 영화 한 프로를 떼고 서점 서너 곳을 들렀다가 약속한 커피숍에서 책을 뒤적거리고 있을 때 오동석이 헐레벌떡 뛰어왔다.

"이것도 보충수업 땡땡이치고 오는 길이야."

오동석이 맞은쪽 자리에 앉으며 변명했다.

둘은 최대한 빠른 속도로 커피를 마시고 가까운 횟집으로 갔다. 꽤 고급스러운 일식집이었다. 문양이 화려한 기모노 차림의 여자 종업원의 안내를 받아 특실에 마주 앉았을 때 오동석이 단도직입적으로 말했다.

“공립 때려치우고 사립으로 와. 평생 벽지로 떠돌아다니며 썩을 거야? 대학원에 진학하든지 다시 도전하든지 비비적거려 봐야 하지 않겠어. 어때?”

“글쎄. 생각 안 해 봤는데.”

사실이었다. 엄한길은 그때까지 사립은 안중에도 없었다.

“지금 생각해봐. 원한다면 당장 내가 추천해 줄 수도 있어. 우리 재단의 여중에 자리가 비어 있나 봐. 며칠 전 직원회의 때 교장이 광고하더라고. 좋은 사람 있으면 추천 좀 해 달라고. 퇴근할 때 교장실에 들렀다 왔는데 아직 비어 있다 그러더라.”

“…….”

엄한길은 특별히 대꾸할 말이 없어 묵묵히 술잔만 비웠다. 그러자 반 마음은 있는 줄 알고 오동석이 적극적으로 꼬드겼다.

“고등학교보다 중학교가 몇 배 나아. 특히 너 같은 경우엔. 시간 많지, 교재연구 신경 덜 써도 되지, 애들 말 잘 듣지. 나도 지금 후회막급이야.”

“발령이 안 나면 모를까. 특별한 이유는 없는데, 당분간 시골에 파묻혀 조용히 지내고 싶다.”

그러자 엄한길이 잘라 말했다.

“한 3년 뭉개고 오더니 효계가 노계 되어 돌아왔구먼. 알았다고. 술이나 퍼마시자.”

오동석은 섭섭한 투로 말했지만, 이내 특유의 너털웃음을 지으며 손뼉으로 바깥의 종업원을 불렀다.

엄한길은 사흘 뒤 교육위원회로부터 발령 전보를 받았고, 다음날 바로 근무지로 갔다. 첫 발령지보다 더 먼 중 · 고 병설의 고등학교였다. 엄한길은 그 학교에서 2년 3개월을 근무했다. 오동석의 말은 생판 거짓말은 아니었다. 어느 순간 그런 분위기가 읽혔다. 시나브로 물러앉는 것 같은 느낌. 중 · 고 병설이라 해도 규모가 작아 교사 수는 교장, 교감 포함 18명에 불과했다. 지역 특성상 몇몇 토박이를 제외하고는 모두 하숙하는 뜨내기들이었다. 게다가 절반은 미혼인 젊은 교사들이어서 퇴근 이후에는 사흘돌이로 술이고, 고스톱이었다. 혼자 조용히 뭘 좀 하고 싶어도 가만히 내버려 두지 않았다. 퇴근 무렵이면 총장(총각 교사 대표) 명의의 쪽지가 돌았다. 어떤 때는 총장 · 처장(처녀 교사 대표) 공동명의의 초대장이 배달되기도 했다.

〈번개〉 언제:그 시간. 어디서:그 식당. 무엇:학습지도안 효율적 작성 방안(혹은 학급관리 성공 사례 발표).

※지참/벌주, 불참/소환

〈처총회〉 언제:그 시간. 어디서:그 다방. 무엇:현안 공동 대처 방안.

※지참/눈총, 불참/왕따

대개 그런 식이었다. 자주 가서 '그 시간', '그 식당', '그 다방' 하면 다 알아들었다. 식당은 술도 팔고 고기도 팔고, 원하면 무제한 고스톱을 칠 수 있는 방도 내주었다. 다방은 두 군데 있었는데, '그 다방'은 학교에서 좀 떨어진 보건지소 맞은편에 있었다. 처장 지인 언니가 마담으로 있는 티켓다방이지만, 그들이 가면 별도의 공간을 마련해 주었다. 그곳에 있으면 무슨 얘기를 해도 비밀이 보장되는 해방구였다.

처음엔 정말 그런 모임인 줄 알았다. 그러나 아니었다. 가보면 술 아니면 고스톱이었다. '무엇'은 벙끗도 하지 않았다. 처총회도 마찬가지였다. 공동 대처 방안은 허울 좋은 명분이고 윗분 험담 아니면 무의미한 언어 배설뿐이었다. 나중에는 그 사실을 알고 안 갔더니 그냥 내버려 두지 않았다. 성원이 안 되네. 짝이 안 맞네, 온갖 꼬투리를 달아 불러냈다. 하숙 방식이 밥은 밥집에서 함께 해결하고 잠은 각자가 구한 방에서 해결하는 형태여서 방들이 모두 엎어지면 코 닿을 고만고만한 이웃에 있었다. 그러니 특별한 사정이나 두둑한 배짱 없이는 끝까지 버티기가 쉽지 않았다.

토요일 저녁부터 일요일 저녁까지는 밥집에서 식사를 제공하지 않아 짜장면이나 빵으로 끼니를 때우든가 아니면 어딘가로 떠나야 했다. 특별한 볼일이 없어도 두 주일에 한 번꼴로 오동석을 만나러 대구행 직행버스에 오른 것도 그 때문이었다. 오동석은 술 생각에 목을 빼고 기다리고 있었고, 만날 때마다 점액질 같은 입매로 꼬드겼다. 기회는 짧고 후회는 길며 모든 것은 때가 있는 거라고.

네 번째인가 다섯 번째인가 내려갔을 때는 연수 가서 알게 되었다며 여자 친구를 원군으로 데리고 왔다. 이름은 나정숙. 대구의 사립중 사회과 교사로 근무 중인 사범대 2년 후배였다. 오동석의 사주를 받은 그녀도 은근히 유혹했다. 그래도 소기의 성과가 없자 일곱 번짼가, 여덟 번짼가는 여자 친구의 친구를 추가로 투입했다. 이름은 차인애. 역시 사범대 후배인 그녀는 대구의 공립중 영어 교사로 근무 중이었다. 나정숙과는 여고 동기고 단짝이었다. 오동석과 나정숙의 대타로 나선 그녀는 당돌하고 아주 적극적이었다. 그녀는 동생을 타이르듯 또박또박 말했다.

"늦다고 생각할 때는 정말 늦는 거예요. 처녀 금새도 여기저기서 권하고 선 자리가 마구마구 들어올 때 금값이지, 지나고 나면 금값이란 게 아침이슬이에요. 화무십일홍, 들어보셨죠? 꽃만 그런 게 아니거든요."

그러나 엄한길은 세 사람의 유혹에도 뿌리 깊은 나무처럼 흔들리지 않았다. 이유는 딱히 없었다. 굳이 이유를 찾자면 도시의 밤하늘에서는 또랑또랑한 별을 볼 수 없다는 아쉬움 정도였다. '사흘돌이로'만 빼면 지금의 생활에 큰 불만이나 불편함이 없는 것도 그의 마음을 붙잡고 있는 이유 중 하나였다.

엄한길은 왠지 고즈넉한 시골 풍경과 느리게 돌아가는 생활

패턴이 좋았고, 무엇보다 호젓한 밤에 창가에 턱을 괴고 앉아 수많은 이야기가 숨어 있는 별들과 교감하고 있으면 마음이 개흙이 가라앉은 물면처럼 그윽해지곤 했다.

부임하고 세 번째 맞는 겨울방학이 거의 끝나갈 무렵이었다. 고향에 내려와 잠시 머리를 식히고 있는데 오동석으로부터 급히 학교에 와 달라는 전보가 왔다. 무슨 일인가 싶어 자전거를 타고 면 소재지 우체국으로 달려가 재직 학교 교무실로 전화하니 전화 받은 사환이 오동석을 바꿔 주었다. 무슨 일이냐고 물어도 거기에 대한 대답은 없고 빨리 학교에 와 달라는 독촉만 연발했다. 공개적인 장소에서 말하기 곤란하다며. 엄한길은 부랴부랴 버스에 몸을 실었다. 엄한길을 보자 오동석은 다짜고짜 빈 교실로 끌고 갔다.

"굳이 두베의 계시가 있었다고 내 입으로 발설하지 않겠다만, 이번만큼은 무조건 내 말 들어. 어쩌면 이게 마지막 기회일지도 몰라. 마침 여기 남중에 자리가 났어. 벌써 몇 사람 추천이 들어온 모양이야. 그래서 임의로 내가 추천해 놨어. 그러니까 곧 부를 테니까 이사장님 한번 만나봐. 우선 선점해 놓고 보는 거야. 함께 근무하면 좀 좋아. 고민해 보고 정 내키지 않으면 즉시 내게 말해. 우린 명분이 좋잖아. 현직 교장이 동의 안 해준다는데 어쩔 거야. 알겠지?"

오동석의 돌출 행동에 엄한길은 어이없어 헛웃음밖에 안 나왔다.

"야, 그럼 귀띔이라도 좀 해주지. 이런 옷차림으로 면접 본다는 게 말이 돼?"

엄한길은 이런 상황을 전혀 예상하지 못하고 오동석이 하도 바짓가랑이에 불붙은 것처럼 잡죄어 입은 채로 나왔다. 청바지에 회색 터틀넥 셔츠와 녹두색 점퍼 차림이었다.

"그랬으면 노, 했을 거잖아."

오동석이 느물느물 말하고 교실 구석 자리에 놓아둔 쇼핑백을 집어 들었다.

"내가 누구냐. 그럴 줄 알고 만반의 준비를 해뒀지."

오동석은 쇼핑백을 엄한길의 손에 쥐여주곤 직원용 화장실로 떠밀었다. 쇼핑백 속에는 감색 정장과 흰 와이셔츠, 자주색 줄무늬 넥타이가 들어 있었다.

엄한길이 별수 없이 옷을 갈아입고 나오자 오동석은 흡족한 표정을 지으며 엄지를 치켜세웠다. 그러곤 엄한길을 이사장실로 데려가며 노파심에서 말했다.

"들어가거든 무조건 최선을 다하겠다고 납작 엎드려. 알겠지?"

이미 엎질러진 물이었다. 엄한길은 문밖에서 기다렸다가 안에서 들어오라는 연락을 받고 들어갔다. 그리고 오동석의 체면을 생각해 시키는 대로 납작 엎드렸다. 당시에는 면면을 몰랐지만, 면접관으로 이사장과 중 · 고 교장이 앉아 있었다. 엄한길은 그들이 묻는 말에 예의를 갖춰 성심성의껏 대답했고, 앞으로 근무하게 되면 최선을 다하겠다고 다짐했고, 대학 시절부터 명문 사학에서 근무하고 싶었다는 거짓말까지 했다. 그들은 시종 흐뭇한 표정으로 엄한길을 바라봤고, 즉석에서 채용을 통보했다. 면접을 마치고 나오자 문 앞에서 엿들은 오동석이 두 손을 번쩍 들고는 소리 없이 만세를 불렀다.

엄한길은 개학 뒤 그 문제로 며칠을 고민하다가 교장실을 찾아갔다. 교장은 원칙주의자였고, 깐깐했다. 엄한길은 다짐했다. 만일 교장이 조금이라도 난색을 보이면 구차하게 치근대지 말고 미련 없이 포기하자고. 그런데 뜻밖이었다. 엄한길의 말을 차분히 듣고 난 교장이 젊은이의 앞길을 막을 수 없다며 선선히 동의해 주었다. 당시엔 국립 사범대학 출신자들은 근무 의무연한인 4년을 채우지 못하면 현직 교장의 동의를 받아야만 사립으로 옮길 수 있었다. 그러고는 서무과장을 불렀다. 그 순간 엄한길은 두 개의 단어가 떠올랐다. '운명과 인연'. 어쩌면 그것도 오동석의 말처럼 두베의 계시인지도 몰랐다.

엄한길은 그해 3월, 결과적으로 평생직장이 된 사립 중학교로 자리를 옮겼다.

숲속의 두 갈래 길

엄한길은 학교 근처에 방 하나를 얻어 도시에서의 첫 직장생활을 시작했다. 오동석은 옛날처럼 함께 있자고 했지만 그럴 수는 없었다. 오동석은 여전히 그 집에서 살았고, 밥은 그전처럼 고모네 집에서 해결했다. 부임 첫날, 오동석과 함께 인사드리러 갔더니 고모님은 조카로부터 소식 들었다며 무척 반겼다. 오동석이 미리 귀띔했던지 고모님도 오동석과 같은 말을 했다. 그러나 엄한길은 그 마음만 받겠다며 정중히 사양했다.

부임 첫해 엄한길은 1학년 담임과 업무 분장으로 도서계에 도서관 관리까지 맡게 되었다. 시골 공립고와 가장 두드러진 차이점은 아이들이 똑똑하고 교사의 말을 잘 들으며 도서관에 책이 많다는 점이었다. 전임교의 도서관은 말이 도서관이지 동네 대여점 수준이었다. 거기에 비하면 넓은 공간에 책이 거의 대형 서점 수준이었다. 무엇보다 엄한길은 그것이 마음에 들었고, 게다가 도서관 관리까지 맡게 되어 금상첨화였다.

환경이 바뀌었다고 생활방식이 달라지는 것은 아니었다. 엄한길은 변함없이 10시 반에 잠자리에 들었고, 새벽 4시 반에 일어났다. 처음 자취해 보지만 생각만큼 불편하거나 어렵지 않았다. 밥 짓는 것과 된장국과 김칫국, 각종 찌개와 전, 달걀부침, 감자볶음, 멸치 조림 등의 조리법은 두 누나에게 물어 배웠고, 그 밖의 요리들은 필요할 때마다 요리책을 보고 해결했다.

엄한길은 거의 매일 아침 도시락을 싸 들고 출근했다. 도서관에 도착하면 대개 5시 40분에서 6시 사이였다. 중 · 고 교사, 서무직원, 학생 통틀어 항상 맨 먼저였다. 고3들은 6시가 넘어야 한둘 나타나기 시작했다. 보온병에 넣어온 보리차로 마른 속을 데운 다음 엄한길은 그때부터 두 시간가량 독서삼매에 빠졌다. 그 시간이 엄한길에겐 가장 행복한 시간이었다. 책을 펼치고 앉아 있으면 몇 년 분량의 식량을 창고에 쟁여놓은 것처럼 마음이 푸근했고, 가끔은 신혜의 집과 2층 서재, 눈빛이 또랑또랑하고 살결이 하얀 신혜의 얼굴이 떠오르곤 했다. 교사 뒤편으로 야트막한 야산이 병풍처럼 감싸고 있어 철마다 바뀌는 풍경과 아카시아꽃 향기와 야단스러운 새소리는 덤으로 얻는 보너스였다.

아침 도시락은 7시 40분에서 8시 사이에 먹었다. 처음엔 집에서 먹고 오다가 나중에는 도서관에 도착하자마자 먹다가 어느 순간부터 그 시간 고정이었다. 일찍 먹으면 점심시간까지 시간이

길어 허기졌다. 점심은 직원 식당에서 먹거나 중국집에 우동이나 짜장면을 시켜 먹었다. 저녁은 아무래도 외식이 잦았다.

신혜는 엄한길의 생일엔 잊지 않고 꼭꼭 축하 편지와 함께 선물을 보내주곤 했다. 손수건, 지갑, 책 등. 엄한길도 신혜의 생일땐 잊지 않고 꼭꼭 성의를 표시했다. 신혜는 정이 많은 아이라 엄한길이 떠난 뒤에도 자신의 시시콜콜한 생활담을 빼곡히 적은 편지를 보름에 한 번 정도 보내주곤 했다. 엄한길은 처음 얼마간은 성의를 다해 답장을 보내주었지만, 차츰 특별한 이유 없이 빼먹거나 신혜의 편지와는 비교도 안 되게 간단하게 써서 보내곤 했다. 그러나 신혜는 상관하지 않았다. 상대가 답장하든 말든 성의 없이 보내든 말든 오직 제 할 일만 한다는 그런 자세였다. 신혜는 고등학교에 가서도 공부를 잘했고, 삼수 끝에 이화여대 약학과에 입학했다. 엄한길이 군에 가 있을 때인데, 신혜의 편지를 받고 엄한길은 마치 자신이 합격한 것처럼 기뻤다.

신혜의 편지 보내기는 대학 입학 후에도 계속되었다. 엄한길이 군에 있을 때는 더욱 적극성을 보여 군 생활이 덜 적적했다. 그러나 엄한길은 그 집을 떠난 이후 신혜를 직접 만나 본 일은 없었다. 대학 재학 때는 방학을 이용해 잠깐 다녀올 수도 있었지만, 특별한 볼일도 없이 불쑥 찾아간다는 게 말처럼 쉽지 않았다. 군 복무 때는 수경사 본부 행정실 사병계에서 근무했기 때문에 마음만 먹으면 휴가 아니더라도 주말에 잠깐 짬을 내어 신혜를 만날 수도 있었지만, 신혜가 한사코 반대했다. 신혜의 대인 기피증은 그 무렵에도 여전했다.

엄한길이 3교시 수업을 마치고 교무실로 들어오니 난리였다. 영문을 몰라 눈을 둥그렇게 뜨고 엉거주춤 서 있자 어느새 그를 둘러싼 여교사들이 손뼉 치며 생일송을 합창했다. 엄한길은 그제야 자신의 생일 때문임을 알았다. 유포자는 신혜였다. 그의 책상 위에는 신혜가 보낸 꽃바구니와 편지가 다른 몇 개의 우편물과 함께 놓여 있었다. 꽃바구니에는 생일을 축하한다는 문구가 분홍색 리본이 달린 드림에 씌어 있었다.

그 무렵 신혜는 안동에서 약사로 취업해 있었다. 신혜는 그해 2월 약대를 졸업했다. 엄한길이 졸업식 날 축전을 보내주었는데, 졸업식 직후 고맙다며 장거리 전화를 걸어주었다. 그때 귀띔해 주었기 때문에 신혜는 엄한길이 신학기부터 대구의 사립 중으로 이직한 사실을 알고 있었다. 그때도 신혜는 날을 맞추어 축하 꽃바구니를 보내주었다.

여교사들은 여자에 민감했다. 조신혜가 누구냐고 물었고, 엄한길이 특별한 사이가 아니라고 하자 특별한 사이가 아닌 여자가 꽃바구니씩이나 보내느냐고 추궁해 솔직히 대답해 주었다. 그래도 믿지 않는 눈치였지만, 때마침 시작 벨이 울려 집요한 추궁은 흐지부지되었다.

우편물은 강종욱과 종규가 보낸 것이었다. 두 형제는 엄한길의 생일이면 잊지 않고 축전과 함께 선물을 보내주곤 했다. 만년필, 지갑, 로션, 버클, 넥타이, 와이셔츠 등등. 그리고 낯선 소포 하나. 겉봉 발신인의 주소란에는 '대구 중구에서'라고만 씌어 있었다. 뜯어보니 존 스타인벡의 『진주』였다. 책 어디에도 발신인의 정보를 알 만한 표시가 없었다. 다만 속표지에 만년필 글씨로 '생일을 축하드려요.'라는 문구만 단아하게 적혀 있었다.

누굴까?

퇴근해 저녁을 먹고 궁금증이 돋아 책갈피를 뒤적거려 보았지만, 발신인의 단서는 없었다. 처음엔 그런가 보다 생각했다. 그런데 일주일 뒤 또 한 권의 책이 우송되었다. 이번에는 사무엘 베케트의 『고도를 기다리며』였고, 속표지에는 '오늘 참 하늘이 맑아요.'였다. 생일을 기점으로 시작된 발신인 불명의 도서가 일주일 간격으로 이엄이엄 우송되었다. 속표지의 글귀도 시시콜콜한 것들이었다. '어젯밤 기분 좋은 꿈을 꿨어요.', '비 오는 날은 왠지 우울해져요.', '베란다의 자주색 헬리오트로프 향기가 참 좋아요.'

이게 뭐야? 엄한길은 밑도 끝도 없이 이어지는 책을 접하자 궁금증을 넘어 불안감이 자리 잡기 시작했다. 전혀 감이 잡히지 않았다. 제자라면 이런 식으로 무람없지는 않을 터였다.

고민 끝에 오동석을 도서관으로 불렀다. 오동석은 숫제 다음 시간 수업에 들어갈 교재를 말아 쥐고 총알같이 왔다. 여자 친구와 진도가 순조로운 모양이었다. 점심시간 때도 그렇더니 온 얼굴이 다듬잇살이 퍼진 옥양목처럼 윤기가 흘렀다.

"중학교가 좋긴 좋다야. 우린 아직도 세 시간이나 남았는데……. 1분 남았어. 결론부터 말해."

오동석은 담배를 빼 물며 선 채로 재우쳤다. 엄한길이 거두절미하고 고민을 털어놓았다. 담배를 빼끔거리며 잠자코 듣고 있던 오동석이 재미있어 못 견디겠다는 표정으로 킬킬거리다 말했다.

"혹시 효계를 짝사랑하는 여교사 아닐까?"

"그게 말이 돼?"

"되고 말고지. 자고로 등잔 밑이 어두운 법이라고."

"나는 그만한 눈치도 없냐."

"그럼 있냐?"

오동석이 약을 올렸다.

"전혀 도움이 안 되는군."

엄한길이 실망해 일어나자 오동석이 말했다.

"오늘 어때? 이런 촉은 여자들이 줘인다고."

그래서 그날 당장 만났다. 엄한길은 오동석이 6시 59분까지만 기다려 달라고 통사정해 도서관에서 얼쩡거리다 함께 퇴근했다. 오동석은 엄한길에게 물어보지도 않고 택시를 타자마자 기사에게 역 뒤편의 포차 촌으로 가자고 일렀다. 아직도 있느냐고 물었더니 며칠 전에도 나정숙 선생과 거기서 한잔했다고 자랑했다.

포차 촌은 옛 모습 그대로였다. 특히 오동석과 가끔 들렀던 '원조 성주집'은 그때 이후로 시간이 멈춘 듯했다. 주인도 그때 그 아주머니였다. 귀밑머리가 조금 셌을 뿐, 예전 모습 그대로였다. 그때처럼 붉은 앞치마를 두른 아주머니가 엄한길을 한눈에 알아보고 반겼다. 옛날보다 한결 의젓해졌다는 공치사도 잊지 않았다.

"아주머니, 자리 있죠? 네 사람 준비해 줘요. 안주와 술은 늘 먹던 걸로."

오동석이 말하고 뒤쪽의 포장을 들추었다. 포장 너머로 별도의 공간이 있었다. 전에는 없던 공간이었다. 말하자면 사업 확장인 셈이었다. 바닥은 자갈이었고, 그 위에 4인용 탁자 두 개와 등받이 없는 널빤지 장의자 네 개가 앞뒤로 놓여 있었다.

"누가 또 와?"

엄한길이 구석 자리를 차지해 앉으며 묻자 오동석이 말했다.

"아까 뭘 들었어. 이런 촉은 여자들이 죽인다고 했잖아."

아주머니가 둘이 앉은 탁자 위를 행주질하고 있을 때, 숄더백을 대각선으로 두른 여자 둘이 씩씩하게 포장을 들추고 들어왔다. 나정숙과 차인애였다. 나정숙은 오동석을 만날 때마다 수시로 불러내 여러 번 보았고, 차인애는 세 번째였다. 원군 투입 때 한 번, 지난 3월 전근 축하 자리에 오동석이 초대해 또 한 번. 나정숙이 맞은편 자리에 앉으며 갑자기 무슨 일이냐고 호들갑을 떨었고, 차인애 역시 나정숙 옆에 붙어 앉으며 전 인질로 잡히는 바람에 다른 모임을 포기해야 했어요, 라고 엄살을 떨었다. 오동석이 걸걸한 목소리로 말했다.

"효계 쌤이 드디어 기회를 잡게 생겼습니다."

그녀들도 '효계'를 알고 있었다. 넷이 첫 만남을 가졌을 때, 오동석이 쓸데없이 언급하며 광고했기 때문이었다. 필명이 효계인 까닭을 들은 나정숙은 세상에나…… 하며 놀라워했고, 차인애는 놀라워요…… 하면서 놀라지 않았다.

"뭔 말인가요?"

나정숙이 반짝 호기심을 드러냈고, 저도요? 하고 차인애도 동조했다.

노란 양은 주전자와 술잔, 안주가 들어왔다. 안주는 예전처럼 닭똥집과 제육볶음이었다. 막걸리 안주에는 그만한 게 없었다. 그녀들도 별 거부감이 없었다. 차인애는 술을 잘했고, 나정숙은 겨우 쉬일 정도였다. 나정숙은 틀거지가 크고 이목구비가 시원시원하게 생겼고, 차인애는 몸피가 아담하고 이목구비가 오목조목 귀엽게 생겼다. 겉보기에는 나정숙이 술을 잘하고 차인애가 못할 것 같은 인상인데, 정반대였다.

"지난 생일을 시작으로 발신인 미상의 우편물이 일주일 간격으로 배달되고 있답니다. 뭔가 달콤한 냄새가 풍기지 않습니까?"

건배 뒤, 단숨에 한 잔을 들이켠 오동석이 말했다.

"캔딘가요?"

나정숙이 술잔을 입에 대다 말고 물었다.

"도서입니다."

엄한길이 대신 대답했다.

"그러니까 내 말은 뭔가 달콤한 썸싱이 느껴지지 않느냐, 이거죠."

오동석이 덧붙였다.

"근거를 대봐요."

"첫째는 생일을 정확히 알고 있다는 점이고, 둘째는 한두 번이 아니라…… 효계, 벌써 댓 번 되지?"

오동석이 엄한길을 바라봤고, 엄한길이 고개를 끄덕였다.

"그러니까 어떤 분명한 의도성을 가지고 지속적으로 보낸다는 점이지요. 생일까지 아는 것으로 보아 한 울타리에서 근무하는 여교사가 아닌가 생각됩니다. 이만하면 상품성이 뛰어나겠다, 초짜니까 신선하겠다, 처녀 선생이라면 구미가 당길 만하지 않겠습니까."

"저도 그 말에는 일리가 있다고 생각해요. 하지만 생일을 안다는 것만으로 한 울타리에서 근무하는 여교사란 단정은 좀 성급하다고 생각해요. 재직 학교를 알면 생일을 알아내는 건 어렵지 않죠. 교육계획서를 보면 다 나와 있지 않나요, 부록에 교직원 일람표. 지인이 있으면 식은 죽 먹기고, 없어도 교무실에 전화해 여차

여차한 이유로 알고 싶다 그러면 웬만하면 가르쳐 줄걸요."

그때는 그랬다. 그런 것들이 개인정보라는 개념이 없었다.

"이 방면에 촉이 남다르신 차 선생님의 고견을 듣고 싶습니다."

오동석이 그때까지 얌전히 듣고만 있던 차인애에게 마이크를 들이대듯 말했다. 그새 막걸리 두 잔을 가만가만 홀짝인 차인애의 얼굴은 생기발랄한 아이처럼 빛나고 있었다. 모두의 시선이 자신에게로 쏠린 걸 의식한 차인애가 몇 번 머리를 흔들고는 차분히 입을 열었다.

"오 선생님의 말씀도 맞고 정숙이 말도 맞아요. 그런데 문제는 당사자에게 있는 것 같아요. 누군가가 지속적으로 보낼 땐 분명한 목적이 있어요. 자신의 뜻을 전하고픈 의도라든가…… 좋은 쪽이든 나쁜 쪽이든. 그런데도 무턱대고 보내기만 했을까요? 제가 직접 확인하지 못해 장담할 순 없지만, 책이나 우편물 속에 뭔가가 있을 거예요. 발신인의 정체를 가늠할 수 있는 흔적 같은 것 말이에요."

"없었어요, 그런 것."

엄한길이 즉각 반박했지만, 차인애는 아랑곳하지 않았다.

"다만 발견하지 못했을 뿐이겠죠. 두고 보세요, 얼마쯤 지나면 더 이상 오지 않을 테니까요."

"그건 왜죠?"

"이유는 간단해요. 둔감함에 대한 실망 때문이겠죠. 실수나 실언은 참을 수 있지만, 실망은 참을 수 없는 법이거든요."

차인애는 확신하듯 말하곤 나정숙이 채워준 술잔을 가만히 들었다.

사실이었다. 그녀의 호언장담처럼 책은 한 주 더 우송되고는 거짓말처럼 중단되었다. 매주 금요일이면 어김없이 책상 위에 놓이곤 하던 그것이 보이지 않자 엄한길은 묘한 허전함을 느꼈다. 대체 누굴까? 곰비임비 증폭되는 궁금증과 함께 은근히 서운함을 느끼는 자신을 발견하고는 어이없어 헛웃음이 나왔다. 한번 중단된 뒤로는 그만이었다. 더는 책상 위에 우편물이 놓이는 일은 없었다.

점심시간에 우연히 학교 앞 갈비탕집에서 조우한 오동석에게 차 선생이 족집게더라고 엄지를 추켜세웠더니 금세 말귀를 알아들은 오동석이 불쾌한 얼굴로 짓씹었다.

"뭐 그런 여자가 다 있어. 나 잡아봐라, 하고 숨바꼭질을 자청했으면 최소한 머리카락 정도는 보여줘야지 그냥 꼭꼭 숨어버리는 경우가 어딨어? 웃기는 여자 아냐? 한솥밥 먹는 처지만 아니면…… 붙잡기만 해봐라, 쌍."

오동석의 말본새는 정체불명의 발신인이 동료 여교사라고 확신하는 투였다.

"차라리 잘 됐어. 그런 싸가지 없는 인간보다 차 선생이 백배 천배 나아. 싹싹하지, 똑똑하지, 예쁘지. 다 인연이란 게 있는 거라고."

오동석은 마치 엄한길과 차인애가 보이지 않는 청실과 홍실의 옭매듭으로 묶여 있는 것처럼 이죽거렸다. 책이 우송되기 전부터 오동석은 차인애와 잘해 보라고 은근히 꼬드겼었다.

차인애가 언급한 흔적을 발견한 것은 그로부터 한 달쯤 지난 뒤였다. 도시에서 처음 맞이하는 여름방학이었고, 도서관에서였다. 엄한길은 방학 동안 잠깐 고향에 다녀온 것 말고는 대부분 시간을 자신만의 공간인 도서관에서 보냈다. 중학교 1학년을 맡고 있어서 방학 중 보충수업도 없었다. 어디 싸돌아다니는 걸 싫어하는 엄한길에게 도서관만 한 피서지가 없었다. 창문을 활짝 열어놓고 합죽선으로 더위를 쫓으며 이따금 폭포처럼 쏟아지는 매미 소리를 음악 삼아 하염없이 빠져드는 독서삼매는 그 무엇과도 바꿀 수 없는 즐거움이었다.

그동안 읽던 라블레의 『가르강튀아와 팡타그뤼엘』을 잠시 밀쳐두고 막 배달된 신혜의 깨알 편지를 읽다가였다. 보름에 한 번꼴로 보내는 신혜의 편지는 그때도 여전했다. '오빠, 내 방 창문에서 바라본 화단의 접시꽃이 너무 아름다워 눈물이 났어요.'로 시작되는 장문의 편지는 '어젯밤은 모처럼 들른 집에서 엄마 아빠랑 얘기를 나누다가 아빠의 서재에서 오빠와 함께하던 추억들을 떠올리며 늦도록 존 스타인벡의 『진주』를 읽었어요. 잘 자요.'로 끝맺고 있었다. 편지를 접으며 머리를 들었을 때 엄한길의 눈길이 멎은 곳은 『진주』였다. 그의 책상 위 2단짜리 책꽂이에는 미지의 발신인이 보낸 책들이 도착순으로 꽂혀 있었다.

엄한길은 별생각 없이 그 『진주』를 뽑았다. 다시 읽으니 전에는 느끼지 못한 끼노에 대한 연민과 슬픔이 물속의 그림자처럼 일렁거렸다. 그러다가 포착. 처음엔 아무런 느낌이 없었고, 전혀 느끼지 못했다. 음절 위에 방점처럼 찍힌 붉은 점을. 그냥 얼룩이려니 했다. 그런데 대중없이 이어지는 점의 음절들을 무심코 연결하자 놀라운 세계가 펼쳐졌다. 엄한길은 점의 음절들을 16절지 시험지에 순서대로 배열했다. 그러자 오랜 세월 동굴 속에 묻혀 있던 벽화처럼 새로운 의미의 언어들이 더금더금 모습을 드러냈다.

안녕하세요. 음악감상실 아래 학사서점에 들렀다가 이 책이 눈에 들어왔어요. 불현듯 선생님이 떠올랐지요. 이유는 모르겠어요. 제가 궁금하시죠? 이 서신을 읽으시고 첫 번째 떠오르는 얼굴이 저라면 인연이 보내는 신호일 수 있겠죠. 여기 진심을 담아 생일을 축하드려요. 기쁨의 날을 진주 같은 행복으로 채우세요.

- 첫 번째 통신, 존 스타인벡의 『진주』

누군가가 그러더군요. 사랑은 그리움의 날실과 기다림의 씨실로 짠 피륙의 얼룩이라고요. 주말마다 오후가 기다려지는 것은 음악감상실에서 짐벙지게 음악을 들을 수 있기 때문일 거예요. 두 번째 줄 두 번째 자리가 저의 오랜 친구지요. 가끔 음악은 번잡과 슬픔과 고독을 씻어내리는 빗물 같다는 느낌이 들 때가 있어요. 오늘처럼 하염없이 비가 내리면요. 두 번째 떠오르는 얼굴이 저라면 그것도 인연이 보내는 신호이겠지요.

- 두 번째 통신, 사무엘 베케트의 『고도를 기다리며』

간밤의 꿈에 선생님을 보았어요. 왜 제 꿈에 선생님이 나왔을까요? 종일 그 생각을 하다가 복도에서 우리 반 반장 녀석과 박치기를 했어요. 스스로 생각해도 한심해 화장실 거울을 들여다보며 한참 웃었어요. 거울 속의 나가 진짜일까요? 거울을 바라보는 나가 진짜일까요? 세 번째 떠오르는 얼굴이 저라면 그것도 인연이 보내는 신호일까요?

- 세 번째 통신, 프로이트의 『꿈의 해석』

제 책상 유리 깔개 밑에는 꽃이 짓눌려 있어요. 내가 그의 이름을 불러주기 전에는…… 으로 시작되는 감동의 꽃이죠. 제가 출근하자마자 맨 먼저 하는 일은 그 꽃의 향기를 맡는 일이지요. 그러면 어딘가 얌체처럼 숨어 있던 엔돌핀이 마구 몰려와요. 김

춘수 시인님의 꽃은 누구였을까요? 우리는 왜 서로에게 의미 있는 꽃이 되고 싶은 걸까요? 네 번째 떠오르는 얼굴이 저라면 그것은 의미의 꽃일까요? 무의미의 꽃일까요?

- 네 번째 통신, 장 폴 사르트르의 『존재와 무』

퇴근길의 버스가 혼잡해도 짜증나지 않는 것은 할머니께 자리를 양보한 여학생의 얼굴이 음악을 닮은 까닭일까요? 괜히 미안해하는 할머니의 얼굴이 시를 닮은 까닭일까요? 버스 손잡이에 매달려 가난한 사람들의 땀내를 맡으며 문득 이런 생각을 해봤어요. 이 세상에 시와 음악이 없다면 하늘에 달과 별이 없는 것만큼 참혹하겠지요. 다섯 번째 떠오르는 얼굴이 저라면 저 아닌 다른 얼굴의 착각이거나 무의미한 얼굴이겠지요.

- 다섯 번째 통신, 도스토옙스키의 『가난한 사람들』

문득 이런 노래가 생각나요. 어릴 때 이 노래 참 많이 불렀지요. 심봉석 작시 신귀복 작곡 얼굴이라는 노래. 동그라미 그리려다 무심코 그린 얼굴 내 마음 따라 피어나던 하얀 그때 그 꿈을 풀잎에 연 이슬처럼 빛나던 눈동자 동그랗게 동그랗게 맴돌다 가는 얼굴. 끝내 떠오르지 않는 얼굴이 저라면 푸시킨의 삶이 그대를 속일지라도…… 를 곱씹으며 처음의 일상으로 돌아가야겠지요. 덕분에 행복했어요. 늘 행복한 나날 보내세요.

- 여섯 번째 통신, 오 헨리의 『마지막 잎새』

그때야 엄한길은 깨달았다. 책은 그녀만의 방식으로 고안한 소통 수단이란 걸. 끝내 찾는 글자나 부호가 없으면 적당한 여백에 필요한 글자나 부호를 자서하고 붉은 점을 찍는 재치를 보이기도 했다.

엄한길은 당장 그 주말 오후에 음악감상실로 갔다. 대학 시절 오동석과 함께 학사서점엘 몇 번 들른 적은 있었지만, 그 건물의 2층에 음악감상실이 있는 줄은 몰랐다.

그런데 정말 있었다. 짙은 초록색 담쟁이넝쿨에 둘러싸인 '뮤즈'라는 이름의 음악감상실. 입구에 붉은 화살표가 붙은 통로는 좁고 어두침침한 목조 계단이었고, 흰 벽면에는 낯익은 유명 음악가들의 흑백 초상화가 안내하듯 줄지어 붙어 있었다. 계단은 밟을 때마다 오랜 연륜의 티를 냈다. 안은 찻집보다는 어둡고 극장 안보다는 밝았다. 그리그의 '솔베이지의 노래'가 은은한 빛에 뒤섞여 안개처럼 흐르고 헤드폰을 끼거나 팔짱을 낀 사람들이 자리를 가득 메우고 있었다. 미동 없이 앉아 있는 모습들이 마치 신비의 우주선을 타고 머나먼 행성으로의 여행을 즐기고 있는 것처럼 낯설게 느껴졌다. 둘째 줄의 둘째 자리. 정말 있었다. 책의 통신을 보낸 장본인. 그녀는 헤드폰을 끼고 꿈꾸듯 앉아 있었다.

자리가 없다는 카운터 아가씨의 말에 엄한길은 조용히 돌아섰다. 계단은 올라갈 때보다 내려올 때가 더 비걱거렸다. 학사서점은 계단 우측에 있었다. 엄한길은 곧장 서점으로 들어갔다. 출입구 진열대에 꽂혀 있는 책 한 권이 유난히 그의 눈에 들어왔다. 헨리 데이비드 소로의 『월든』이었다. 신혜의 집 2층 서재에도 있던 책이었다. 촌놈이라 그런지 월든 호숫가에 작은 통나무집을 짓고 살아가는 작가의 모습이 이웃집 아저씨처럼 수더분해 호감이 갔다.

자취방으로 돌아온 엄한길은 곧장 책상 앞에 앉아 그녀의 방식으로 통신문을 작성했다. 유통 기간이 지나고도 한참이 지나서야 발견한 그대의 통신은 아둔함으로 무장한 나를 한없이 부끄럽게 만들었다고. 하지만 그 순간의 느낌은 오랜 세월 동굴 속에 묻혀 있던 벽화를 목격한 듯했고, 그때의 기분은 지금처럼 무더운 여름날 하얀 도화지에 그려진 월든 호수를 보는 듯했노라고. 그래서 차마 쪽지를 남길 용기가 나지 않았다고.

우송한 지 일주일 뒤 그녀로부터 책이 왔다.

오셨군요. 커튼콜을 받은 기분이 이런 걸까요? 창밖 해바라기를 바라보며 한참 웃었어요. 옆자리의 선생님이 그러더군요. 첫사랑을 만났느냐고요. 둘째 줄 셋째 자리 예약해 둘게요. 오시든 안 오시든 그건 선생님의 자유겠지요. -차인애 드림

- 커튼콜 통신, 투르게네프의 『첫사랑』

그렇게 시작된 둘만의 방식으로 주고받은 편지는 수백 통이 넘었다. 2년 남짓한 기간까지 지속되었고, 마지막까지 한 권의 책이 한 통의 편지라는 걸 눈치챈 사람은 없었다. 불편하고 번거로움은 있었지만, 언어의 숲에서 원하는 음절들을 찾아 헤매는 노동의 즐거움이 쏠쏠했고, 은밀함이 주는 쾌감도 무시할 수 없었다. 무엇이든 오래 하면 중독이 된다는 걸 엄한길은 그때 처음 알았다. 시간이 지날수록 음절 놀이에 묘한 재미를 느끼기 시작했고, 회를 거듭할수록 음절을 찾는 수효가 점점 늘어났다. 제때 책이 오지 않으면 왠지 불안하고 초조해지기도 했다.

그 후, 엄한길은 주말 오후를 거의 차인애와 함께 음악감상실에서 보냈다. 채 여운이 가시지 않은 얼굴로 유혹의 불빛이 번들거리는 저녁거리로 나서면 으레 배가 출출해지기 마련이었다. 자연스레 함께 저녁을 먹었고, 술을 마셨고, 가끔 영화를 보러 가기도 했다. 엄한길은 점점 차인애가 좋아졌고, 작별하면 금세 다음 주말이 기다려졌다. 아쉬움을 뒤로 하고 자취방으로 돌아오면 가난했지만 불평할 줄 몰랐던 어린 시절 텃밭에서 들었던 종달새의 지저귐이 이명처럼 끝없이 귓속을 맴돌았고, 가슴은 어떤 충만감으로 솜사탕처럼 부풀어 올랐다. 생전 처음 느껴보는 설렘이고 감정이었다. 아, 이런 걸 사랑이라고 하는 걸까. 자연스럽게 그런 감정이 밀려왔다.

그리고 그 감정을 확인할 수 있는 기회가 있었다. 서로에 대해 알아가던 이듬해 엄한길의 생일 저녁. 차인애는 꽃과 케이크를 사 들고 엄한길의 자취방을 방문했다. 예상하지 못한 엄한길은 당황했지만, 차인애는 의외로 태연했다. 차인애는 숄더백 속에 넣어온 앞치마를 꺼내 입고, 마치 남동생 자취방에 온 것처럼 어지럽게 널브러진 책들과 옷가지와 침대 위의 이불을 정리했고, 개수대의 그릇들을 익숙한 손놀림으로 부셨다. 이윽고 방 가운데 차려진 생일 케이크. 두 사람이 마주 앉았을 때 차인애는 말없이 꽃다발을 내밀었고, 엄한길이 머쓱한 얼굴로 받아 들고 꽃향기를 맡을 때는 활짝 웃는 얼굴로 박수했다. 꽃다발 속에는 앙증스러운 자줏빛 엽서 봉투가 꽂혀 있었다. 엽서 봉투 속에는 적어도 둘에겐 어색하고 낯선 자필 쪽지가 들어 있었다.

그대의 서른 번째 생일을 축하드리며 음악처럼 사랑하고 존경합니다.

- 차인애 드림

토요일이었고, 그날 둘은 처음이자 마지막으로 밤을 함께 보냈다. 벽에 등을 기댄 채 나란히 앉아 수많은 얘기를 나누며 뜬눈으로. 엄한길은 지금도 그날 밤의 일을 분 단위로 기억하고 있다. 그날 밤을 생각하면 말 한마디에 천 냥 빚도 갚는다는 말보다 말 한마디에 인간의 미래도 좌우한다는 말이 더 적확하고 정확한 표현인 것처럼 느껴지곤 했다. 아직도 기억 속에 진주처럼 박혀 있는 그녀의 말. ……적어도 우리는 그러면 안 되지 않나요?

어느 순간 감정이 격해져 그녀를 뉘었을 때, 가쁘게 입술을 받아들인 그녀가 가만히 속삭인 말이었다. 만일 그때 그녀가 살포시 눈을 감았거나, 그것까지는 아니더라도 도수 낮은 언어로 에둘러 자신의 감정을 표현했더라면 미래는 지금과는 전혀 다른 방향으로 흘러갔을지도 몰랐다. 왜냐하면 책임감이 강하고 도덕적 가치를 중시하는 엄한길의 성정으로 보아 물론 엄청난 고뇌와 고민의 과정을 거쳤겠지만, 결국엔 지금과는 다른 미래를 선택했을 것이므로.

이직한 지 3년째 되던 해의 여름방학을 앞둔 7월 초순이었다. 엄한길이 퇴근하려고 책상을 정리하고 있는데 급사로부터 교장 선생님이 찾고 계신다는 연락이 왔다. 무슨 일인가 싶어 곧장 교장실로 가니 뜻밖에도 신혜 아버지가 응접용 소파에 앉아 있었다. 엄한길을 보자 그는 특유의 친절한 웃음을 지어 보이며 손을 내밀었다. 도 교육위원회에 출장 온 김에 자네 얼굴도 보고 싶고 친구 얼굴도 보고 싶어 겸사겸사 들렀다고 했다. 엄한길이 모시고 있는 교장과는 고교 동기라는 걸 그때 처음 알았다. 그는 아직 현직 교장으로 재직하고 있었다.

엄한길은 신혜 아버지를 모시고 가끔 들르는 학교 근처의 한

식당으로 갔다. 오랜만에 뵙는 데다 귀한 걸음이라 고급 식당으로 모시고 싶었으나 차 시간이 빠듯하다며 굳이 사양했다. 별실에 마주 앉아 저녁을 주문해 놓고 맥주 두 병을 시켜 마시고 있을 때였다. 조상원이 밑도 끝도 없이 물었다.

"자네 언제쯤 결혼할 계획인가?"

"……."

엄한길이 묻는 의도를 몰라 마시던 맥주잔을 내려놓고 바라보자 덧붙였다.

"실은 그 일 때문에 들렀다네. 우리 신혜가 자네가 결혼하기 전에는 결혼하지 않겠다고 하네. 자네도 알다시피 우리 신혜가 몸이 그러니 아무래도 제약을 받을 수밖에 없네. 마침 좋은 혼처가 났기에 주선하려 했더니 손톱도 안 들어갔네. 신혜의 의지가 완강해 그 까닭을 물었더니 자네와 친남매나 진배없는데 어찌 오라비를 두고 먼저 결혼할 수 있느냐, 단지 그 이유였네. 염치없는 부탁이나 아비의 마음을 헤아려 혹 그럴 계획이 있으면 상대를 잘 설득해 가능한 한 계획을 앞당겨주었으면 하고……."

"아직 없습니다."

엄한길이 대답하자 조상원은 난감한 표정을 지었다.

"그럼 자네가, 귀찮겠지만 일간 시간을 좀 내어 주게. 직접 만나면 좋겠지만 그럴 형편이 안 되면 전화라도 해서 신혜를 잘 설득해 주었으면 하네."

"네, 알겠습니다."

"이런 일로 자네를 찾아서 미안하기 그지없네."

"아닙니다, 교장 선생님. 제가 은혜도 모르고 자주 연락드리지 못해 죄송합니다."

엄한길은 그 집을 떠난 이후 설과 추석 명절에 안부 겸 간단한 선물을 부친 게 고작이었다.

"별말씀을…… 사는 게 다 그렇다네."

엄한길은 저녁을 먹어도 맛을 몰랐다.

조상원은 저녁을 먹고 바로 동부정류장으로 갔다. 엄한길이 정류장까지 모셔 드리려 했으나 번거롭게 그럴 필요가 없다며 굳이 사양해 택시비 명목으로 급히 마련한 촌지 봉투만 재킷 옆 주머니에 슬쩍 찔러 넣어 주었다.

엄한길은 방학하자마자 열 일을 제쳐두고 신혜가 다니는 약국으로 갔다. 보름에 한 번꼴로 보내는 편지에서 자신이 약사로 일하는 약국을 비교적 자세하게 소개해 주었기 때문에 약국을 찾는 일은 그다지 어렵지 않았다. 중심가에 위치한 약국은 중소도시치고는 꽤 큰 규모였다.

신혜는 엄한길이 상상한 이상으로 의젓한 숙녀가 되어 있었다. 흰 가운 차림에 금빛 링 귀걸이를 한 보브 스타일의 모습에서 예전의 앳된 모습은 찾아보기 힘들었다.

"오빠!"

한 여자 손님과 상담하다 엄한길을 발견한 신혜가 화들짝 놀란 표정으로 소리쳤다. 신혜는 상담한 여자 손님에게 약봉지를 건네자마자 엄한길에게로 왔다. 아직도 믿어지지 않는다는 표정으로 웬일이냐고 물었고, 엄한길은 볼일이 있어 왔다가 생각나 잠시 들렀다고 변명했다.

신혜가 일러준 맞은편 찻집에서 40분쯤 기다리자 신혜는 퇴근하고 왔다. 엄한길은 근처 식당에서 저녁을 먹고 싶었으나 신혜는 그럴 수 없다며 한사코 집으로 갈 것을 권했다. 신혜는 약국 뒤 24평형 빌라에서 혼자 자취하고 있었다. 엄한길과 함께 재래시장에 들러 저녁 찬거리를 사 들고 들어서자마자 신혜가 말했다.

"오빠, 한번 안아 봐도 돼?"

"그럼."

신혜가 찬거리를 내려놓고 엄한길을 격하게 끌어안았다.

"신혜가 많이 외로웠구나."

엄한길은 신혜의 온몸을 가슴으로 느끼며 말했다.

"아직도 믿어지지 않아. 이런 일이 현실적으로 일어날 줄은 몰랐어."

"미안하다. 내가 너무 무심해서……."

"배 많이 고프지? 잠시만 기다려, 오빠."

신혜는 얼굴과 머리를 손질하고 주방으로 갔다. 앞치마를 두르고 싱크대 앞에 서 있는 모습은 영락없는 새댁의 모습이었다. 신혜는 엄한길의 식성을 정확히 기억하고 있었다. 오이냉채와 양파 · 감자볶음, 그리고 계란찜. 신혜는 소박하지만 정갈하고 엄한길의 입맛에 맞춘 밥상을 능숙한 솜씨로 차려냈다.

"얼마 전에 교장 선생님께서 우리 학교에 다녀가셨어."

식탁에 마주 앉아 밥을 먹을 때 엄한길이 마침내 말했다.

"우리 아빠가?"

"어."

그리고 엄한길은 재직 학교 교장과 고교 동기라는 사실과 둘이서 저녁을 함께한 사실을 전했다. 그러자 눈치 빠른 신혜가 고개를 숙인 채 밥을 먹으며 말했다.

"그럼 내 얘기도 나왔겠네."

"솔직한 네 진심을 알고 싶어."

"오빠는 너무 신경 안 써도 돼. 예전에 내가 그랬잖아. 결혼하지 않고 독신으로 살겠다고. 그 마음 지금도 변함없어. 부모님 앞에서 차마 그 얘기를 할 수 없어서 오빠를 잠깐 이용했을 뿐이야. 그러니까 오빠는 조금도 신경 쓰지 않아도 돼. 솔직히 다리 병신을 누가 데려가겠어."

"신혜야!"

"평생 부모님께 얹혀살 수는 없잖아. 그래서 혼자 살아갈 길을 찾다가 이거다 싶어 죽기 살기로 공부한 거야. 약사가 되려고."

"신혜야, 너무 자책하지 마. 사람은 누구나 한두 가지 약점을 가지고 있어. 그것도 많은 사람이 가진 약점 중 하나일 뿐이야."

"자기 일이 아니라고 함부로 말하지 마. 당해 보지 않으면 절대로 몰라."

신혜는 마침내 어깨를 들썩이며 울었다.

엄한길은 그만 난감해 멀뚱히 앉아 있었다.

그날 엄한길은 신혜와 함께 밤을 보냈다. 거실에서 스파클링 와인을 마시며 거의 밤을 새우다시피 했다. 주로 신혜가 많이 얘기했고, 엄한길은 들어 주는 쪽이었다. 신혜의 가슴속에 그렇게 많은 이야기가 저장되어 있는 줄을 몰랐다. 오빠가 떠난 뒤 한동안 우울증에 시달린 적도 있었고, 한 달 내내 오빠와 놀러 다닌 꿈을 꾼 적도 있었고, 죽고 싶어 몰래 학교 옥상에 올라간 적도 있었고, 목욕탕에서 자해한 적도 있었고, 왠지 서러워 며칠을 펑펑 운 적도 있었고, 그럴 때마다 오빠에게 편지를 쓰며 마음을 다독였고, 외로움과 슬픔과 고통과 싸웠고, 조금씩 살아갈 궁리를 터득했고, 한때는 오빠의 답장이 유일한 기쁨이자 희망이고 구원이었던 적도 있었고, 그래서 오빠의 답장을 주기도문처럼 외우고 다닌 적도 있었고, 있었고, 있었고……. 신혜의 입에서 한 번 터지기 시작한 이야기는 끝날 줄을 몰랐다. 그러다가 불쑥 신혜가 물었다.

"오빠 여자 친구 있어?"

"아직."

엄한길이 짧게 대답했다. 엄한길은 차마 속내를 솔직히 밝힐 수 없었다. 어느 순간부터 신혜가 자신을 진심으로 사랑하고 있다는 걸 깨달았기 때문이었다. 그리고 오빠가 결혼하기 전에는 죽어도 결혼하지 않겠다고 한 말은 오빠가 아니면 그 누구와도 결혼하지 않겠다는 말의 다른 표현이라는 걸 알았다. 사실 엄한길은 신혜를 만나면 고집부리지 말고 아버지의 말을 잘 새겨들었으면 좋겠다고 설득할 참이었다. 그리고 만일 신혜가 물어오면 솔직히 말해 줄 생각이었다. 지금 사랑하는 사람이 있으며 만일 결혼하게 된다면 그 사람과 할 것 같다고.

"신기하네. 오빠 같은 사람을 왜 주위 여자들이 내버려 뒀을까."

"그러게."

엄한길이 웃었다.

"나중에 결혼하면 꼭 연락해야 돼. 이따만한 꽃다발 들고 축하해 주러 갈게."

신혜는 두 손으로 한아름 원을 그리며 웃었다. 그리고 덧붙였다.

"난 죽어도 결혼 같은 거 안 할 거니까 혹시 우리 아빠를 또 만나면 꼭 전해줘. 확인했더니 신혜는 독신주의자더라고."

신혜를 만나고 온 엄한길은 혼란스러웠다. 신혜가 자신을 그렇게까지 생각하고 있는 줄은 몰랐다. 신혜가 자신을 따르고 좋아하는 줄은 알았지만, 그것은 어디까지나 이성적 감정보다 동기적 감정이라고 생각했다. 그러기에 엄한길은 고난도 수학 문제 앞에 앉아있는 기분이었다.

엄한길은 그 문제로 여러 날 불면의 밤을 보냈다. 몸을 뒤척이면서 고등학교 국어 교과서에도 수록되어 있던 로버트 프로스트의 '가지 않은 길'을 생각했다. 단풍이 물든 숲속에 두 갈래 길이 있었고, 그 두 길을 다 가지 못하는 것을 안타까워하면서 낮은 수풀로 꺾여 내려가는 멀리 끝까지 바라보던 그 길을. 그날 아침 똑같이 아름다운 두 길이 있었고, 낙엽 위로 아무런 발자국도 없던, 다시 돌아올 수 없다는 것을 알면서도 훗날을 위해 남겨놓았던 그 길을. 오랜 세월이 지난 뒤 어디에선가 숲속에 두 갈래 길이 있었고, 사람들이 적게 간 길을 택했던 그것이 내 모든 것을 바꾸어 놓았다고 한숨지으며 이야기할 그 길을. 그리고 톨스토이의 「사람은 무엇으로 사는가」를 떠올렸다. 사람의 마음속에 무엇이 있는가. 사람에게 주어지지 않은 것은 무엇인가. 사람은 무엇으로 사는가. 천사 미하일을 통해 작가가 진정으로 하고 싶었던 말은 무엇일까를 곱씹었다.

하룻밤에도 수만 번 번민이 찾아왔고, 마음은 번민의 끝을 잡고 파도처럼 밀려갔다 밀려왔다. 눈 감고 있을 때와 눈 뜨고 있을 때, 앉아 있을 때와 누워 있을 때, 모로 누워 있을 때와 바로 누워 있을 때, 그때마다 마음이 기울어지는 방향이 달랐다. 한쪽을 선택하면 다른 한쪽의 안쓰러움 때문에 마음은 이내 모래성처럼 허물어졌다. 일찍이 게오르그 루카치가 갈파한 '별이 빛나는 창공을 보고 갈 수가 있고 또 가야만 하는 길의 지도를 읽을 수 있던 시대, 별빛이 그 길을 훤히 밝혀주던 시대는 얼마나 행복했던가?'를 절감했다. 열흘 남짓한 기간 동안 엄한길은 거의 아무것도 먹지 못했다. 하루가 다르게 머리칼이 솜뭉치처럼 빠졌고, 몸무게가 5킬로그램이나 줄었다.

영원히 끝나지 않을 것 같은 엄한길의 번민을 마침내 멎게 한 것은 엉뚱하게도 짧은 꿈이었다. 꿈의 배경은 하굣길이었다. 엄한길은 승조와 책보를 메고 파릇파릇한 보릿잎으로 채색한 들판길을 걷고 있었다. 예의 개울에 이르렀을 때, 승조가 말했다. 한길아, 우리 돌치기 한번 하고 가까? 그래. 둘은 개울둑에 책보를 벗어놓고 개울로 내려가 돌치기를 했다. 삼세판의 돌치기에서 엄한길이 이겼다. 책보를 어깨에 두르고 개울둑에 나란히 앉았을 때, 규칙에 따라 엄한길이 말했다. 승조야, 니 마음 속 비밀 한 가지만 말해 주라. 그런데 어쩐 일인지 아무런 대꾸가 없었다. 돌아보니 승조대신 신혜가 앉아 있었다. 신혜는 눈부신 웨딩드레스를 입고 있었다. 신혜야! 소스라치게 놀라 잠에서 깨어났을 때는 막 자정을 넘긴 삼경이었다. 엄한길은 꼿꼿하게 앉아 꼬박 날을 밝히며 꿈의 의미를 생각했다. 시간이 흐를수록 어떤 계시처럼 다가왔다. 여름방학이 거의 끝나갈 무렵이었다.

엄한길은 날이 밝는 대로 서점으로 갔다. 그리고 한 권의 책을 구입했다. J.M. 바스콘셀로스의 『나의 라임 오렌지나무』였다. 곧장 집으로 돌아온 엄한길은 꼬박 하루를 투자하여 장문의 편지를 완성했다. 갑작스러운 포르투가 아저씨의 죽음 앞에 큰 충격과 슬픔에 휩싸인 제제를 생각하며. 그리고 마흔여덟 살 땐 그녀도 제제가 되어 있기를 소망하며…….

보낸 지 보름 뒤였다. 엄한길이 2교시 수업을 마치고 돌아오니 차인애가 보낸 우편물이 책상 위에 단아하게 놓여 있었다.

그대의 결정을 존중합니다. 그대를 존경하고 사랑한 것은 바로 이런 남다른 모습 때문이었음을 솔직히 고백합니다. 제 안목이 틀리지 않은 것으로 위안 삼고 이제 마음의 빗장을 열고자 합니다. 교육의 궁극적 목적이 상급학교 입시가 아니듯 사랑의 궁극적 목적 또한 결혼은 아니겠지요. 둘만이 교감하고 공유한 시간들은 앞으로의 제 삶에 오래도록 아름다운 추억으로 빛날 것입니다. 그동안 행복했고 감사했습니다. −차인애 드림

- 마지막 통신, 유치환의 『사랑하였으므로 행복하였네라』

엄한길과 조신혜는 그해 겨울 결혼식을 올렸고, 차인애는 기꺼이 결혼식에 참석해 축하해 주었다.

무자비한 폭력

엄한길은 학교 근처의 13평형 아파트에서 신혼생활을 시작했다. 아파트는 처가에서 마련해 준 것이었다. 그러나 마냥 좋고 행복해야 할 신혼생활은 출발부터 가시밭길이었다. 가족들 때문이었다. 엄한길은 어느 정도 각오하고 있었지만, 가족들이 그렇게까지 반기를 들 줄은 몰랐다. 그것은 예상을 훨씬 뛰어넘는 수준이었다.

엄한길이 결혼 의사를 밝혔을 때, 부모님은 뛸 듯이 기뻐했다. 그러나 상대가 신혜인 걸 알고는 탈기했다. 어머니와 아버지는 신혜가 누구인지를 알고 있었다. 엄한길이 집에 들를 때면 가끔 신혜 애기를 해주었기 때문이었다. 그럴 때마다 부모님은 당부했었다. 가슴 아픈 일이구나. 어린 것이 얼마나 속이 문드러지겠느냐. 그러니 특별히 신경 써 한 자라도 더 가르쳐주라고. 정작 그 아이가 자라 자신들의 며느릿감이 되자 태도가 백팔십도로 달라졌다. 특히 어머니의 반대가 심했다.

"세상에 쌨고 쌘 여자 중에 하필 그 여자고? 좋은 대학 나오고 돈 잘 버는 약사면 머할 끼고. 우리 집이 이씨 문중 대물림 고지기만 아녀도 이러코롬 서럽지는 않다. 이씨 문중 사람들이 알면 뭐라 카겠노. 끼리끼리 논다고, 세상은 속여도 피는 못 속인다고 우릴 얼마나 무시하고 깔보겠노. 그 생각만 하면 가슴을 벌건 인두로 푹푹 쑤시는 것 같다. 이 에미의 마지막 소원이다. 한길아! 다시 한번 짚이 생각해 보거라. 그 혼인은 내 눈에 흙이 들어가기 전에는 절대로 안 된다."

그길로 어머니는 무명 옷고름을 머리에 동여매고 몸져누웠다. 내심 원군이라 믿었던 아버지도 못마땅해하기는 마찬가지였다. 홧김에 구판장에서 낫게 술을 자시고 들어와서는 거푸 뜨거운 입김을 불어대며 떠죽거렸다.

"암만 생각해도 이건 아이다 싶다. 너 오매 말마따나 이 세상에 쌨고 쌘 여자 중에 하필 그 여자란 말고, 어이? 온갖 수모 당하미 죽지 못해 산 것도 한길이 니 하나 보고 여태까정 버텨 왔는데, 삶이 참 허망타. 대학까정 나왔으니 누가 봐도 안 굴리는 며느리를 보겠거니 생각했구마는, 날벼락도 이런 날벼락이 없다. 여러 말 할 것 없이 한길아, 마지막으로 한 번만 더 물어보자. 니 맴을 돌려묵을 틈이 눈곱만치도 없나?"

소식을 듣고 다음 날 새벽같이 들이닥친 두 누나도 부모의 태도와 별반 다르지 않았다. 엄한길을 불러 앉힌 자리에서 둘째 누나와 막내 누나가 작두 같은 입매로 염장을 질렀다.

"니가 공부만 해노니께 세상 물정을 몰라도 너무 모린다. 야시같이 살랑살랑 꼬랑지를 흔들미 유혹해도 바짝 정신을 차려야지, 착해빠져 가지고는……. 두고 봐라, 그 여자랑 결혼했다가는 반드시 나중에 후회한다. 안 봐도 훤히 보이는 길을 왜 꾸역꾸역 갈라 카는지 도저이 이해가 안 된다. 꼴 좋겠다. 새색시라고 노랑저고리, 붉은 치마 차려입고 신행 올 때 오리맨치로 뒤뚱거리며 걷는 꼬라지 봤으면……."

"이제 본께 그 집 수작에 곱다시 당한 기라. 먹여주고 재워주고 공납금 대준다 칼 때 알아봤어야 하는데, 가난이 원수다. 옛말에 철천지원수도 한 방에 가둬놓으면 애새끼 깐다고, 그 집에서 병신 딸 짝지어 줄라고 처음부터 그 작전을 쓴 기라. 그것도 모리고……. 한길이 니가 대학만 안 나왔다 캐도 혀만 둬 번 쯧쯧 차고 말았다. 참말로 억울하지도 않나. 불쌍한 우리 옴마 아부지 입장을 헤아려서 지금이라도 제발 정신 좀 차리거라, 한길아."

지금도 그때를 생각하면 엄한길은 대못을 박아놓은 것처럼 가슴이 아렸다.

우여곡절 끝에 치러진 결혼식은 장례식 같은 분위기였다. 사회는 오동석이 보았고 주례는 대학 은사가 보았는데, 오동석은 물론이고 은사조차 머슬머슬한 분위기에 여간 난감해하는 눈치가 아니었다. 사진기사도 진땀을 뺐다. 가족사진을 찍을 때 제발 웃어 달라고 사정할 정도였다. 그 일로 누구보다 심적 고통을 받은 사람은 신혜였다. 신혜는 알고 있었다. 시댁 식구들이 결사적으로 이 결혼을 반대했다는 걸.

신혼여행은 제주도로 갔다. 신혜는 3박 4일 내내 우울해 있었고, 엄한길과의 결혼을 후회했다. 엄한길은 엄한길대로 그런 신혜를 달래고 위로하느라 넋을 뺐다. 행복해야 할 신혼여행이 되레 지옥이었다.

신혼여행을 갔다 오면 좀 나아질 줄 알았던 분위기는 여전했다. 어머니와 아버지는 며느리의 큰절을 받는 둥 마는 둥 했고, 두 누나는 바쁘다는 핑계로 코빼기도 내비치지 않았다. 읍내에 사는 고모와 합천과 경주에 사는 두 이모도 잠깐 얼굴만 내밀고는 당일로 돌아갔다. 왁자지껄해야 할 집이 평소보다 더 썰렁했다. 좌불안석의 집에서 하룻밤을 묵고 도망치듯 시골집을 나왔을 때, 엄한길은 꼭 모질고 긴 악몽을 꾼 것 같았다.

신혼집에 들어서자마자 신혜는 몸져누웠다. 애초 신혜는 신접살림을 시작하면 일자리를 알아볼 계획이었다. 그러나 기대했던 상황이 호전되기는커녕 출구조차 보이지 않자 완전히 의욕을 잃어버렸다. 실의에 빠진 신혜는 내처 눈물 바람이었고, 이러지도

저러지도 못하고 그저 관망할 수밖에 없는 엄한길은 죽을 맛이었다. 혹 마음 여린 신혜가 한순간 마음을 잘못 먹을까 봐 엄한길은 학교에 있어도 마음은 종일 집에 가 있었다.

학교에서 아파트까지는 걸으면 15분, 뛰면 7, 8분 거리였다. 엄한길은 점심시간이면 득달같이 내달려 신혜가 차려준 점심을 먹고, 점심시간이 끝날 무렵 득달같이 내달려 되돌아오곤 했다. 내막을 모르는 선생님들은 그새 못 참아 달음박질이냐고 비아냥거렸지만, 엄한길은 절박했다. 점심을 핑계로 신혜를 직접 눈으로 확인하지 않고는 마음이 놓이지 않았다.

"엄 선생님, 오늘 시간 좀 있나요?"

그러던 어느 날이었다. 엄한길이 퇴근하려고 책상 위를 정리하는데 역시 퇴근하려고 공문을 챙기던 건너편의 연구과장이 물었다. 당시에는 학교 사정에 따라 부장을 과장 또는 주임으로 불렀다. 교무실에는 그와 엄한길 둘뿐이었다. 밖은 어둑하고 퇴근시간도 꽤 지난 시간이었다. 엄한길이 왜 그러느냐고 묻자 과장은 멋쩍은 표정으로 특별한 이유는 없고 그냥 둘이서 소주 한잔 하고 싶다는 밋밋한 대답이었다. 모처럼 선배 교사가 제의하는데 거절하기도 뭣해 엄한길은 곧바로 집으로 전화했다. 뜻밖에 밝은 목소리의 신혜가 조금 전 엄마가 왔다며 걱정하지 말고 기분 풀고 오라고 싹싹하게 허락했다.

둘은 학교 맞은편 생고기 집으로 갔다. 그와는 학년 회식이나 친목회 모임 때 함께한 적은 있지만, 술집에서 단둘이 마주하기는 그때가 처음이었다.

"요즘 혹 고민거리라도 있나요?"

소주 몇 잔으로 적당히 취기가 올랐을 때, 과장이 조심스럽게 물었다. 엄한길은 술잔을 들다 말고 물끄러미 상대를 바라보았다. 여태 그 누구도 그렇게 물어봐 준 사람이 없었다. 그 순간 누르고 있던 감정이 울컥 올라왔다. 엄한길은 그 감정을 내보이지 않으려고 얼른 술잔을 비웠다.

"굳이 대답하지 않으셔도 괜찮습니다."

그리고 엄한길을 따라 술잔을 비우더니 말을 이었다.

"저는 그동안 선생님을 묵묵히 지켜봐 왔습니다. 저는 교사가 갖추어야 할 자질로 세 가지를 꼽습니다. 성실한 근무 태도, 업무와 수업에 대한 열정, 그리고 학생들에게 쏟는 관심과 사랑. 선생님은 이 세 가지를 두루 갖추고 계시더군요. 이 세 가지를 모두 갖추기가 말처럼 쉽지 않습니다."

"잘 봐주셔서 감사합니다."

엄한길은 뜻밖의 과찬에 고개를 깊이 숙였다.

"그냥 입에 발린 소리로 하는 말이 아닙니다. 저는 면전이라고 없는 말을 지어내거나 공치사하는 그런 스타일이 아닙니다. 제 말은 진심입니다. 앞으로 계속 그런 자세로 근무해 보십시오. 그 대가는 반드시 복리로 돌아옵니다. 혹 근무에 어려운 점이나 부탁할 일이 있으시면 언제든 주저하지 마시고 말씀해 주세요. 교직 선배로서 부족하지만, 능력껏 도와드리겠습니다."

"과장님 말씀을 명심하고, 더욱 분발하겠습니다."

그는 교사로서 인품이 훌륭하기로 정평이 나 있었다. 그런 그가 자신을 그렇게까지 생각하고 있는 줄은 몰랐다. 엄한길은 흐뭇했고, 누구보다 신망이 두터운 그로부터 인정받고 있다는 사실에 뿌듯함을 느꼈다.

그날, 둘은 2차까지 갔다. 1차는 한사코 그가 계산했고, 2차는 엄한길이 계산했다. 생고기 집 옆의 생맥줏집에서였다. 생맥주 한 잔과 노가리 포를 앞에 놓고 마주 앉았을 때, 엄한길은 술기운을 빌리긴 했지만, 왠지 그의 말에 진정성과 신뢰가 느껴져 최근의 고민을 솔직히 털어놓았다. 그는 진지하게 들었고, 다 듣고 난 그가 말했다.

"아, 그러셨군요. 저는 엄 선생님과 엄 선생님의 부모님 모두 충분히 이해됩니다. 저도 신혼 초에 비슷한 경험을 했습니다. 가장 힘든 분은 뭐니 뭐니 해도 사모님이십니다. 마음 상하지 않도록 잘 위로해 드리며 묵묵히 기다리는 수밖에 달리 뾰족한 수가 없습니다. 혹 2세 계획을 어떻게 하고 계시는지 모르겠습니다만, 가능하면 빨리 2세를 가지세요. 제 경험으로 비추어 보면 그것보다 더 좋은 방법은 없습니다."

엄한길은 조언을 깊이 새기겠다고 대답했고, 귀가해 잠자리에 들었을 때 그 얘기를 전했더니 신혜는 돌아누우며 깊게 한숨을 내쉬었다. 둘이서 약속한 2세 계획은 경제적으로 어느 정도 자리가 잡히는 3년 후쯤이었다.

다음 날 출근해 도서관에서 커피를 마시며 책을 뒤적거리고 있는데, 일부러 그가 찾아왔다. 엄한길은 부임 첫해부터 줄곧 도서계에 도서관 관리를 담당하고 있었다. 결혼 후에는 아침 도시락을 싸진 않았지만, 출근 시간은 여전했다.

엄한길이 일어나 인사하며 커피를 권하자 선뜻 고맙다며 간밤에 혹시 실수하지 않았느냐고 물었다. 그건 오히려 제가 드려야 할 말씀이라고 하자 그런 일 없었다며 어제 한 말을 잘 새겨들었으면 좋겠다고 다시 한번 강조했다.

그가 엄한길의 가슴속에 영원한 참스승으로 남아 있는 손인호였다. 엄한길보다 10년 연상이었고, 수학 담당이었다. 아담한 키에 살집이 있는 몸집이었고, 몸집에 비해 얼굴이 작고 눈빛과 콧날이 날카로워 첫인상이 차갑게 보이지만 젊은 남녀 교사들 사이에서는 애칭으로 '큰형님', '큰오빠'로 부릴 만큼 호인이었다. 그는 재직 기간 동안 교사로서 단점을 찾기 힘들 정도로 근무의 전범을 보여주었다. 머리는 사철 귀가 오롯이 드러나는 이 대 팔 스타일의 단정한 모습이었고, 복장은 철마다 다르긴 하지만 소풍, 체육대회 등 행사 때를 제외하고는 흰 와이셔츠에 넥타이를 꼿꼿하게 맨 정장 차림이었다.

그는 엄한길 다음으로 일찍 출근했다. 엄한길은 결혼 이후에는 총각 때만큼 새벽같이 출근하진 않았지만, 그래도 버릇이 되어 남들보다는 출근이 빨랐다. 엄한길이 교무실 환기를 시켜놓고 도서관으로 올라갈 준비를 하고 있으면 그는 도시락을 들고 나타났다.

"굿모닝!"

그의 첫인사가 그랬다. 오른손을 번쩍 들고 웃으며. 상대에게 존댓말을 쓰지 않는 경우는 그때가 유일했다. 그는 상대가 누구든 존댓말을 쓰기로 유명했다. 남교사의 경우 고등학교 직속 후배면 하대하는 경우가 보통인데, 그는 그러지 않았다. 심지어 개별적으로 찾아오는 학생에게까지 말을 함부로 하는 법이 없었다. 수업 중이거나 공식 모임이면 몰라도 그건 좀 아니지 않냐고 하면 그런 버릇을 들여놓아야 실수하지 않는다는 것이 그의 보짱이었다. 실수란 학생 앞에서 화를 내는 걸 말하는데, 존댓말을 쓰면 치솟던 감정도 자연스레 가라앉게 된다는 것이다.

그가 출근해 가장 먼저 하는 일은 교무실 뒷벽에 병풍처럼 늘어서 있는 연구과 캐비닛을 열고 직원회 때 발표할 서류와 공문철을 꺼내는 일이었다. 당시에는 매일 직원회가 있었고, 연구과 주관 '독서교실 시범학교'를 운영 중이어서 시범학교 관련 발표가 많았다. 그는 무척 꼼꼼한 성격에 완벽주의자여서 시범학교 운영

계원이 있음에도 불구하고 그가 추진 계획 · 운영 · 설문조사 · 보고서 작성에 이르기까지 자신이 죄 맡다시피 했다. 그때나 지금이나 지역 교육청과 시 교육청에서 하달하는 공문이 부지기수였는데, 일주일에 두 번씩 수령해 오는 공문을 교감이 분류해 각 과로 넘기면 그는 꼭 퇴근 시간 이후에 그 공문을 검토해 다음 날 직원회가 끝나자마자 각 계원에게 넘겼다. 인계할 때는 공문의 주요 내용에 밑줄을 치고 보고 날짜, 보고 요령 등 주의 사항을 메모한 포스트잇을 붙여 실기하지 않도록 배려했다.

연구과의 주된 업무는 진학과 평가였다. 당시에는 시도별 연합고사가 있었고, 그 성적에 체력장 점수를 합산한 성적으로 상급학교 진학이 결정되었으므로 학생들은 성적에 민감했고, 학교 간 경쟁도 치열했다. 중학교임에도 고등학교 못지않게 3학년에 한해 보충수업과 야간 자율학습을 실시했고, 매달 한 번꼴의 모의고사도 실시했다. 모의고사 결과가 나오면 성적이 부진한 학생들을 따로 모아 그가 직접 관리할 정도로 열성적이었다.

중간 · 기말고사 성적은 생활기록부에 등재되기 때문에 여전히 학생들의 관심사였다. 그는 교내 고사는 객관성과 공정성이 생명이라는 확신을 가지고 있었다. 그러기에 중간 · 기말고사 때가 되면 학급 간 동교과 평균 점수와 표준편차 분포도가 비슷하도록 신신당부했고, 그 대안으로 공동 출제를 강조했다. 이윽고 각 과로부터 출제지가 나오면 며칠 밤을 새워서라도 전 과목 출제지를 죄다 읽어야 직성이 풀리는 성미였다. 오자, 비문, 오답, 복수 정답 등 문제의 소지가 있는 과목은 출제자와 상의해 수정을 거친 다음에야 교감에게 결재를 올렸다. 말하자면 그는 직업정신이 투철한 교사였다.

그는 연구과장 5년, 학생과장 3년을 맡은 뒤 교무과장이 교감으로 승진하면서 교무과장으로 보직을 옮겼는데, 그때 엄한길은 그의 요청으로 교무기획을 맡게 되었다. 그것이 계기가 되어 그와 더욱 긴밀한 유대관계를 맺게 되었고, 엄한길의 교육관과 교사상은 그 무렵에 형성된 것이었다. 그는 기회가 있을 때마다 엄한길에게 자신의 교육관과 교사상을 설파했고, 엄한길은 또박또박 가슴에 새겼다. 오랜 세월이 지난 지금도 그의 어록이 엄한길의 가슴속에 남아 있는 것은 그 때문이었다.

그의 어록 중에서 가장 기억에 남는 걸 연도별로 하나씩 가려 뽑으면 다음과 같다.

아이들에게 헛말이라도 막말해서는 안 됩니다. 무심코 던진 말 한마디가 아이의 일생을 좌우할 수도 있습니다. 제 친구 중에 음치가 있습니다. 그 친구는 절대로 노래방에 안 갑니다. 어쩌다 친구 권유에 못 이겨 가도 노래 부르는 꼴을 못 봅니다. 한번은 짓궂은 친구가 억지로 마이크를 디밀었다가 얼굴을 붉히며 대판 싸운 적도 있었지요. 중학교 2학년 때, 노래 부르기 음악 실기 시험을 쳤는데, 이 친구에게 음악 선생님이 그러더랍니다. 야, ㅇㅇㅇ 그것도 노래라고 부른 거냐. 다시는 남 앞에서 노래 부르지 마. 그 이후 남 앞에서 노래 부른 적이 없답니다. 물론 그 음악 선생님은 무심코 한 말이겠지만, 그 친구에게는 치명적인 상처가 된 셈이지요.

- 1993년 5월, 도서관에서 차를 마시며

매는 안 드는 게 상책입니다. 사랑의 매라도 최대한 자제하는 것이 좋습니다. 매질이란 하다 보면 매질에 취해 자칫 처음과는 달리 자신의 감정이 실릴 수 있습니다. 그러면 그 학생의 기억 속에 오래 남습니다. 불가피하게 회초리를 들어야 한다면 당사자가 수긍할 때까지 충분히 그 이유를 설명하고 적어도 5회 정도 심호흡을 가다듬은 뒤에 실행하는 게 좋습니다. 제 은사님 중 한 분은 회초리를 드시기 전에 꼭 자기 종아리를 먼저 때려 보셨는데, 아마도 매의 강도를 가늠하기 위해서일 겁니다. 그러나 어떤 경우에도 손이나 발을 사용하는 일은 삼가야 합니다. 그건 이유가 아무리 정당하더라도 사랑의 매가 아닙니다.

- 1994년 9월, 퇴근 무렵 교무실에서

어느 우화에 보면 이런 얘기가 나옵니다. 호수에 비친 자신의 아름다운 뿔을 보고 자만에 빠졌던 사슴이 깡마르고 볼품없는 자기 다리를 보고는 실망해 늘 하느님을 원망했습니다. 그런데 어느 날 사냥꾼에게 쫓기어 숲속으로 도망치게 되었는데, 그때야 사슴은 깨달았습니다. 정작 자신의 생명을 구해 준 것은 아름다운 뿔이 아니라 늘 구박받던 다리였다는 것을. 인간에게는 누구나 양면성을 가지고 있습니다. 사슴처럼 체험하지 않아도 학생에게 그걸 깨닫게 해주는 것이 교사의 임무이자 역할입니다.

- 1995년 7월, '여름방학 계획서' 협의 후 커피를 마시며

학생들에게 감동을 주는 교사가 되십시오. 감동은 아주 사소한 것에서 옵니다. 아무것도 아닌 말 한마디, 아무것도 아닌 행동 하나가 학생에겐 평생 잊지 못할 스승의 이미지로 각인됩니다. 제가 고3 때지요. 화창한 봄날이었는데, 학교 가다가 어느 집 담장 위로 활짝 핀 장미꽃을 보니까 갑자기 환장하게 학교 가기가 싫어지는 겁니다, 아무 이유 없이. 그래서 하루 땡땡이를 친 적이 있습니다. 요즘처럼 연락 수단이 있나, 완전한 내 시간으로 하루를 잘 보냈지요. 저녁이 되니까 슬슬 걱정되더군요. 내일 학교 가면 뭐로 변명할까, 고민하다가 학교에 가니 아니나 다를까 담임 선생님이 부르더군요. 선뜻 대답을 못 하고 우물쭈물하고 있으니까 담임 선생님이 괜찮으니 솔직히 대답하라 그러더군요. 그 말에 용기를 내어 솔직히 대답했지요. 내 황당한 대답을 듣고 나더니 씩 웃으며 그러더군요. "야, 봄이 독하긴 독한 모

양이다. 철옹성 같은 손인호 가슴에도 침투해 꽃을 활짝 피웠으니 말이야." 그러곤 더 이상 묻지도 따지지도 않고 가서 공부하라 그러더군요. 수십 년이 지난 지금도 그 은사님과 그 말씀이 잊히지 않습니다.

- 1996년 10월, 교무과 회식 후 함께 귀가하며

교사는 때로 아이들의 허물을 알면서도 모른 척하고 넘어가는 아량도 필요합니다. 제가 연구과장 보직을 맡기 전 3학년 주임을 맡고 있을 땝니다. 당시에는 모의고사 성적표를 집으로 우송할 때였지요. 학생들이 성적표를 보고 난 뒤 우표를 붙인 봉투에 그걸 넣고 집 주소를 써서 제출하면 담임이 일괄 우송하는 그런 방식이었지요. 제 반에 성실하고 꽤 공부를 잘하는 학생이 있었습니다. 우송하기 전에 봉투를 점검하니 그 학생의 봉투 속 내용물이 뭔가 다른 겁니다. 그래서 햇빛에 비쳐 보니 성적표가 아니라 가정통신문이었습니다. 그 학생의 성적을 봤더니 아니나 다를까 지난달보다 많이 떨어졌더군요. 아마 그 학생은 거둔 대로 그냥 우송하겠거니 짐작했겠지요. 그러지 않고서야 그럴 리 만무하니까요. 고민이 되더군요. 불러서 꾸지람하고 다시 제출하도록 해야 하나. 얼마나 절실했으면 그 생각까지 했을까. 그러다가 그냥 부쳐버렸지요. 다행히 다음 달 성적을 보니 정상으로 돌아왔더군요. 그래서 잊고 있었는데, 졸업식 날 제게 자그마한 선물과 함께 편지를 주더군요. 편지에는 그때 일이 적혀 있더군요. 그냥 모른 척하고 부쳐줘서 고맙다고요. 실은 그 무렵에 여자 친구에게 차여 거의 공부를 못했다며 도저히 부모님께 성적표를 보여줄 용기가 나지 않았다고. 선생님께서 부르시면 솔직히 말씀드리고 한번 봐달라고 부탁할 참이었다고 씌어 있더군요. 편지를 보니 그때 정말 잘한 결정이구나, 그런 기분이 들더군요. 때로는 침묵이 웅변보다 더 교육적 효과가 있을 수 있습니다.

- 1997년 9월, 오후 빈 수업 시간에 휴게실에서

중학교 시절은 진로 탐색기입니다. 교사의 역할 중 하나는 학생들이 제 적성에 맞는 진로를 찾을 수 있도록 도와주는 일입니다. 저는 산파술을 매우 긍정적으로 생각합니다. 아시다시피 소크라테스의 아버지는 석공이었고, 어머니는 산파였습니다. 어린 소크라테스는 어머니를 따라다니며 애 낳는 광경을 보고 아버지의 일터에 가서는 돌로 조각품을 만드는 걸 자주 봤습니다. 어린 소크라테스의 눈에는 참 신기했겠지요. 그래서 하루는 아버지께 물었답니다. 어머니의 손만 거치면 아주머니의 배에서 없던 아기가 나오고, 아버지의 손만 거치면 아무것도 아닌 돌덩이가 사자가 되고 여신이 되니 너무 신기하다고요. 그때 아버지가 이렇게 대답했습니다. 원래 아주머니의 뱃속에 아기가 있었는데, 다 자란 아기가 답답하다고 울길래 엄마가 그 아기가 잘 나오도록 도와주었을 뿐이란다. 그리고 사자도 여신도 원래 돌 속에 살아 있었단다. 그들이 답답하다고, 자유를 달라고, 울부짖고 아우성 치길래 아빠가 돌을 깨서 꺼내준 것뿐이란다. 거기서 산파술이 나왔지요. 교사라면 꼭 새겨들을 만한 이야기가 아닌가 생각합니다.

- 1998년 3월, 점심 후 휴게실에서

교사는 편애偏愛, 편견偏見, 편집偏執을 경계해야 합니다. 교사도 사람인 이상 착하고 공부 잘하고 교육열이 높은 가정의 아이들에게 눈길을 더 주기 마련입니다. 그러나 정작 필요한 눈길은 그 반대편의 아이들입니다. 친구들에게 따돌림당하고 가정 형편이 안 좋은 그런 학생들은 반드시 열등의식이 자리 잡고 있습니다. 그들에게 더 많은 관심을 가져보십시오. 교육의 효과와 보람은 배가됩니다. 아이들은 하얀 도화지와 같습니다. 노란 물을 들이면 노란 도화지가 되고, 빨간 물을 들이면 빨간 도화지가 되고, 파란 물을 들이면 파란 도화지가 됩니다. 자신의 색깔을 아이들에게 마구 주입하는 것만큼 위험하고 무모한 일은 없습니다. 선생님 중에 의외로 편집 습벽이 있는 분이 많습니다. 자기 생각이 아무리 옳다고 판단되더라도 학급 구성원의 대다수가 다른 생각을 하고 있다면 한발 물러설 줄 알아야 합니다. 그것도 자질이고 용기입니다.

- 1999년 8월, 당직 근무 중 교무실에서

청렴교육 연수 가서 들은 얘깁니다. 노자의 도덕경에 이런 말이 있답니다. 太上下知有之 其次親而譽之 其次畏之 其次侮之 태상하지유지 기차친이예지, 기차외지 기차모지. 지도자 유형에는 네 등급이 있는데, 최상은 있다는 존재만 느끼게 하는 지도자, 차상은 친절하여 칭찬받는 지도자, 그다음 차악은 그 앞에 서면 두렵게 만드는 지도자, 최악은 뒤돌아서면 업신여김을 당하는 지도자라고 합니다. 처음에는 두 번째 유형의 지도자가 최상급이라 생각했는데, 가만히 생각해 보니 맞는 말이더라고요. 존재만 느끼게 한다는 건 지도자의 지도력이 필요 없을 만큼 그 조직이 건강하게 잘 돌아간다는 뜻이니까요. 마치 허리가 건강하면 허리띠를 잊듯이 말이지요. 학급 경영에 도움이 될 듯해 전달 연수합니다.

- 2000년 6월, 퇴근 직전 도서관에서

솔선수범만큼 좋은 교육은 없습니다. 학생들은 모르겠지 싶어도 정확히 알고 있습니다. 선생님들 별명 짓는 것 보십시오. 얼마나 촌철살인의 이미지가 번뜩입니까. 지각하지 마라, 책 좀 읽어라, 그럴 필요가 없습니다. 선생님께서 모범을 보이면 학생들은 자연히 따라오게 되어 있습니다. 그럼에도 불구하고 요지부동인 학생은 틀림없이 미처 몰랐던 다른 이유가 있는 겁니다. 그런 학생들을 따로 분류해 두었다가 자연스럽게 상담해 보면 놀라운 교육적 성과를 거둘 수 있습니다. 초임 시절에 내 반 아이 중에 지각을 밥 먹듯 하는 아이가 있었습니다. 공부도 중간 정도 하고 착한데, 지각만은 안 고쳐지는 겁니다. 그래서 그 아이 생일 때 불러 축하해 주며 넌지시 물어보았더니 자기가 치매 할아버지를 간병하는데, 거의 매일 밤잠을 설친다는 겁니다. 앞으로 지각하지 않도록 노력하겠다고 고개를 떨구며 눈물을 훔치는데 괜히 마음이 짠해지더군요. 그래서 학생의 날 수여하는 효도 상 부분에 그 아이를 추천했지요.

- 2001년 3월, 부장회의 뒤 회의실에서

바로 이웃 학교에서 있었던 실화입니다. 코흘리개 때부터 일했던 사환이 얼마 전에 형편상 그만두게 되었더랍니다. 교무회의 때 한마디 하라고 했더니 그 사환이 쭈뼛거리다가 딱 세 마디를 하더랍니다. '선생님, 제발 책 좀 읽으이소. 아무것도 아닌 일로 제발 싸움 좀 하지 마이소. 학생 입장에서 제발 좀 생각하고 행동하이소.' 투박한 말이지만 교사라면 꼭 새겨들어야 할 말이 아닌가 생각합니다.

- 2002년 12월, 친목회 주최 송년회 뒤, 함께 귀가하며

2003년 2월. 그는 그해 3월 1일 자로 교장 승진이 예정되어

있었고, 엄한길은 연구부장으로 내정되어 있었다. 그는 교감으로 승진한 지 5년 만의 일이었고, 엄한길은 손인호 교감 밑에서 2학년부장 2년, 3학년부장 3년 만에 첫 업무부장 보직이었다. 전임 교장의 정년퇴임으로 그가 교장 승진 0순위였으나 재단 이사장의 친척인 고등학교 교감이 승진해 내려온다는 소문이 있어 마음 놓을 수 있는 상황이 아니었다. 그가 교장 발령이 났다는 소식을 듣고 진학 지도실에 있다가 급히 교무실로 내려갔더니 그는 벌써 선생님들에게 둘러싸여 축하 인사를 받고 있었다. 엄한길은 부득이 멀찍이 서서 진심을 담은 눈인사로 축하 인사를 대신했다.

그날 저녁, 그는 반쯤 취한 낯빛으로 '신혜약국'으로 찾아왔다. 지난해 봄, 엄한길은 학교 근처의 33평형 아파트를 분양받아 이사했고, 그곳으로 이사 오면서 아내가 아파트 1층 점포에 규모는 작지만, 위치가 좋은 '신혜'라는 이름의 약국을 개업했었다. 그는 오래전부터 아파트 뒤편의 2층짜리 양옥에 살고 있었는데, 약국이 집으로 가는 길목에 있어 전에도 가끔 아이들 군것질거리를 사 들고 찾아오곤 했다. 아내의 연락을 받고 엄한길이 내려갔더니 그는 아내가 준 음료수를 마시며 고객용 소파에 앉아 있었다.

"오다 보니까 먹음직한 군고구마가 있지 뭡니까."

그는 엄한길을 보자 손을 번쩍 들고 멋쩍게 웃으며 변명했다.

둘은 걸어서 5분 거리에 있는 아파트 맞은편 생맥줏집으로 갔다. 엄한길이 그 아파트로 이사 오면서 퇴근길에 가끔 함께 들르곤 했던 단골집이었다.

"솔직히 제가 교장이 될 줄은 몰랐습니다. 교감이 되는 순간부터 여기까지라고 늘 각오하고 있었습니다. 부장 선생님도 알다시피 사립이란 게 다 그렇지 않습니까. 다행히 우리 학교는 조금 다르긴 합니다만, 그래도 사립은 사립 아닙니까. 제 인생에 덤이지요. 아무튼 고맙습니다. 선생님들께서 잘 도와주신 덕분입니다."

생맥주와 나막스 튀김 안주를 시켜놓고 엄한길이 진심으로 축하드린다고 했을 때, 그가 한 말이었다. 사실이었다. 당시의 사립 환경에선 자력으로 교장이 된다는 것은 거의 불가능한 일이었다. 지금처럼 교장 임기제가 있는 것도 아니어서 재단 이사장의 측근이나 친인척 중 한 사람이 교장이 되면 정년까지 몇 년이든 계속할 수 있었다. 엄한길이 근무하던 학교도 예외는 아니었다. 재단 이사장의 동생분이 건강 악화로 사임할 때까지 16년 동안 교장직을 수행했다. 손인호의 교장 승진은 시쳇말로 '줄과 백' 없이 순전한 실력과 신망으로 교장이 된 첫 사례였고, 그래서 남다른 의미가 있었다.

"지나친 겸손의 말씀입니다. 재단에서 교감 선생님의 능력을 정확히 꿰뚫어 보신 거지요."

"그래서 더 어깨가 무겁습니다. 혹시 실망을 드리면 어쩌나 하고요."

"저는 교감 선생님의 능력을 믿습니다. 진심입니다."

"부족한 저를 좋게 봐주셔서 감사합니다. 많이 도와주십시오."

그는 막 가져온 생맥주를 두어 모금 마셨다가 내려놓으며 말을 이었다.

"뭐니 해도 눈에 보이는 성과는 진학 성적 아니겠습니까. 학년부장과 업무부장은 엄연히 다릅니다. 굳이 비유하자면 학년부장이 야전사령관이라면 업무부장은 작전사령관쯤 되지요. 학교 행정을 배울 수 있는 좋은 기회이기도 합니다. 새로운 아이디어로 연구부를 잘 이끌어 주십시오. 저는 부장 선생님의 능력을 믿습니다."

"능력껏 열심히 해보겠습니다. 기대에 못 미칠지 모르겠지만."

엄한길은 연구부장으로 자신을 적극적으로 추천한 이가 그라는 걸 신임 교감에게 들어 알고 있었다. 둘은 새삼스레 잘해 보자는 뜻으로 잔을 부딪쳤다.

"여담이지만, 제 모친 연세가 올해 아흔입니다. 치매기가 있어 기억이 오락가락하지만 건강한 편입니다. 제게는 큰 복이지요. 어제 모친께서 아주 선연한 꿈을 꿨다며 얘기해 주시더군요. 우리 집에 불이 나 폭삭 내려앉았는데 제가 미처 불구덩이에서 빠져나오지 못했다더군요. 발을 동동 구르다가 놀라 꿈을 깼다며 각별히 몸을 조심하라고 이르더군요. 그래서 제가 안심시켜 드리려고 말했지요. 불이 활활 타는 꿈은 길몽 중 길몽이니 두고 보세요, 머잖아 좋은 일이 있을 겁니다. 그랬더니 그러면 그런 다행이 없겠구먼, 하며 그때야 비로소 안심하시더군요. 그래서 내부 통신망에 교장 발령 공고가 뜨자마자 가장 먼저 모친께 기쁜 소식을 전해 드렸지요. 모친께서 뛸 듯이 기뻐하시면서 그러더군요. 불 꿈이 좋은 꿈이긴 한 모양이라고. 꿈이란 게 참 묘하지요. 그걸 믿는 건 아니지만, 느낌상 좋은 예감이 듭니다."

그날, 그는 이런 말도 했다.

둘은 기분이 좋아 여러 잔의 생맥주를 마셨고, 네댓 번이나 서로를 격려하며 잔을 부딪쳤다. 그리고 생맥줏집 앞에서 내일 보자며 손을 흔들며 헤어졌다. 열사흘 달이 휘영청 밝은 밤 10시 무렵이었다.

그것이 둘만이 가진 마지막 술자리였다.

닷새 뒤 이 도시에서 192명의 희생자를 낸 대형 지하철 화재 사고가 일어났고, 그는 그 속에 갇혀 있었다. 지금도 엄한길은 그 사고 역으로 좀처럼 가지 않는다. 어쩔 수 없이 그 사고 역을 거쳐야 할 때면 눈과 귀를 닫고 무의식 속으로 잠수한다. 다시는 이런 일이 일어나서도 안 되고, 일어나지 않기를 염원하며…….

그도 천승조처럼 꿈 한번 제대로 펼쳐보지 못하고 허망하게 희생된, 무자비한 폭력의 피해자였다.

하나를 잃고 하나를 얻다

그날, 엄한길은 고령 영생병원에 가 있었다. 아버지가 집을 나서다가 쓰러졌다는 연락을 받고 급히 내려갔을 때, 아버지는 병원의 중환자실에 누워 있었다. 세상 근심을 잠시 내려놓고 쉬고 있는 것처럼 얼굴이 편안해 보였다. 여든둘 고령에 고혈압과 당뇨가 있긴 했지만 염려할 정도는 아니었는데, 뜻밖이었다. 어머니의 말에 따르면 마을에 잠깐 다녀오니 돼지우리 옆에 쓰러져 있더라고 했다. 다행히 빨리 발견되어 급한 불은 껐지만, 뒤탈이 있을까 걱정이라며 어머니는 아직도 놀란 가슴을 다스리지 못해 가슴을 두드렸다. 눈에는 눈물이 그렁그렁했다. 당시의 긴박한 상황을 말해주듯 어머니는 털 고무신에 배자와 몸뻬 차림이었다.

어머니의 마음이 조금 진정되었을 때, 엄한길은 아내는 갑자기 약국 문을 닫을 수 없어 함께 오지 못했다고 변명했다. 사실이지만 혹시 섭섭해할까 봐 묻기 전에 미리 귀띔했다. 그러나 어머니는 며느리 따윈 안중에도 없고 뒤탈이 없어야 할 텐데…… 주문을 외듯 그 말만 되풀이했다. 중환자실 앞 휴게실에는 몇몇 환자 가족들이 모여 앉아 텔레비전에 눈을 꽂고 있었다. 곧 두 누나가 황망한 얼굴로 들이닥쳤다.

엄한길은 두 누나가 중환자실로 들어가는 걸 보고 담배도 피울 겸 밖으로 나왔다. 날이 제법 쌀쌀했고, 하늘은 푸르뎅뎅하게 얼어 있었다. 산 쪽에서 날아온 까마귀 한 마리가 병원을 가로지르며 '까악까악' 울었다. 어디선가 나타난 흰 털이 복슬복슬한 개 한 마리가 주차장 바닥을 킁킁거리며 돌아다녔다. 아버지의 일만 빼면 지극히 평범한 일상의 풍경이었다.

엄한길은 주차장 한쪽에 서서 담배를 피워 물었다. 담배 연기를 허공으로 뿌리며 멍하니 있자니 마음이 착잡했다. 한때 마음 아프게 한 일련의 일들이 느리게 뇌리를 스치고 지나갔다.

신혼 때 조언해준 손인호 교감, 아니 열흘 후면 교장이 될 그의 말은 옳았다. 엄한길 부부는 그의 조언을 허투루 흘리지 않고 '삼 년 뒤 2세 계획'을 '최대한 빨리'로 수정했고, 그 결과 이듬해 첫애를 낳았다. 딸이었다. 소식을 듣고도 무덤덤하던 어머니는 손녀가 재롱을 떨기 시작하면서부터 조금씩 마음의 문을 열기 시작했다. 2년 뒤 둘째를 낳았고, 아들이었다. 아들 하나는 외롭다는 부모의 말에 따라 셋째를 낳았지만, 딸이었다. 부모는 더 이상

아들을 고집하지 않았고, 그때야 닫혀 있던 마음의 빗장을 해제했다. 그러나 딱 꼬집어 말할 수 없지만, 여전히 보이지 않는 벽 같은 게 남아 있었다. 엄한길은 육감적으로 그런 게 느껴졌다.

"올케는?"

엄한길이 담배 한 대를 피우고 휴게실로 들어섰을 때, 아버지를 보고 나온 둘째 누나가 물었다. 엄한길이 우물쭈물하자 막내누나가 나무라는 투로 참견했다.

"이런 때일수록 만사를 제쳐놓고 얼굴을 내밀어야지…… 잘한다."

"갑자기 약국 문 닫기가…… 닫는 대로 오기로 했어."

엄한길은 다급한 김에 거짓말로 둘러댔다. 엄한길은 아직도 예전 버릇이 남아 있어 누나들에게 말을 놓다가 올리다가 했다. 두 누나는 아직도 꽁한 뒤끝이 남아 있었다.

"내가 그럴 거 없다 캤다. 당장 우찌될 것도 아이고……."

곁에 있던 어머니가 엄한길을 두둔했다. 엄한길은 얼굴이 화끈거려 종이컵에 정수기의 물을 받아 마셨다. 텔레비전을 바라보던 사람들의 입에서 간간이 탄성이 쏟아졌다. 어머니가 덧붙였다.

"너거들도 점심 묵고 올라가거라. 여기 우두커니 지달린다고 터진 병이 금방 아물 것도 아이고…… 얼굴 봤으면 됐다."

그리고 모아 쥔 꾀죄죄한 손수건으로 눈물과 콧물을 닦았다.

그새 어머니의 얼굴이 몇 년은 늙어버린 것 같았다. 어머니의 말에 아무런 반응이 없어 돌아보니 두 누나의 눈과 귀가 텔레비전에 꽂혀 있었다. 텔레비전에서는 뉴스 특보를 내보내고 있었다. 지하철 화재 사고였다. 엄한길은 불현듯 8년 전 큰 인명 피해가 났던 지하철 공사장 가스폭발 사고를 떠올렸다.

정오 무렵, 엄한길은 두 누나를 모시고 병원 건너편 추어탕집으로 갔다. 어머니는 병원에서 해결하겠다고 고집해 셋이서만 갔다. 추어탕을 시켜놓고 홀 구석 식탁 의자에 앉아 있을 때 누나들의 잔소리가 이어졌다.

"옴마 아부지가 널 우째 키웠노. 살아 계실 때 한 번이라도 더 자주 찾아봐라. 앞으로 살면 얼마나 더 살겠노. 눈에서 멀어지면 마음에서 멀어지는 법이다. 죽을병 들었으면 몰라도 안 그러면 꼭꼭 부부 동반하고. 아는 다 잘 크고?"

"예."

"언니야 말 틀린 것 하나도 없다. 고깝게 듣지 말고 마음에 잘 새겨듣거라. 옴마 아부지가 겉으로 내색을 안 해서 그렇지, 큰언니 잘못되었을 때 속이 얼마나 썩어 문드러졌겠노. 자식이 죽으면 부모 가슴에 묻는다는 말도 안 있더나. 나도 나이 들어본께 부모 마음 쪼깨 이해되더라."

"응."

"나는 지금도 어디서 불났다 카면 가슴부터 벌름거린다. 이놈의 도시는 와 글케 사고가 잦은동 몰라. 터졌다 카면 불이고, 대형이고. 아이고, 끔찍해라. 나는 죽어도 화장은 절대로 하지 말라고 유언할 참이다."

둘째 누나가 애써 텔레비전 화면을 외면하며 냉수를 들이마셨다. 홀에 앉은 사람들도 하나같이 텔레비전에 눈과 귀를 열어놓고 있었다. 간간이 한숨과 탄식이 터져 나왔다.

"요즘은 통신 기술이 얼마나 발달했노. 정 형편이 안 되거들랑 자주 전화라도 드리거라. 귀찮구러 와 자꾸 하노, 그카겠지만 속으론 억수로 좋아하신다. 그게 부모다."

"예."

"너보다 올케더러 자주 하라 캐라. 하거들랑 몇 마디 안부 인사만 픽 던지고 꿔다 놓은 보릿자루맨치로 가만히 있지 말고, 없는 말이라도 지어내서 조곤조곤 이야기도 하고……. 올케야 약사니까 씨부릴 끼 얼마나 많노. 나이 들수록 건강 얘기 해주면 다들 좋아한다."

"응."

두 누나의 잔소리는 주문한 추어탕이 나왔어야 멈췄다.

그날 오후, 엄한길은 아버지를 어머니께 맡기고 돌아왔다. 무슨 일이 있으면 바로 연락할 테니 여기는 걱정하지 말고 가라고 어머니가 강요하다시피 떠밀어 자동차 운전석에 올랐다. 둘째 누나는 막내 누나 차에 동승했다. 운전대를 잡고 있어도 마음은 내내 무거웠다. 꼭 깜박 잊고 가스레인지 불 위에 냄비를 얹어둔 채로 집을 나온 기분이었다.

금산재를 막 지날 무렵이었다. 엄한길은 당직 교사로부터 한 통의 전화를 받았다. 그 순간 엄한길은 하마터면 차를 배수로에 처박을 뻔했다. 가까스로 갓길에 붙여 한동안 충격을 다스린 뒤에야 아뜩한 정신이 돌아왔다. 성산농협 주차장에 주차해 놓고 운전석에 앉은 채로 머리를 식히고 있을 때도 여러 통의 전화가 왔다.

손인호 교장 내정자의 비보는 학교를 걷잡을 수 없는 패닉 상태로 몰아넣었다. 봄방학 중에 쉬고 있다가 날벼락 같은 소식을 전해 들은 선생님들은 속속 학교로 모여들었지만, 그렇다고 무슨 뾰족한 수가 있는 것도 아니었다. 삼삼오오 모여 수군거리거나 도저히 믿기지 않는다는 표정으로 허탈을 곱씹다가 조용히 발걸음을 돌리는 것 말고 할 수 있는 일이란 아무것도 없었다. 그가 교사들로부터 전폭적인 신임을 받고 있었기에 충격과 안타까움은 더했다.

엄한길은 교무실이 어두워질 때까지 멍청히 앉아 있었다. 아내가 전화하지 않았다면 하염없이 그대로 굳어 있었을 것이다. 아무리 생각해도 꿈이고, 꿈이었어야 했고, 꿈같았다. 불과 며칠 전 노모의 꿈 얘기를 하며 어떤 열정과 희망에 부풀어 있던 그의 모습이 영화 속 장면처럼 어른거렸다. 아주 먼 곳에 있는 것 같았던 죽음이 너무나도 가까이 있다는 사실에 경악하고 몸서리쳐졌다. 오래전 큰누나가 허망하게 가버렸을 때도, 아니 가버렸다는 소식을 들었을 때도 이렇듯 어이없지는 않았다. 그때는 어렸고, 그래서 모든 것이 신기루처럼 막연했었다.

한 사람의 만용 앞에 인간은 너무나 무력하고 나약한 존재였다. 학교와 엄한길이 할 수 있는 일은 아무것도 없었다. 재단 차원으로 급히 마련한 임시 분향소에서 교직원과 학생들 틈에 끼어 그의 영정 앞에 국화 한 송이를 얹는 일 외엔. 중고 합동 조문단의 일원으로 참가해 약간의 조의금을 전달하며 경황없는 유족에게 상투적인 위로와 격려의 말을 전하는 일 외엔. 정신을 놓고 있는 사모님 앞에서 아무 말도 못 하고 그저 멍한 시선으로 바라보다 고개를 숙이고 발길을 돌리는 일 외엔. 노모는 아무것도 모르고 있다는 안타까운 사연을 누군가로부터 전해 듣고 말없이 손끝으로 눈물을 찍어내는 일 외엔. 허 참, 허 참, 헛기침하듯 가슴이 먹먹해 올 때면 아무래도 꿈같아 두서없이 탄식을 쏟아내는 일 외엔…….

그 후 엄한길은 집에만 틀어박혀 있었다. 이틀에 한 번꼴로 병원에 다녀오는 일 말고는. 아침이 되면 평소와 다름없이 가족들이 둘러앉아 아침밥을 먹었고, 다 먹고 나면 아내는 서둘러 설거지를 끝내고 여느 때처럼 약국으로 출근했고, 애들은 학원을 가거나 친구들을 만나러 나가곤 했다. 초등학교 4학년인 막내 소현만이 혼자 텔레비전을 켜놓고 거실에 앉아 있거나 제 방에서 무언가를 했다.

엄한길은 종일 문방에 머물러 있었다. 신문도 텔레비전도 보지 않았다. 책상 앞에 망연자실 앉아 있거나 간이침대에 누워 마루야마 겐지의 『물의 가족』을 읽었다. 한때 잠깐 소설을 써볼까, 욕망을 가진 적이 있었다. 그때 이 소설을 읽었다. 이 소설을 읽고 난 뒤 욕망을 접었다. 자신의 욕망이 얼마나 헛된 것인가를 물위에 새겨도 지워지지 않을 것 같은 문장들이 가르쳐주고 있었다. 말하자면 이 소설은 그에게 허튼 생각 말고 가던 길을 계속 가라는 깨달음을 준 고마운 소설이었다.

엄한길은 마루야마 겐지를 읽고 또 읽었다. "아빠, 점심 뭐 먹을 거야?"라고 소현이 문밖에서 말하고, "아빠, 엄마가 피자 시켜 먹으라는데 시켜 먹어도 돼?"라고 밖에서 볼일 보고 들어온 지현과 상욱이 문을 밀고 들어와 동의를 구하고, "여보, 어디 아파? 종일 아무것도 안 먹었다며?"라고 늦게 들어온 아내가 그의 이마를 짚으며 걱정스러운 얼굴로 내려다볼 때도 책에서 눈을 떼지 않았다. 잠시라도 긴장을 늦추면 뜨뜻미지근한 불쾌감과 역겨움이 목구멍으로 생목처럼 밀려 올라왔고, 거적 밖으로 삐져나온 팅팅 부은 승조의 맨발이 보였고, 화염 속에서 허우적거리는 큰누나와 손인호 교장의 환영이 너울거렸다. 다행히 세월이 흘렀어도 물망천의 수심은 줄지 않았고 물빛은 푸르고 투명했다. 엄한길은 온 힘을 다해 음절의 수초를 헤치고 물속 깊이 잠수해 들어갔다. 마침내 모든 것으로부터 자유로운 영혼이 될 때까지…….

그런 그를 물 밖으로 끄집어낸 이는 오동석이었다. 봄방학도 거의 끝나갈 무렵이었다. 집에는 엄한길 혼자 남아 있었다. 그때도 엄한길의 손에는 책이 들려 있었다.

"그동안 어디 갔었냐? 코빼기도 안 비치더라."

오동석의 목소리는 여전히 씩씩했다.

"바빴어. 뭐 좀 하느라고."

"자다가 봉창 두드리는 소리 하고 있네. 소식 들었어? 어제 긴급 재단 이사회가 열렸는데, 남상달이 중 교장으로 내정되었다네."

"그렇군."

엄한길이 무성의하게 대답했다. 남상달은 고등학교 교감이었다.

"아직 잠 덜 깼냐. 꼭 남의 일처럼 얘기하네."

"대안이 없잖아."

"내 얘기는 중학교 분위기가 심상찮아. 보이콧할 움직임까지 보여. 한 울타리에 있으면서 우리도 강 건너 불구경할 수도 없는 노릇이고. 그래서 전화했어. 네 생각은 어떤가, 해서."

오동석은 그 무렵 고등학교 전교조 분회장을 맡고 있었다.

"다른 대안이 있냐?"

"대안이야 찾으면 되지. 꼭 교감이 교장 되라는 법 있냐. 당분간 교감 직무대행 체제로 가도 되는 거고."

"아무튼 내 생각은 개인적인 일로 조직이 불이익을 받아서는 안 된다고 생각해. 고인께서도 그걸 바라지도 않으실 테고."

"그럼 네가 나서봐. 속히 얼굴 좀 보자."

엄한길은 종료 버튼을 누르고 그제야 방을 나왔다. 거실의 커튼을 걷고 베란다 너머로 본 세상은 봄을 준비하느라 분주한 모습이었다.

엄한길은 솔직히 남상달을 잘 몰랐다. 한 번도 같은 교무실에서 근무한 적도 없거니와 술자리를 가져본 적도 없었다. 중 · 고 함께 사용하는 직원 식당에서 어쩌다 마주치면 체면치레 정도의 인사가 고작이었다. ROTC 중위 출신인 그는 재단 이사장의 생질이고, 전공과목은 교련이었다.

풍문에 따르면 그는 다혈질적이고 다소 권위적이라는 평이 있었다. 그가 차기 교장으로 유력하게 검토되고 있다는 소문이 떠돌 때도 재단 측 인사라는 사실보다 그의 인간성에 대한 부정적인 인식 때문에 떨떠름하게 생각하는 교사들이 더 많았다. 기우와는 달리 손인호 교감이 교장으로 승진 발령이 났을 때, 그래서 대다수 교사는 천만다행이라고 안도했다. 그런데 그런 그가 다시 중학교 교장이 된 것이다. 엄한길은 중학교가 참 운이 없다고 생각했다.

엄한길이 점심으로 라면을 끓여 먹고 있을 때 남상달로부터 전화가 왔다. 자신을 교장 내정자라고 소개한 뒤 중학교 사정을 잘 모르니 잘 부탁드린다는 인사 전화였다. 엄한길은 축하한다는 말 대신 맡은 업무를 성실히 수행하겠다는 상투적인 답변으로 갈음했다. 전화를 끊고 채 10분도 되지 않아 신임 교감으로부터 전화가 왔다. 오후 4시에 임시 부장회의가 예정되어 있으니 출근해 달라는 전달이었다. 갑자기 학교가 고속으로 돌아가는 느낌이었다.

엄한길은 시간에 맞게 학교로 갔다. 별안간 학교가 낯설게 느껴졌다. 학교뿐 아니라 주변 풍경과 만나는 사람마다 설면하고 버성겼다. 그래서 교직원용 화장실을 못 찾아 잠시 서성거렸다. 그런 기이한 현상은 엄한길만의 느낌인지 아직도 수수께끼로 남아 있다.

하나, 둘 교장실 옆 회의실로 집결하는 부장들의 얼굴은 한결같이 어둡고 무거웠다. 아직도 을씨년스런 날씨 탓으로 입은 입성들의 빛깔이 칙칙해 더 그렇게 보인 건지 모르지만. 남상달은 회의실 출입문 앞에 정장 차림으로 서서 들어서는 부장들에게 일일이 악수하며 마치 선거에 출마한 후보자처럼 잘 부탁드린다는 말과 함께 깍듯이 고개를 숙였다.

고인에 대한 묵념으로부터 시작된 부장회의는 회의라기보다 신임 교장의 인사말을 듣는 자리였다. 남상달은 자신이 갑작스럽게 내정된 배경을 나름대로 추리하면서 이왕 내정된 이상 최선을 다해 소임을 다하겠다는 다짐과 함께 부장님들의 적극적인 협조를 당부드린다는 것으로 끝을 맺었다. 부장들은 그저 고개를 떨군 채 그의 달변을 듣고만 있었다. 부장들의 얼굴이, 뛻지만 대안이 없지 않으냐, 그런 표정들이었다.

그의 인사말이 끝나고 신임 교감이 답례 형식으로 영전에 대한 환영과 축하의 말을 했고, 부장 대표로 일어선 교무부장이 교감의 말을 앵무새처럼 읊조리고 앉았다. 더 이상 발언자가 없자 한차례의 박수를 끝으로 회의는 싱겁게 종료되었다.

회의가 끝나자 남상달이 맞은편 벽시계를 보며 광고했다. 자신이 신고식을 겸해 저녁을 살 테니 좀 쉬시다 행정실에서 안내하는 장소로 한 사람도 빠짐없이 전원 참석해 줄 것을, 전원 참석에 방점을 찍으며 당부했고 부장들은 쓰다 달다 말없이 우르르 일어났다.

사전에 예약해 둔 저녁 자리는 먹자골목에 있는 한식당이었다. 거기서도 부장회의 때와 똑같은 순서와 비슷한 말들이 이어졌다. 다른 점은 행정실장이 참석했고, 마주 앉은 상 위에 음식과 술이 놓여 있다는 점이었다. 행정실장은 밸런타인 한 병을 가져왔다. 공식적인 절차가 끝나자 남상달이 일어났다. 지금은 조의 기간이라 건배는 생략하고 신고주 한 잔씩만 따라 올리겠다며 양주병을 집어 들었다. 그 뒤를 소주병을 든 교감과 맥주병을 든 행정실장이 뒤따랐다. 남상달은 시계 반대 방향으로 돌며 일일이 양주를 따라주며 많이 도와 달라는 아부성 멘트를 날렸고, 대주가라는 소문에 걸맞게 부장들이 따라주는 답주를 거침없이 원샷했다.

남상달이 순배를 마치고 제자리로 돌아왔을 때였다. 분합문이 왈칵 열리며 냉기 머금은 바람이 붉덩물처럼 방 안으로 흘러들었다.

"그림 좋다! 놀고들 있네."

중학교 전교조 분회장 강인수였다. 그는 어디서 술을 마셨는지 얼굴이 불콰해져 있었다. 문 가까이에 앉았던 체육부장이 잽싸게 일어나 그를 가로막았고, 한동안 문밖이 소란스러웠다. 그 돌출 사건으로 달아오르던 분위기가 급속히 가라앉았다. 모두가 뚱한 표정으로 굳어 있었다. 입장이 난처해진 교감의 얼굴은 당혹스러운 기색이 역력했다. 그런 어정뜬 상태로 10분쯤 흘렀을까. 체육부장이 바깥의 소란을 수습하고 들어왔다.

"저는 강인수 선생님을 이해합니다. 제가 그의 입장이라도 표현은 어쨌을지 모르지만, 기분은 그랬을 겁니다."

체육부장이 자리에 앉았을 때, 자청해 일어난 남상달이 말했다. 그리고 청어잡이 어부 이야기를 하기 시작했다. 웬만한 사람이면 어디선가 들어 알고 있는 '토인비의 청어 이야기'였다. 북해에서 잡은 청어를 런던까지 싱싱한 활어 상태로 유지하는 비결은 다름 아닌 수조에 매기를 집어넣어 운반한 까닭이라는 것. 뻔한 이야기를 그는 아주 진지하게 말했다. 그러고는 이야기의 마무리를 지었다.

"조직 사회도 마찬가집니다. 예스맨만 있어서는 발전성이 없습니다."

그 순간 모두 놀란 것은 교내에 퍼져 있는 그에 관한 소문 때문이었다. 소문대로라면 육두문자까지는 아니더라도 그의 입에서 적어도 덜 숙성된 언어들이 튀어나와야 했다. 더구나 그는 전교조 소속 교사를 태생적으로 싫어하는 인물로 알려져 있었다.

남상달은 또 이런 말도 했다. 개인적으로 손인호 선배님을 엄청 좋아한다며, 청천벽력 같은 소리를 들었을 때 내 친형의 일처럼 가슴이 아프고 비통했다. 남들은 내가 손인호를 짓밟고 교장되려 로비한다고 쑥덕거렸지만, 솔직히 내가 선배님을 영감님께 추천했다. 그때 영감님이 그랬다. 솔직히 고민이 되었는데 자네가 그 고민을 해결해 줘서 고맙다고. 그는 이사장을 꼭 영감님이라고 불렀다.

그때까지만 해도 아무도 그의 말을 곧이곧대로 믿지 않았다. 중학교 교장으로 연착륙하기 위한 계산된 발언이거나 환심을 사기 위한 쇼라고 생각했다. 그러기에 그가 낯간지러운 소리를 늘어놓을 때 부장들은 은밀히 수군거렸다. 너무 속 보인다고, 꼭 저렇게까지 할 필요가 있냐고. 엄한길도 그렇게 생각했다.

그러나 나중에 알게 된 사실이지만, 그날 그의 말은 진심이었고 모두 사실이었다.

"형님, 저 좀 봅시다."

회식을 마치고 귀가하는데 약국 뒤편 어린이 놀이터에서 불쑥 모습을 들어낸 강인수가 엄한길을 불러 세웠다. 강인수 옆에는 전교조 소속 선생님 몇몇이 서 있었다. 강인수는 평소에도 엄한길을 잘 따랐다. 엄한길의 4년 과 후배였다. 엄한길은 그들을 데리고 아파트 뒤편 호프집으로 갔다. 손인호 교장 내정자와 마지막으로 들렀던 아파트 맞은편 단골 생맥줏집은 그 이후 쳐다보기도 싫었다.

"남상달이 내려오다니 이게 말이나 되는 소립니까?"

강인수는 자리 잡고 앉자마자 흥분했다.

"대안이 없지 않은가."

"그게 다 윗선들이 좋아하는 허울 좋은 명분입니다. 대안이야 만들면 되지요. 교장을 꼭 교감이 하라는 법이 있습니까. 그렇게 단계를 좋아하면 중학교 교감 내정자를 교장으로 승진시키고 교감을 새로 뽑으면 될 거 아닙니까. 이건 중학교를 우습게 보아도 보통 우습게 보는 게 아닙니다. 그리고…….”

강인수는 막 가지고 온 소주를 자작해 단숨에 한 잔을 비우고 말을 이었다.

“하필 남상달입니까. 그자는 재단 끄나풀에 무식하고 막가파 아닙니까. 중 · 고에 사람이 그렇게도 없습니까. 이건 이참에 눈엣가시 같은 우리 조직을 와해시키려는, 다분히 음모가 깔린 인사라고 봅니다. 절대로 그냥 못 넘어갑니다.”

엄한길은 잠자코 듣고만 있다가 강인수의 빈 잔에 소주를 따랐다. 함께 온 사회과 김달호가 엄한길의 잔에 소주를 따랐다. 그는 분회 총무를 맡고 있었다. 엄한길은 김달호에게서 소주병을 넘겨받아 나머지 세 사람의 잔에 술을 채웠다. 모두 전교조 활동을 열심히 하는 선생님들이었다. 엄한길은 소주를 조금씩 나눠 마시며 강인수의 마음이 어느 정도 진정될 때까지 기다렸다가 나직이 말했다.

“무엇보다 우리 학교에서 이런 말도 안 되는 비극이 일어났다는 게 다시없는 불행이고 불운입니다. 그러나 어쩌겠습니까. 결과가 그렇게 된걸. 그래도 죽은 사람은 죽은 거고 산 사람은 살아야 하지 않겠습니까. 저는 가슴 아프지만, 사적인 일로 공조직이 불이익을 받아서는 안 된다고 생각하는 사람입니다. 저 역시 남상달이 내려오는 거 달갑지 않습니다. 중학교 선생님치고 그분이 오는 걸 환영할 사람이 누가 있겠습니까. 그러나 냉정하게 현실을 봐야 합니다. 신학기 개학이 코앞으로 다가와 있고 이유야 어쨌든 재단 이사회를 개최해 임명권자가 정식으로 발령을 냈는데, 명확한 근거도 없이 막무가내로 거부하면 학교 이미지가 나빠지는 건 그렇다 쳐도 손해를 보는 건 죄 없는 학생들입니다. 이 점 냉철히 고민해 봐야 합니다."

"그럼 뻔히 눈 뜨고 당하고 있어야 한단 말입니까. 저는 우리 노조원 선생님을 설득할 자신이 없습니다. 또 그럴 생각도 없고요."

강인수는 여전히 고자세였다. 그 무렵 중학교 소속 전교조 회원 수는 재직 교사의 과반이 넘었다.

"저는 강 선생님이나 노조원 선생님들의 학교를 사랑하는 마음과 열정을 잘 압니다. 그러나 한번 지켜봅시다. 아직 어느 것도 구체적으로 드러난 게 없습니다. 소문은 어디까지나 소문일 뿐입니다. 만일 우리가 생각하는 방향과는 전혀 다른 방향으로 경영한다거나 강 선생님의 우려대로 흑심을 품고 있거나 거기까진 아니더라도 단지 노조원이라는 이유만으로 인사상 불이익을 주거나 한다면 저도 가만있지 않겠습니다. 그땐 저도 여러분 편에 서겠습니다."

"내일 오후에 비상 총회가 있을 예정입니다. 지금 하신 말씀, 우리 회원 선생님 앞에서 공식적으로 하실 수 있겠습니까?"

"좋습니다."

강인수가 단도직입적으로 물었고, 엄한길이 잠시 뜸을 들였다가 대답했다.

강인수 말대로 다음 날 오후 2시에 시청각실에서 비상 총회가 열렸고, 엄한길은 강인수의 요구에 따라 출석해 전날 강인수 앞에서 한 말을 그대로 되풀이했다. 엄한길이 말을 마치자 박수가 터져 나왔고, 일부에서는 환호성과 '엄한길'을 연호하는 함성이 일었다. 엄한길이 퇴장한 뒤 엄한길의 안을 두고 난상토론과 찬반투표가 있어졌다. 엄한길은 두 시간 뒤 교무실에서 서류 인수인계 작업을 하다가 강인수로부터 전화로 투표 결과를 통보받았다.

"선배님, 선배님 안이 통과됐습니다."

그 사건은 엄한길의 이름을 이사장의 뇌리에 깊이 새기는 계기가 되었다.

남상달은 신학기 첫날 특별한 저항 없이 취임했고, 그로부터 9년간 중학교 교장으로 재임하다가 정년 퇴임했다. 당시에는 교장의 임기 제한이 없었고, 3년 뒤 학교장의 임기는 4년을 초과할 수 없고 1회에 한하여 중임할 수 있다는 사립학교법이 개정되었으나 경과 조치가 있었다. 엄한길은 남상달 교장 밑에서 연구부장 4년, 교무부장 5년 근무했고, 남상달의 뒤를 이어 교감이 교장으로 승진함에 따라 교감이 되었고, 4년 뒤 교장의 정년퇴임으로 교장이 되었다.

남상달은 소문과 달랐다. 말이 투박하고 아래 사람들에게 하대하는 비호감의 버릇이 있었지만, 소탈하고 친화력이 있었다. 소문처럼 다혈질적인 성향이 있긴 했지만, 적어도 권위적이지는 않았다. 그는 학교를 경영하는 데 어떤 아이템을 독단적으로 결정하거나 반대에도 불구하고 일방적으로 밀어붙이는 스타일이 아니었다. 그는 뜻밖에도 토론을 좋아했고, 조직의 의견을 존중했다. 아무리 뭇 마땅한 건의라도 다수 교사의 의견이라는 단서가 달리면 허허 웃거나 머리를 긁적거리며 '오케이'하고 오른손 검지와 중지를 딱 소리가 나도록 튀기곤 했다. 손인호 교장이 특유의 부드러움으로 상대를 설득하는 스타일이라면 남상달은 토론을 통해 자신을 설득하는 스타일이었다. 취임 1년도 안 돼 거부 움직임까지 보이던 전교조 소속 교사들이 오히려 그를 더 좋아하는 아이러니한 현상까지 일어났다. 덕분에 엄한길은 마음속으로 늘 써두고 있던 사직서를 어느 순간 슬그머니 찢어버릴 수 있었다.

그런데 왜 그런 소문이 났을까. 언젠가 엄한길이 술자리에서 농반진반으로 거기에 대해 슬쩍 물어본 적이 있었다. 그때 남상달은 이렇게 말했다.

"글쎄. 모르긴 해도 전공이랑 상판대기와 관련이 있을걸. 교련, 하면 듣기만 해도 답답하고 뭔가 권위적이고 무식해 보이잖아. 그리고 내 상판대기를 좀 보라고. 맨날 술 처먹은 것처럼 벌건 데다 산적 두목같이 생겨 먹었잖아. 다들 내 별명 알고 있지? 누가 지은 건지 모르지만 캬, 정말 기차더라고. '불타는 고구마'. 알고 보면 엄청 부드러운 싸나이인데 말이야."

"전교조 건은요?"

"나는 그전부터 정치꾼 전교조 선생님을 싫어했지, 교육자 전교조 선생님을 싫어한 적이 없었어. 초창기에 고등학교 전교조 선생님 중 그런 정치꾼이 한 분 계셨지. 내가 앞장서서 쫓아냈지. 그게 와전됐을 거야. 알다시피 우리 영감님이 원체 그 조직을 싫어하시잖아. 그래서 쇼한 측면도 좀 있고."

남상달은 엄한길을 전적으로 신뢰했고, 엄한길도 그의 본심을 알고부터 믿고 따랐다. 엄한길이 교감으로 승진하는 데도 그의 도움이 컸다.

사람은 역시 간사한 동물이었다. 손인호 교장은 사건 발생 132일이 지나서야 어렵사리 이 세상을 떠날 수 있었다. 그가 떠나던 날, 그 대신 그의 영정사진이 학교를 방문해 학교 교정을 마지막으로 둘러보고 총총히 떠났다. 그가 사진으로 방문했을 때 새삼스레 슬픔이 밀려왔던 선생님들이 울먹이며 영원히 잊지 않겠다고 명세했지만, 역시 교사도 사람이었다. 시간이 흐를수록 시나브로 손인호를 잊어갔고, 몇 년 뒤에는 그런 사람이 학교에 근무했었던가 싶게 적어도 겉으로는 완전히 잊은 것처럼 보였다.

가끔 술자리에서나 전설처럼 그를 들먹이거나 추억할 뿐이었다.

그해는 엄한길의 인생에서 잊으려야 잊을 수 없는 한 해로 기억 속에 남아 있다. 언제나 든든한 버팀목이 되어주던 아버지마저 끝내 병마를 이기지 못하고 그해 8월 엄한길 곁을 황망히 떠난 까닭이었다. 엄한길은 출근하다가 그 소식을 들었다. 장례 기간에 오 총사가 조의 봉투를 들고 조문하러 왔다. 엄한길은 남의 눈 때문에 그들의 조문을 묵인했지만, 조의금은 삼우제 끝난 뒤에 봉투째로 되돌려 주었다. 지난날의 잘못에 대해 끝내 반성과 사과 한마디 없는 그자들의 조의금을 배알 없이 받아들일 수는 없었다.

따지고 보면 잔인한 그해에도 마냥 아픔과 슬픔만 있었던 것은 아니었다. 얼마간의 기쁨과 보람도 있었다. 둘째 누나의 장녀 지수의 행정고시 합격, 막내 누나의 새 아파트 입주, 맏이 지현의 중학교 수석 졸업이 있었고, 그리고 뭐니 뭐니 해도 남상달의 재발견이 그것이었다. 남상달의 재발견은 선입견이나 편견으로 사람을 평가해서는 안 된다는 깨달음을 심어준 좋은 본보기이기도 했다.

악마는 숨어 있다

교감 승진 전해의 12월 중순쯤이었다. 퇴근 무렵, 엄한길이 인터폰을 받고 교장실로 갔더니 남상달이 다짜고짜 조만간 영감님께서 전화할지 모르니 마음의 준비를 하고 있으라고 귀띔했다. 이유를 물었더니 자기도 잘 모른다며 혹시 만나자고 하거든 전교조에 대해 물을지 모르니 현명하게 대처해 달라고 부탁했다. 현명한 대처란 내키지 않더라도 이사장 구미에 맞게 대답해 달라는 뜻이었다.

아니나 다를까 며칠 뒤 집에서 빈둥거리고 있는데 이사장으로부터 전화가 왔다. 시간이 나면 잠깐 학교에 와 달라는 요청이었다. 사적으로 전화하기는 그때가 처음이었다. 엄한길은 곧장 학교로 갔다. 토요일 오후라 학교는 텅 비어 있었고, 운동장엔 유니폼을 갖춰 입은 축구 동호인들이 전투적으로 축구를 하고 있었다. 행정실과 행정실 옆 교장실은 불이 꺼져 있고, 교장실 옆 이사장실만 불이 켜져 있었다. 이사장은 정장도 아닌 캐주얼 룩 차림으로 혼자 응접 소파에 앉아 있었다.

엄한길은 이사장이 권하는 맞은편 자리에 조심스레 앉았다. 모처럼 쉬고 있을 텐데 갑자기 불러서 미안하다고 운을 뗀 뒤 찾은 까닭을 말했다. 아주 친한 친구의 손자가 꼭 우리 학교로 전학오고 싶어 하는데 특단의 조치를 취할 수 있는 방법이 있느냐고 물었다. 엄한길이 솔직히 대답했다. 요즘의 전학은 교육지원청에서 전자 시스템으로 배정하기 때문에 임의 전학은 어렵고 더구나 우리 학교는 현재 전 학년 모두 정원이 차 있어 자리가 비기 전에는 전학 자체가 불가능하다고 설명했다. 그러자 이사장은 난감한 표정으로 두어 번 고개를 끄덕이다가 슬그머니 화제를 바꾸었다.

부장님의 인품에 대해서는 익히 들어 알고 있다. 특히 남상달 교장 부임 때 전교조 선생님들의 불만을 원만히 수습하는 데 주도적 역할을 했다는 사실도 잘 알고 있다. 그때부터 부장님의 근태를 유심히 지켜봤는데 듣던 대로 교육관이 뚜렷하고 근면 성실하더라. 교사는 뭐니 뭐니 해도 애교심과 근면 성실이 최고다. 고등학교 전교조 분회장 출신의 오동석 선생님과는 대학 동기고 학창 시절부터 아주 친한 사이로 알고 있다. 지금도 친하게 지내느냐? 그러다가 짐작대로 물었다. 전교조에 대해 어떻게 생각하느냐고.

엄한길은 순간 갈등했다. 전교조에 대한 이사장의 시각을 알고 있었기 때문이었다. 엄한길은 그 짧은 순간에 손인호 교장을 떠올렸다. 그라면 어떻게 대처할까를 생각했다. 그러자 답이 나왔다. 엄한길은 심호흡으로 마음을 가라앉힌 다음 나직이 말했다. 출범 때와 달리 순수한 뜻이 일부 퇴색된 감이 없지 않지만, 여전히 부정적 측면과 긍정적 측면이 상존한다. 우리 중학교 전교조 소속 선생님들은 대부분 사고가 반듯하고 교육 활동에 최선을 다하고 있다. 따라서 단지 전교조 소속이라는 이유만으로 인사상 불이익을 주는 것은 학교 발전적 측면에서 바람직하지 않다고 생각한다.

엄한길의 말을 잠자코 듣고 난 이사장이 알 듯 모를 듯한 표정으로 몇 번 고개를 끄덕이고는 자리에서 일어났다. 그러곤 손을 내밀며 귀한 시간을 뺏었다며 앞으로도 열심히 근무해 달라고 부탁했다. 엄한길은 능력껏 최선을 다하겠다고 약속하고 이사장실을 나왔을 때는 고즈넉한 운동장 위로 땅거미가 지고 있었다.

월요일 아침, 엄한길이 출근하자마자 교장실로 찾아가 이사장 독대 사실을 알렸더니 남상달이 단도직입적으로 물었다. 전교조에 대해 묻지 않더냐고. 엄한길이 솔직히 대답하자 남상달은 잠시 생각에 잠긴 표정으로 창밖을 내다보다가 애매하게 웃었다.

나중에 안 사실이지만, 전학 운운은 허울 좋은 명분이고, 실상은 그 자리가 교감 자격 여부를 가늠해보는 면접이었다. 엄한길은 그날 모범 정답을 말하지 않은 죄로 하마터면 교감 승진에서 탈락할 뻔했다는 걸 나중에 알게 되었다. 이사장이 내심 바랐던 모범 정답은 전교조에 대한 확고한 부정적 태도였다. 내심 가위표를 친 엄한길을 적극적으로 옹호하며 이사장을 설득한 이가 남상달이었다.

아무튼 엄한길은 그런 우여곡절 끝에 이듬해 3월 1일 자로 교감 직무대리(교감 연수 대상자)로 내정될 수 있었다.

직무대리가 아닌 정식 교감으로 첫 출근한 월요일 오후였다. 교실을 순회하고 교무실로 돌아오니 교무실무원이 조금 전에 교육지원청에서 전화가 왔으며, 다시 한다고 하더라고 전했다. 무엇 때문일까. 엄한길은 책상 앞에 앉아 전 학년 수업시간표 현황판을 들여다보며 자율학습 중인 학반의 수업 담당 교사를 점검하고 있을 때 아니나 다를까 전화가 왔다. 엄한길은 공직자 전화 예절에 맞춰 친절하게 전화를 받았다.

"교감 선생님, 승진을 축하드립니다. 차인애입니다."

엄한길은 잘못 들었나 싶어 누구시냐고 되묻자 다시 한번 "차인애입니다" 라는, 나직한 대답이 흘러나왔다. 오동석을 통해 간접적으로 가끔 그녀의 근황을 듣긴 했지만, 직접 목소리를 듣기는 오동석의 결혼식 이후 처음이었다. 오동석과 나정숙의 결혼식이 엄한길의 결혼 이듬해 있었는데, 엄한길과 차인애는 신랑과

신부의 우인 자격으로 참석했었다. 그때 잠깐 만나 서로 안부를 주고받은 뒤로 25년 만이었다. 순간 엄한길의 음성이 흔들렸지만, 이내 교직자의 본분으로 돌아왔다.

차인애도 9월 1일 자로 본청에서 지원청으로 전보되었다고 귀띔해 주었다. 지금은 중등교육과 학사지원 담당관으로 근무 중이라면서 전화한 이유를 설명했다.

"귀교에 특별관리대상자의 전입을 요청드리고자 귀한 시간을 뺏었습니다. 교감 선생님께서도 아시다시피 우리 지원청에서는 현장의 어려움과 형평성을 고려해 특별관리대상자의 전입은 1:1 원칙을 고수하고 있습니다. 직전에 귀교에서 특별관리대상자의 전출이 있었기에 부득이 요청드림을 양해해 주셨으면 합니다."

차인애는 시종 차분하면서도 사무적인 어조로 말했다. 지원청의 방침이 그렇더라도 부득이한 경우 차순위로 돌릴 수 있었기 때문에, 엄한길은 교장과 상의한 후 결과를 알려드리겠다고 약속한 뒤 전화를 끊었다. 그리고 즉시 인터폰으로 교장에게 그 사실을 보고했더니 지원청의 요청을 들어주라는 대답이었다.

"신속한 협조에 감사드립니다. 세월이 참 많이 흘렀어도 목소리는 여전하네요."

다시 엄한길의 전화를 받은 차인애가 조금 들뜬 목소리로 말했다. 그뿐이었다. 차인애는 조용히 전화를 끊었고, 엄한길은 송수화기를 조금 더 들고 있다가 내려놓았다.

그때 온 전입자가 양수종이었다.

양수종은 다음 날 10시 무렵 아버지와 함께 학교에 왔다. 반쯤 탈색된 노랑머리, 거들먹거리는 어깨, 불안한 눈빛. 양수종은 첫눈에도 여느 학생과는 다른 모습이었다. 순번에 따라 반 배정 통고를 받은 2학년 8반 담임은 양수종을 보자마자 불편한 기색이 눈빛 속에 그대로 드러났다. 양수종 부자가 담임 선생님을 따라 교무실에서 나가자 자리를 지키고 있던 교사들의 불평 섞인 쑥덕공론이 자욱이 깔렸다.

양수종의 아버지는 양수종을 교실에 들여보내 놓고 다시 엄한길을 찾아왔다. 그는 깍듯이 허리를 낮추곤 편부 밑에서 자라 버릇이 없고 공부에 관심이 없다며 개과천선할 수 있도록 잘 지도해 달라고 부탁했다. 막일하다 말고 허겁지겁 온 듯한 차림새와 허위단심의 세월이 고스란히 묻어 있는 얼굴이었다. 하지만 흔히 그런 학생의 아버지에게서 보이는 버성김이나 비딱한 모습은 없었다. 엄한길은 최대한 노력하겠다고 약속하고 집에서도 잘 훈육해 달라고 부탁했다.

양수종의 아버지가 돌아간 뒤 엄한길은 교무업무시스템의 학교생활기록부 파일을 열어보았다. 양수종의 학교생활기록부는 이미 배정된 반에 올라와 있었다. 찬찬히 훑어보니 역시 기록이 화려했다. 1학년 때 교과 성적이 최하위였고, 지각, 조퇴, 결석이 다수였다. 학폭법(학교폭력 예방 및 대책에 관한 법률)의 시행에 따라 등재된 기록이 2회(6호 출석정지, 8호 전학)였다. 그러니까 양수종은 학교폭력대책자치위원회 조치에 따라 전출된 학생이었다.

그러나 우려와 달리 양수종의 학교생활은 여느 전입생과 크게 다르지 않았다. 등교도 제시간에 했고, 무단 조퇴하는 일도 없었다. 몇몇 교과 담당 선생님께 확인하니 수업 태도가 양호하다는 대답이었다. 엄한길은 듣던 중 반가운 소리라 격려도 해줄 겸 적당한 날을 잡아 양수종을 상담실로 불렀다. 상담실로 들어오는 양수종의 모습은 딴 아이 같았다. 머리, 복장, 실내화가 전에 없이 단정했다.

양수종은 태도가 공손할 뿐만 아니라 묻는 말에 대답도 잘했다. 엄마는 어릴 때 헤어져 기억조차 나지 않고 중학생이 될 때까지 아빠께 매일 얻어터지다시피 하며 자랐다고 했다. 부모로부터 사랑을 받지 못해 자신도 모르게 나쁜 길로 빠졌지만, 전학을 계기로 마음을 고쳐먹었다고 울먹였다. 녀석의 말을 듣고 보니 그는 전형적인 가정 폭력 피해자였다.

말하는 본새가 기특해 장래의 꿈을 물었더니 배우라고 서슴없이 대답했다. 배우가 되어 돈을 벌면 자기 같은 사람들을 도우며 살고 싶다고 덧붙였다. 덩치가 또래보다 크고 외모가 준수해 그의 꿈이 터무니없지도 않아 보였다. 엄한길은 그 꿈이 이루어질 수 있도록 학교에서 할 수 있는 지원은 아끼지 않겠다고 격려와 함께 약속했다.

엄한길은 양수종을 믿었다. 아니 믿지 않을 재간이 없었다. 녀석의 태도가 그랬고, 눈빛과 말투가 그랬다. 무엇보다 동병상련의 감정을 느껴 믿고 싶었다. 그래서 엄한길은 양수종의 담임과 마주칠 때마다 녀석의 학교생활을 물으며 특별히 신경 써 잘 지도해 달라고 부탁하기도 했다.

양수종이 전학 온 지 달포쯤 지난 어느 날이었다. 양수종 반의 반장 학모가 엄한길을 찾아왔다. 방금 담임을 뵙고 왔다면서 긴히 들릴 말씀이 있다고 했다. 엄한길은 학모를 모시고 상담실로 갔다. 엄한길의 차 한 잔 권유를 사양한 학모는 마주 앉자마자 혹시 얼마 전에 전학 온 양수종이라는 학생에 대해 알고 있느냐고 조심스럽게 물었다. 엄한길은 알고 있다고 자신 있게 대답했다. 과거에는 말썽부리는 아이였지만 지금은 마음을 고쳐먹고 열심히 잘 다니는 걸로 알고 있다고 덧붙였다. 그러자 학모는 잠시 한심한 표정을 짓다가 말했다.

"선생님들 모두 그 애에게 속고 계십니다. 교감 선생님도요."

"네?"

엄한길은 뜻밖이라 눈을 둥그렇게 치떴다.

"모두 그 학생의 변신 코스프레에 당하고 계세요."

"근거라도?"

엄한길은 여전히 믿어지지 않았다.

"부모는 척 보면 본능적으로 알아요. 수천이가 얼마 전부터 뭔가 고민이 있는 눈빛이더라고요. 그래서 차근차근 물어봤죠. 처음엔 아무 일 없다고 시치미 떼는 거예요. 그래도 말하는 본새가 평소와는 뭔가 달라요. 직감적으로 뭔가 있긴 있다고 느꼈죠. 그래서 계속 설득하고 구슬렸죠. 어젯밤에야 솔직히 고백하더라고요."

학모는 손가방에서 흰 봉투를 꺼내 엄한길 앞으로 내밀었다. 거기에는 양수종의 비행 사실이 적힌 메모가 날짜별로 빼곡히 적혀 있었다. 단 하루 빠끔한 날이 없었다.

"수천이 말로는 교감 선생님 말씀대로 처음에는 착하게 생활했대요. 저는 그것도 순수한 행동이라고는 안 봐요. 선생님들께 신뢰를 심어주기 위한 계획된 작전이라 생각해요."

엄한길은 메모지를 들여다보았다. 메모지에는 흔히 그 또래에서 일어날 수 있는 비행이 다 들어 있었다. 언어폭력, 괴롭힘, 신체 폭력, 금품갈취, 강요(빵셔틀), 성희롱. 엄한길이 메모지에서 눈을 떼자 학모가 덧붙였다.

"우리 수천이가 직접 눈 귀로 확인한 것만 그 정도니까 학교 밖에서는 무슨 일이 벌어지고 있는지는 아무도 모르죠. 웬만한 아이들은 걔에 대해 다 알고 있대요. 저번 학교 때부터 왕벌이라나, 뭐라나."

엄한길은 조사해서 사실이면 적절한 조처를 하겠다고 약속했다. 학모는 더 일이 커지기 전에 학교에서 꼭 조처해 줄 것을 당부하고 돌아갔다. 마침 담임 선생님이 쉬고 있어 양수종에 대해 물으니 자기도 학모의 말을 듣고 처음 알았다며 여간 걱정하는 표정이 아니었다.

엄한길은 점심시간에 반장 장수천을 불렀다. 1학년 때도 반장을 맡았던 장수천은 공부를 잘할 뿐만 아니라 지도력이 있고 의협심이 강해 교사와 아이들로부터 신망이 두터운 모범생으로 알려져 있었다. 장수천이라면 신뢰할 만했지만, 그래도 절차상 확인 작업이 필요했다. 장수천은 망설임이 없었다. 만일 눈곱만큼이라도 과장했거나 없는 걸 지어냈다면 응분의 처벌을 받겠다고 다짐했다. 메모지에 거명된 몇몇 피해자를 불러 확인했다. 메모지의 내용이 모두 사실이었다.

엄한길은 하교 시간에 맞추어 양수종을 상담실로 불렀다. 양수종은 혐의를 완강히 부인했다. 자기를 학급에서 몰아내기 위한 모함이라며 되레 자신의 억울함을 눈물로 호소했다. 그날은 일단 돌려보냈다. 마음을 정리할 시간이 필요하다고 판단했기 때문이었다. 그러나 다음날도 요지부동이었다. 엄한길의 지시를 받고 대신 조사한 학생부장이 엄한길 앞에서 고개를 절레절레 흔들었다. 담임도 마찬가지였다. 이런 녀석은 담임 15년 만에 처음 본다며 진저리쳤다.

엄한길은 작심하고 양수종을 불렀다. 심리전을 벌인 지 닷새째가 되는 날이었다. 엄한길은 마지막으로 양수종을 설득했다. 솔직히 인정하고 뉘우치면 정상 참작이 된다고. 교감의 이름을 걸고 선처되도록 최선을 다하겠다고. 역시 양수종은 보통내기가 아니었다. 빼도 박도 못하는 증거가 아니면 죽어도 인정하지 않을 놈이었다. 가정 폭력 피해자만 아니면 뺨이라도 후려치고 싶었다. 엄한길은 가능하면 좋은 쪽으로 해결하고 싶었지만, 양수종 앞에서는 벽 같은 게 느껴졌다.

엄한길은 별수 없이 최후 카드를 내밀었다. 메모지를 보고도 계속 오리발을 내밀면 피해자와 대질 조사를 벌여야 할 형편이었다. 그러면 일이 여간 꼬이는 게 아니었다. 양수종은 꼼꼼히 메모지를 들여다봤다. 한동안 메모지를 훑던 양수종이 일순 어깨를 들썩이며 클클클 기괴한 웃음을 뿌렸다. 그러다가 자폭인지 체념인지 모를 말을 마구 쏟아냈다.

“씨발, 개좆도 모르면서 좆 까고 앉았네. 좋아. 당해 줄 테니 마음대로 하라고. 학교 때려치우면 될 꺼 아이가.”

숫제 막말에 반말지거리였다. 그러곤 가방을 메고 일어났다.

“두고 봐. 언젠가는 후회할 거야.”

어떻게 손쓸 겨를도 없었다. 양수종은 엄한길을 향해 눈씨를

곧추고 협박하듯 을러메곤 휭하니 나가버렸다. 엄한길은 어처구니없어 멀뚱히 앉아 있다가 상담실을 나왔다. 가방을 멘 양수종이 잰걸음으로 교문을 빠져나가고 있었다.

양수종은 다음 날부터 등교하지 않았다. 양수종의 휴대전화로 연락해도 받지 않았다. 양수종의 아버지는 전화를 받았지만, 일주일 전부터 건설 현장에 나와 있어 전후 사정을 잘 모른다는 답변이었다. 가능하면 빠른 시일에 학교를 방문해 줄 것과 양수종에게 전화해 등교할 수 있도록 조치해 달라고 부탁하고 전화를 끊을 수밖에 없었다. 그러나 그다음 날도 양수종은 무단결석했다.

무단결석 사흘째 되던 날, 마냥 내버려 둘 수가 없어 엄한길은 퇴근길에 담임과 함께 학교생활기록부에 적혀 있는 주소를 파악해 양수종의 집을 찾아갔다. 양수종의 집은 학교에서 꽤 먼 거리의 주택단지에 있었다. 마당이 거의 없고 외양이 노후된 단층 한옥이었다. 양수종은 그 집의 방 한 칸을 세 얻어 아버지와 함께 살고 있었다. 주인집 할머니의 말에 따르면 아버지는 돈 벌러 나간 지 꽤 되고 학생은 며칠째 들어오지 않았다고 했다. 언제 들어온다는 기약이 없어 마냥 기다리고 있을 수도 없는 노릇이었다. 엄한길은 할머니에게 명함을 주며 학생이 들어오는 대로 적힌 전화번호로 연락을 부탁드린다는 당부만 하고 나올 수밖에 없었다.

양수종은 다음 날도 등교하지 않았다. 대개 이런 경우 피해 학생과 어떤 식으로든 연결되어 있는 경우가 많아 피해 학생들을 대상으로 탐문 조사해 보았지만, 한결같이 연락이 없다는 대답이었다. 엄한길은 교감으로서 한계 같은 게 느껴졌다. 너무 답답해 퇴근 전에 오동석에게 인터폰했더니 오동석은 남의 속도 모르고 한가한 소리를 했다.

"역시 교감이 좋긴 좋구나. 남는 게 시간밖에 없으니."

그러고는 불 난 집에 풀무질하듯 덧붙였다.

"와이프 말로는 차 장학사와 얼마 전에 통화했다며? 그래서 술 생각났냐?"

"교무실이다."

"말이 난 김에 차 장학사와 셋이서 어때? 임자 없는 몸이라 부담감도 덜하고."

"퇴근하는 대로 잠깐 들러라."

"쇠뿔도 단김에 빼라고 오늘 어때? 지금 바로 전화해?"

오동석이 계속 추근거렸다. 엄한길은 대꾸 없이 인터폰의 송수화기를 내려놓았다.

오동석은 둘의 관계가 한때 달콤했었다는 걸 모르고 있었다. 아마도 두 사람이 가슴 깊이 꽁꽁 묻어두고 있는 한 영원히 모를 것이다. 엄한길은 창 너머로 땅거미가 지는 운동장을 바라보며 양수종을 생각했다. 생각할수록 고차 방정식처럼 난해한 녀석이었다.

오동석은 한 시간 뒤, 술 마실 생각에 마냥 즐거운 표정으로 나타났다.

"난 또 뭔 쇼킹한 뉴스라고. 선생 한두 해 해보냐. 딱 보니 폭탄이구먼. 대책 없는 폭탄. 그런 폭탄은 터지기 전에 얼른 돌리는 게 상책이라고."

학교 앞 구이집에서 모처럼 단둘이 마주 앉았을 때, 양수종 얘기를 꺼냈더니 오동석은 대수롭잖은 표정으로 말했다.

엄한길은 공연히 연락했구나, 후회했다.

양수종 대신 지구대에서 전화가 온 것은 무단결석 엿새째 되던 날이었다. 마트에서 물건을 훔치다가 적발되어 지구대에 붙잡혀 있다는 연락이었다. 연락받고 학생부장과 함께 지구대로 갔더니 양수종은 경찰관 앞에서 조사받고 있었다. 조사하던 경찰관이 아버지께 전화해도 연결이 안 되어 부득이 학교에 먼저 연락했다고 양해를 구했다. 그러고는 외따로 불러 피해자와 합의해 오면 정상 참작하겠다고 귀띔했다. 경찰관이 가르쳐준 마트 점주의 번호로 전화했더니 상호와 위치를 가르쳐 주었다. 양수종의 집 고샅 모퉁이에 있는 마트였다. 엄한길과 학생부장은 곧장 마트를 찾아갔다. 그들이 들어서자 점주가 벌겋게 게거품을 물었다.

"이런 일이 한두 번이 아임더. 나도 자식새끼 키우는 학부몬데, 엔간하면 무시하고 넘어갈라 캤지만…… 더 이상 용서 못 함

더."

엄한길은 점주의 화가 풀리기를 기다렸다가 정식으로 사과했다. 양수종이 훔친 것들은 라면, 삼각김밥, 빵, 군것질용 과자와 캔 음료수였다. 점주는 겉보기보다 이해심이 많았다. 그동안 훔친 물건값을 변상하는 조건으로 쉽게 합의해 주었다. 합의하고 돌아오니 그새 점주에게서 연락이 왔는지 경찰관이 한 차례 엄포를 놓곤 양수종을 특별한 조건 없이 훈방 조치했다.

양수종은 절도 건에 대해선 싹싹하게 인정했다. 돈과 양식이 떨어져 배가 고파 그랬다면서 아빠에게 용돈을 받으면 갚겠다고 했다. 그리고 학교 명예를 실추시켜 죄송스럽게 생각한다며 만일 그 문제로 학교에서 처벌한다면 달게 받겠다고도 했다. 그 말을 할 때는 속이 멀쩡한 딴 녀석 같았다.

학교로 데려와 그동안의 행적을 날짜별로 적어내게 했다. 양수종은 거부하지 않고 순순히 볼펜을 집어 들었다. 한참 뒤 다 적었다기에 A4 용지를 받아보니 날짜마다 천편일률적이었다. 대합실, 공원 벤치, 공사장, 빈 건물 등 숙박 장소만 다를 뿐 혼자 온종일 시내를 싸돌아다녔다는 내용이었다. 녀석의 말을 곧이곧대로 믿을 순 없지만, 그렇다고 안 믿을 재간도 없었다.

"훔친 것 말곤 나쁜 일 한 것 없단 말이지?"

"맹세합니더."

눈빛이 거짓말하는 것 같지는 않았다.

엄한길은 내일부터 학교에 나오겠다는 각서를 받고 양수종을 담임에게 보냈다.

그날 저녁, 엄한길이 퇴근해 저녁 먹고 쉬고 있는데, 양수종의 아버지가 전화했다. 마트 사장에게서 자세한 내막을 들었다면서 만나 뵙고 싶다고 말했다. 내일 학교로 오시라고 했더니 내일은 일찍 현장에 나가야 한다며 굳이 지금 만나 뵙기를 희망했다. 집을 어떻게 알았는지 신혜약국 앞이라고 했다. 엄한길은 급히 외출복으로 갈아입고 내려갔다. 학부는 약국 앞 인도에서 바장이며 담배를 피우고 있었다.

"낮에 물어준 돈입니더. 교감 선상님 뵐 면목이 없구만요."

아파트 뒤편 돼지국밥집에 갔을 때, 학부는 누런 봉투를 내놓으며 허물어지듯 허리를 낮추었다. 엄한길은 공금이라 금액을 확인하고 받아 넣었다.

학부는 맥주와 소주 한 병씩과 수육 한 접시를 시켰다. 엄한길은 소주는 취소하고 수육 대신 부추전으로 바꿨다. 학부는 엄한길에게 공손히 술을 따르며 앞으로 단단히 지도할 테니 이번 한 번만 선처해 달라고 사정했다. 엄한길은 내일 꼭 양수종을 학교에 보내 달라고 부탁하고는 학교에서 있었던 일을 설명했다. 그러고는 폭력 건에 대해선 신고가 접수된 이상 학교폭력대책자치위원회를 소집해야 하고, 이번 건은 교칙에 따라 학생선도위원회를 개최하지 않을 수 없다는 점을 알렸다. 학부는 죄를 지었으면 응당 벌을 받아야 한다며 처분은 학교에 일임하겠다고 말했다.

양수종 아버지는 맥주 한 병만 더하자고 했으나 엄한길은 사양했다. 술값은 굳이 학부가 계산했다. 헤어질 때 내일 꼭 등교하도록 해달라고 당부했다. 학부는 등교하자마자 교감 선생님께 용서를 구하도록 단단히 교육하겠다고 다짐했다.

다음 날 엄한길이 출근해 특별교실을 둘러보고 돌아오니 양수종이 책상 옆에 가방을 멘 채 꿇어앉아 있었다. 간밤에 아버지께 얻어맞았는지 관자놀이와 턱주가리에 멍이 들어 있었다. 엄한길은 모른 척하고 다시는 결석하지 말 것을 단단히 훈계한 다음 담임에게로 보냈다.

그날 오후 학생선도위원회가 열렸고, 양수종은 교내봉사 30시간의 처분이 내려졌다. 양수종과 학부도 처분 결과에 대해 이의 제기가 없었으므로 그 건은 그것으로 일단락되었다. 폭력 건에 대해선 다행히도 피해자 측에서 특별한 요구 사항이 없어 가장 가벼운 징계인 '피해 학생에 대한 서면사과'로 마무리되었다.

양수종은 방과 후 하루 2시간씩 보름간 교내봉사를 수행했다. 활동 사항은 화장실 청소, 교문 앞 청소, 복도 및 계단 바닥 껌 떼기, 운동장 휴지 줍기, 교통신호 지키기 캠페인 등이었고, 활동이 끝나면 반성문을 쓰는 것으로 일정이 종료되었다. 지도교사의 말에 따르면 양수종은 의외로 불평 한마디 없이 봉사활동에 모범적으로 참가했고, 반성문도 성실히 써서 제출했다고 했다.

기특해 봉사활동 마지막 날 엄한길은 녀석을 신혜약국 앞 반점으로 데리고 가 탕수육과 짜장면을 사주었다. 거기가 학교 근처에서 가장 큰 청요릿집이었다. 엄한길은 짜장면을 먹으며 양수종에게 만일 앞으로 말썽부리지 않고 잘 다녀 무사히 졸업하면 이보다 더 근사한 데를 데려가 청요리를 사주겠다고 약속했다. “참말이지요?” 양수종이 짜장면을 먹다 말고 환하게 웃었고, 엄한길은 “그럼” 하고 힘껏 고개를 끄덕였다. 그때만 해도 녀석이 그 약속을 꼭 지킬 줄 알았다. 녀석의 눈빛이 자신감에 차 있었기 때문이었다.

그러나 양수종은 끝내 그 약속을 지키지 못했다. 2학년을 잘 마무리한 그가 마지막 여름방학의 고비를 넘기지 못했다. 여름방학이 거의 끝나갈 무렵 결국 양수종이 장수천을 구타하는 사건이 발생했다. 그 사실을 안 학모가 파르족족한 얼굴로 학교를 찾아왔고, 학모의 강력한 요청으로 양수종은 학교폭력대책자치위원회에서 전학 조처가 내려졌다. 전학 온 지 일 년만이었다.

양수종은 그의 조부모가 사는 시골 중학교로 전학 갔다. 작별 인사하러 엄한길을 찾은 양수종은 시종 고개를 떨군 채 “죄송합니다”만 연발하며 눈물을 훔쳤다. 엄한길은 녀석의 어깨를 다독거리며 다시는 말썽부리지 말고 잘 적응해 장래 꼭 희망하는 배우가 되라고 격려했다.

전학 간 다음 날 양수종은 뜻밖에도 엄한길의 휴대전화로 문자메시지를 보냈다. 녀석의 문자를 보고 엄한길은 두 가지 사실에 놀랐다. 하나는 짤막한 글이었지만, 문장이 단아하고 조리가 있다는 점이었고, 다른 하나는 양수종의 내면이 생각만큼 어둡지 않구나, 하는 느낌이었다.

– 교감 쌤, 약속을 지키지 못해 정말 죄송합니다. 저를 인간으로 대해준 사람은 교감 쌤이 처음이었습니다. 그 은혜 잊지 않고 꿈을 키우겠습니다. 장수천을 구타한 저의 행위는 분명 잘못된 것입니다. 그러나 장수천은 맞을 짓을 했습니다. 그 새끼는 쌤들이 생각하는 범생이 아닙니다. 제발 제 말을 믿어주시고 뒷조사해 보십시오. 내내 건강하시고 안녕히 계십시오.

- 양수종 올림

그러나 엄한길은 양수종의 문자를 대수롭잖게 생각했다. 자기합리화를 위한 변명이라고 판단했다. 그것이 치명적 실수였다. 양수종의 말은 모두 진심이고, 사실이었다. 그로부터 한 달 뒤 뜻밖의 사건으로 모든 것이 백일하에 드러났다. 이웃 중학교에서 투신자살 사건이 발생했는데, 그 남학생의 가방 속에서 발견된 일기장에 장수천의 비행이 낱낱이 기록되어 있었던 것이다. 이웃 중학교 교감으로부터 그 소식을 전해 들은 엄한길은 그제야 양수종의 문자메시지가 아뿔싸, 하고 곱씹혔다.

조사해 보니 충격적이었다. 한번 터지기 시작한 장수천의 비행은 산지사방으로 뿌리가 뻗친 땅콩 줄기 같았다. 비행도 다양하고 악랄하고 교묘했다. 장수천은 그 세계에서는 폭군이요 전지전능한 신이었다. 그 녀석이야말로 범생을 코스프레한 전형적인 악마였다. 양수종의 전학 초기에 일어났던 학폭 사건도 껄끄러운 양수종을 학급에서 몰아내기 위해 장수천이 똘마니들을 협박해 꾸민 음모였음이 그들의 자백으로 적나라하게 드러났다. 엄한길은 괘씸하고 허탈했다.

전무후무한 장수천의 반전 스토리는 가정환경이 좋고 성적이 우수하면 착하고 모범생이라는 고정관념을 여지없이 파괴한 대표적 사례였다.

별지기의 꿈을 가진 아이

노영수는 엄한길이 교장 2년째 되던 해 입학한 아이였다. 처음에는 그런 아이가 입학했는지조차 몰랐다. 노영수는 표나게 드러나는 지적장애나 ADHD를 가진 아이가 아니었다. 그런 줄 알고 자세히 바라보아야만 그렇구나, 하고 느껴지는 그런 아이였다.

엄한길이 처음 노영수를 본 것은 교정의 벚꽃이 흐드러진 봄날이었다. 신학년 업무 추진 회의로 시 교육청 출장을 갔다가 돌아오는데 수업 시간인데도 웬 녀석이 혼자 주차장 주위를 돌아다니고 있었다. 엄한길이 차를 주차해 놓고 그를 불렀지만, 녀석은 들은 체 만 체했다. 가까이 다가가 왜 수업 시간에 돌아다니느냐, 이름은 뭐냐, 몇 학년 몇 반이냐고 꼬치꼬치 캐물어도 녀석은 얼굴에 웃음을 가득 담고 먼눈만 팔고 서 있었다. 그 모습은 영락없는 천승조였다.

엄한길은 안 되겠다 싶어 휴대전화로 녀석의 모습을 찍었다. 그리고 교무실로 가 수업이 없는 선생님들에게 사진을 보여주었다. 그래서 1학년 2반의 노영수라는 걸 알았다.

"걔는 시간 개념이 없고 통제가 안 됩니다."

쉬는 시간에 담임을 불러 노영수에 대해 물었더니 담임의 답변이었다. 그러곤 노영수는 조손가정의 아이인데, 어릴 때 사고로 머리를 다쳤다는 말을 들었다고 전했다. 엄한길은 그래도 우리 아이인데 방치하지 말고 특별히 관심을 가져 달라고 부탁한 뒤, 정 감당이 안 될 땐 교장실로 보내 달라고 면치레 삼아 덧붙였다.

며칠 뒤 엄한길이 교실 순회를 마치고 돌아와 행정업무시스템으로 올라온 공문을 검토하고 있는데, 담임이 정말 노영수를 데리고 교장실을 찾아왔다. 노영수는 그저 싱글벙글이었다. 별수 없이 담임을 돌려보낸 엄한길은 노영수를 응접 소파에 앉히고 상담용 츄파춥스를 서랍에서 꺼내 건넸다. 그리고 공문 결재를 마치고 마주 앉았다.

"영수야!"

엄한길이 다정히 부르자 노영수는 사탕 껍질을 까다 말고 머리를 들었다.

"영수는 왜 수업 시간에 공부를 안 하고 자꾸 돌아다녀?"

"공부가 재미없어."

노영수는 숫제 반말이었다.

“그래도 학생은 공부해야지. 앞으로 수업 시간에 돌아다니지 않고 열심히 공부하고 오면 또 사탕 주마.”

엄한길의 약속에 노영수는 쓰다 달다 말 한마디 없이 사탕을 빨며 교장실을 나갔다. 엄한길은 한동안 잊고 있었던 승조가 생각나 마음이 울적했다. 노영수가 꼭 승조의 환생 같았다. 친구가 보고 싶어 노영수의 몸을 빌려 나타난 것 같은 기묘한 느낌이 들었다. 한번 그런 마음에 사로잡히자 걷잡을 수 없었다. 창밖을 내다보니 노영수는 사탕을 문 채 도리도리하며 주차장 쪽으로 걸어가고 있었다.

그날 이후, 노영수는 수시로 교장실을 찾아왔다. 어떤 날은 엄한길이 교실을 순회하고 돌아오면 노영수가 먼저 응접 소파에 앉아 엄한길을 기다리고 있을 때도 있었다. 노영수는 정직했다. 왜 수업하다 말고 왔느냐고 물으면 노영수는 대답 대신 허공을 향해 웃음을 날리며 딴청을 피웠다. 그런 때는 절대로 사탕을 달라는 소리를 하지 않았다. 그게 기특해 말없이 츄파춥스를 내밀면 녀석은 멋쩍은 표정으로 슬그머니 손을 내밀었다. 줄 때마다 학생은 선생님 말씀을 잘 듣고 수업을 열심히 들어야 한다는 걸 강조했더니 그게 효과가 있었던지 노영수의 행동에 조금씩 변화가 나타나기 시작했다. 수업을 빼먹는 일이 차츰 줄어들더니 5월이 되어서는 거의 정상 아이들과 똑같이 수업과 야외 활동에 참여한다는 소식이었다.

노영수의 할머니가 학교를 방문한 것은 스승의 날 때였다. 그 날, 노영수 할머니는 삶은 계란 한 판을 보자기에 싸 들고 왔다. 노영수 조모는 엄한길을 보자마자 옛날에 선친이 교장에게 하듯이 코가 바닥에 닿을 듯이 허리를 숙였다. 그러고는 오늘이 스승의 날인데 고마움의 표시로 삶은 계란을 좀 가져왔다며 보자기를 내밀었다. 엄한길은 감사히 받으며 나중에 선생님들과 나누어 먹겠다고 화답했다. 그냥 가려는 걸 간신히 응접 소파에 모셔 차 한 잔을 대접할 때 노영수 할머니가 말했다. 우리 영수가 복이 있으려니 교장 선생님 같은 분을 만나게 되었다고. 그러고는 노영수의 안타까운 사건을 끄집어냈다. 어릴 때 장독대 계단에서 떨어져 머리를 다치는 바람에 그렇게 되었다는 것이다. 그 때문에 지금도 죄지은 심정으로 살고 있다며 염치없지만, 앞으로도 지금처럼 우리 영수를 잘 돌봐주시면 이 은혜는 평생 잊지 않겠다고 눈물을 글썽였다. 말하는 눈빛과 표정에서 할머니의 진정성이 느껴졌다. 엄한길은 능력이 닿는 데까지 최선을 다하겠다고 다짐하고 담임 선생님에게로 안내했다.

노영수 할머니를 돌려보내고 창가에 서서 물끄러미 운동장을 바라보고 있자니 엄한길의 가슴속으로 오랜만에 느끼는 교육자로서의 보람이 봄바람처럼 밀려왔다.

노영수는 엄한길을 '교장아' 또는 '엄 교장'이라고 불렀다. 어느 날 노영수가 물었다. 이름이 뭐냐고. 별생각 없이 남들은 '교장'이나 '엄 교장'이라 부른다고 했더니 그때부터 그렇게 부르기 시작했다. 그 일로 한때 학교에서는 이상한 소문이 나돌았다. 우리 학교에서 가장 높으신 분은 노영수라고. 몇몇 부장 선생님들이 옆에서 듣기에 민망하다며 건의했지만, 엄한길은 '한길아'하고 부르는 것보다 낫지 않느냐고 너스레를 떨었다. 나중에는 교장 수준이 딱 노영수 수준이라고 비아냥거리는 선생님들이 있다는 소문도 들렸지만, 엄한길은 개의치 않았다.

그런 노영수가 어느 날부터 '새벽닭'이라고 부르기 시작했다. 엄한길이 깜짝 놀라 누가 가르쳐주었느냐고 물었더니 노영수가 히죽 웃으며 중얼거렸다.

"몰라."

"솔직히 말해주면 사탕 두 개 주마."

엄한길이 꼬드겼지만, 노영수는 '몰라'만 연발했다. 노영수의 의리는 알아줄 만했다. 한번 약속한 것은 어떤 경우에도 지켰다.

엄한길은 지금도 오동석을 의심하고 있다. 어떤 경로로 그 소문을 들었던지 모처럼 교장실의 유선전화로 전화한 오동석이 재미있어 못 견디겠다는 듯이 이죽거렸다.

"귀교에 이상한 소문이 있던데 사실이냐?"

"무슨 소문?"

"귀교에 교장보다 높은 어르신이 계신다는 소문이 파다하더라고."

오동석은 작년 2월에 명퇴했다. 명퇴한 뒤로는 꼭 '귀교'라는 말을 사용했다.

"난 또……."

"언제 한번 어르신을 찾아뵙고 정식으로 인사드렸으면 하는데, 언제면 가능할꼬."

엄한길은 오동석이 그 핑계로 방문하고 싶어 하는 줄 알고 다가오는 주말에 들르라고 했더니, 정말로 밀짚모자를 눌러쓴 농부 차림으로 오동석이 나타났다.

노영수는 그날 '창의적 체험활동'의 일환으로 운동장에서 축구를 하고 있었다. 그래서 오동석과 노영수의 만남이 이루어졌다. 노영수는 축구를 마친 뒤 교장실을 찾아왔고, 오동석은 친밀감의 표시로 두 팔을 벌려 노영수를 맞았다. 그리고 오동석은 한 시간 가량 노영수를 데리고 교내 구석구석을 돌아다니며 놀았다. 노영수도 의외로 오동석을 거리낌 없이 잘 따랐고, 한 시간 뒤 교장실에 다시 나타났을 때는 마치 오래전부터 알고 지낸 사이처럼 손 잡고 있는 모습이 자연스러웠다.

노영수가 '새벽닭'이라고 부르기 시작한 것은 그 뒤부터였다. 오동석은 딱 잡아뗐지만, 정황상 그의 소행일 가능성이 농후했다.

노영수에게 천승조의 얘기를 해준 것은 그해 여름방학 때였다. 여름방학 때도 노영수는 거의 매일 학교에 나왔고, 엄한길도 직책상 그랬다. 그 무렵의 노영수는 학교에 와도 예전처럼 시도 때도 없이 교장실을 들락거리지 않았다. 저녁 무렵, 당직 선생님도 퇴근하고 없으면 어딘가에 몸을 숨기고 있다가 복병처럼 불쑥 나타나곤 했다. 점심 약속이 있어 나가다가 교문 앞에서 맞닥뜨린 노영수에게 요즘은 왜 놀러 오지 않느냐고 물었더니 노영수는 미안한 듯 예의 웃음을 흘리며 머리만 끄적거릴 뿐이었다. 노영수는 마음이 흰 도화지 같아서 시키는 대로 하는 아이였고, 말하지 말라는 말은 절대로 하지 않은 아이여서 엄한길은 더는 묻지 않았다. 다만, 담임이나 학생부장, 아니면 누군가가 노영수를 개별적으로 불러 지도한 모양이라고 짐작만 하고 있었다.

그날도 엄한길이 퇴근하려고 책상 위의 서류를 정리하고 재킷을 입는데 가만가만 발자국을 죽이며 노영수가 들어왔다.

"좀 전에 교무실 불이 꺼졌어. 다 갔어."

가까이 온 노영수가 말했다.

"앉아."

엄한길은 입었던 재킷을 벗어 옷걸이에 걸었다.

"새벽닭은 나 말고 친구 없어? 맨날 혼자 노는 거야?"

"친구야 많지. 영수가 공부할 때 친구와 놀면 안 되는 것처럼 교장도 근무 중에는 친구와 놀면 안 되는 거야."

"그렇구나."

노영수가 고개를 끄덕였다.

"아무 때나 교장실에 들락거리면 안 된다고 누가 가르쳐 줬어?"

"몰라."

노영수는 대답하고 싶지 않거나 대답하기 곤란할 때는 꼭 그 말을 사용했다. 그러곤 얼른 말머리를 돌렸다.

"나처럼 착한 친구도 있어?"

"있지, 천승조라고."

그래서 노영수에게 승조 얘기를 들려주었다. 승조의 착한 마음씨와 맑은 영혼. 승조의 가난과 꿈. 그러나 나쁜 형들 때문에 끝내 꿈을 펼치지 못하고 하늘의 별이 된 얘기를……. 노영수는 승조의 슬픈 사연을 듣고 눈물을 글썽였고, 천승조의 별을 보고 싶다며 어디서 볼 수 있느냐고 물었다. 여기서는 아주 어둡고 맑은 밤하늘이 아니면 볼 수 없지만, 고향 마을에 가면 언제든 볼 수 있다고 말해주었더니 노영수는 말없이 고개를 끄덕이고는 창곁으로 가 밤하늘을 올려다보았다.

그리고 며칠 뒤였다.

"새벽닭, 날 천승조 고향 마을에 한 번 데려가 줄 수 있어?"

우연히 화장실 앞에서 마주친 노영수가 주위의 눈치를 살피더니 슬그머니 다가와 엄한길에게 속삭였다. 아마도 노영수는 그때까지 천승조를 마음에 담아두고 있었던 모양이었다. 엄한길이 난감해 얼른 대답을 못 하자 노영수가 덧붙였다.

"꼭 한번 보고 싶어. 천승조의 별 말이야."

"알았다. 언제 적당한 날을 잡아 데려가 주마."

엄한길이 엉겁결에 약속했다.

그 후, 노영수는 엄한길을 만날 때마다 언제 데려가느냐고 졸랐다.

엄한길이 노영수를 고향 마을로 데려간 것은 8월 셋째 주 토요일이었다. 엄한길은 부모 산소 벌초를 겸해 노영수를 데려가기로 마음먹었다. 벌초 시기가 조금 빠른 감은 있었지만, 별을 제대로 보려면 음력 9일에서 17일 사이는 피하는 게 좋았다. 8월 셋째 주 토요일은 음력 6월 28일이어서 별 보기에 안성맞춤이었다. 아무래도 하룻밤 묵어야 했으므로 보호자 동의가 필요했다. 엄한길이 전날 가정 방문해 사정을 말씀드리자 노영수 조모는 흔쾌히 동의해 주었다.

노영수의 집을 나오며 오동석의 농막에서 하룻밤 묵을 생각으로 오동석에게 전화했다. 전후 사정을 들은 오동석은 어르신께서 행차하신다는데 감히 거절할 수 있겠느냐고 웃었다. 그러곤 방문 시간을 알려주면 극진히 대접할 만반의 준비를 해놓고 대기하고 있겠노라고 했다.

그날은 날이 쨍쨍했다. 종일 구름 한 점 없어 별을 보기에는 더할 나위 없이 좋았다. 벌초하고 점심 먹을 요량으로 아침나절에 출발했다. 노영수는 출발하기 전부터 한 번도 바깥나들이를 가본 적 없는 아이처럼 좋아서 입이 연방 벌어졌다.

오동석의 고향, 성주 쪽으로 길을 잡았다. 도시를 벗어나자 노영수는 차창 밖의 풍경에 눈을 뗄 줄 몰랐다. 모든 것이 신기하고 경이로운 표정으로 '와! 와!'를 연발했다. 비닐하우스가 장관을 이루는 들판을 지나고 이레재를 넘고 무궁화나무 가로수가 듬성듬성 서 있는 들길과 다리를 건너 옹기종기 모여 앉은 마을로 들어섰을 때는 숫제 창유리를 내리고 괴성 같은 소리를 질렀다.

"여기서 천승조랑 살았던 거야?"

도착해 차에서 내릴 때 노영수가 물었다.

"그럼."

"꼭 꿈나라에 온 것 같아."

"언젠가 와 본 것 같은 느낌은 없어?"

"몰라."

산소는 무성한 푸새들로 자욱했다. 엄한길은 노영수 보기에 창피스럽기도 해 서둘러 작업복으로 갈아입고 예초기를 작동시켰다. 노영수도 거들고 싶어 했다. 갈퀴를 쥐여주며 즉석에서 가르쳤더니 시키는 대로 열심히 갈퀴질했다. 한 시간가량의 작업 끝에 산소 주변이 불을 켠 것처럼 훤해졌고, 그와 동시에 답답하던 가슴도 뚫렸다. 풀 냄새와 산속 공기가 뒤섞여 모처럼 콧속이 호강하는 기분이었다.

벌초를 마치고 엄한길과 노영수는 뒷산의 버섯바위가 있는 중턱으로 올라갔다. 예전의 길은 아카시아, 상수리, 잔솔, 싸리나무로 뒤덮여 지워지고 없었다. 엄한길은 낫으로 길을 내며 올라갔다. 노영수는 숲속에 호젓이 핀 산나리, 개망초, 칡꽃, 으아리꽃 냄새를 맡느라 정신이 없었다. 환영하듯 쏟뜨리는 휘파람새의 청아한 소리가 도시의 소음으로 더뎅이진 귓속을 씻어 내렸다.

바위는 예전 그대로의 모습으로 남아 있었다. 바위 밑에 야외용 돗자리를 깔고 배낭에 넣어온 음식들을 꺼냈다. 김밥과 치킨, 바나나, 사과, 딸기, 샤인머스캣이 담긴 도시락통을 보자 노영수가 감격의 손뼉을 쳤다. 노영수와 동행하는 걸 알고 아내가 특별히 신경 쓴 듯했다.

"천승조랑 여기도 와 봤어?"

치킨과 김밥을 먹을 때 노영수가 물었다.

"그럼. 우리의 비밀 아지트였으니까. 서로 장래의 꿈도 얘기하고"

"진짜 재미 좋았겠다."

"재미는 없었어."

"왜?"

"슬플 때만 왔으니까."

"그렇구나. 근데 천승조의 별은 어디서 볼 수 있어?"

노영수는 여기 온 이유를 그제야 깨달은 듯 물었다.

"여기서도 잘 보이지만, 오늘은 백수 집에 가서 볼 거야."

저번 학교 방문 때 오동석이 노영수에게 그렇게 부르라고 했는지 노영수는 오동석을 그렇게 불렀다.

"왜? 백수 집이 더 잘 보여?"

"그건 아니고. 밤에는 여기가 추우니까."

"이 근처에 있어?"

"차 타고 조금만 가면 있어."

"새벽닭 땜에 내가 진짜 호강하네."

노영수가 해맑게 웃었다.

엄한길과 노영수는 마을과 들판이 저녁놀에 물들 때까지 산속에서 놀았다. 가위바위보로 아카시아 잎 따기, 공기놀이, 끝말잇기, 동요 부르기, 오줌 갈기기……. 어린 시절, 승조와 해보았던 놀이는 다 해보았다. 시간 가는 줄 모르고 놀이에 집중하다 보니 엄한길은 정말 어린 시절로 돌아간 듯했고, 불현듯 노영수가 정말 천승조 같은 착각을 불러일으켰다. 영역을 놓고 다투듯 이따금 숲속의 침묵을 깨는 뻐꾸기, 멧비둘기, 휘파람새의 정겨운 소리와 덜퍽진 풀냄새를 머금은 골바람이 그런 향수에 고명 역할을 했다.

"어디야? 오는 거야, 마는 거야."

오동석의 짜증 섞인 독촉 전화를 받고서야 엄한길과 노영수는 느직느직 산에서 내려왔다.

오동석은 완벽한 준비를 해놓고 엄한길과 노영수를 기다리고 있었다. 붉게 익은 얼굴을 보자 여태 뭘 했느냐고 물었고, 노영수가 엄한길의 눈치를 보다가 "비밀!"이라고 능청을 떨어 분위기는 순식간에 녹녹해졌다. 오동석이 준비한 저녁 메뉴는 삼겹살이었다. 현관 앞 데크 테라스에 야외용 돗자리를 깔고 그 위에 푸짐한 삼겹살과 상추, 깻잎, 실파, 마늘 등속을 담은 쟁반과 기름장, 그리고 휴대용 가스버너와 불판을 갖춰놓고 대기 중이었다.

"별을 보려면 족히 한두 시간은 개겨야 하니까 우선 허기부터 채우자고."

오동석은 주인다운 듬직한 자세로 앉아 불판 위에 삼겹살을 얹으며 말했다. 그의 재우침에 엄한길과 노영수도 둘러앉았다. 노영수는 이런 광경을 한순간도 상상하지 못한 표정으로 황홀경에 빠져 있었다. 고기가 지글거리며 군침을 돋우기 시작하자 그제야 생각난 듯 오동석이 이런 자리에 알코올이 빠지면 섭섭하지, 구시렁거리며 일어났다. 엄한길이 집게를 건네받아 고기를 뒤적거렸고, 오동석이 잠시 뒤 캔맥주, 소주, 캔사이다를 한가슴 붙안고 나왔다.

"어르신도 한잔하시지요."

오동석이 엄한길과 자기의 유리컵에 소주와 맥주를 적당한 비율로 따르고 나서 노영수를 건너다보며 말했다.

"여기서도 계속 그럴 거야? 그만 좀 해."

엄한길이 점잖게 타박했다.

"백수, 새벽닭 말이 맞아. 그냥 이름 불러."

"예썰, 디어 영수 친구 한잔할래?"

"오케바리."

"안 돼."

노영수가 오동석 앞으로 유리컵을 내밀자 엄한길이 제지했다.

"나도 한잔하고 싶은데, 왜 안 된다는 거야?"

"영수는 아직 미성년자니까. 미성년자는 술을 못 먹게 되어 있어."

엄한길이 단호한 목소리로 말하자 노영수가 내밀었던 잔을 거둬들였다.

"결정적인 순간엔 교장 본색이 드러나는구먼."

오동석이 캔맥주를 거두고 캔사이다를 집어 들었다.

옥신각신하는 사이 고기가 거뭇거뭇 타기 시작했다. 셋은 다급히 건배하고 허겁지겁 토막 난 고기를 집었다. 부지런히 먹고 마시는 사이 사위는 빠르게 어둑어둑해졌고, 골짜기에서 불어오는 바람이 시원하고 부드러웠다. 바람 사이로 소쩍새의 정다운 울음소리가 음악처럼 섞여들었다.

별은 서쪽 하늘에서부터 돋아나기 시작했다. 한번 얼굴을 내밀기 시작하자 꽃망울처럼 톡톡 터져 나왔다. 별을 보기에는 더없이 좋은 날씨였다.

"우리 땐 고3 국어 교과서에 나왔는데, 요즘 국어 교과서에 그게 나오나 몰라. 알퐁스 도데의 「별」. 영수 친구, 혹시 그 소설 읽은 적 있어?"

오동석이 자기는 한 번도 선생 노릇을 하지 않은 것처럼 말했다.

"몰라."

노영수가 딴전을 피웠다.

"좌우지간 그 소설을 읽어보면 양치기 목동이 나오거든. 저게 목동의 별이야. 서쪽 저기 하늘에 유난히 반짝거리는 별 보이지?"

"저 별?"

노영수가 한 별을 젓가락으로 가리켰다.

"그래. 우리나라에서는 금성 또는 샛별, 개밥바라기라고 불러. 저 별이 왜 목동의 별이 되었는가 하면 옛날에 시계가 없던 시절에 목동들이 저 별을 보고 시간을 알아보고 했거든. 저 별은 새벽에는 동쪽 하늘에 떴다가 저녁이 되면 저렇게 서쪽 하늘에서 반짝거려."

"신기하네. 왜 개밥바라기라고 불러?"

"응, 그건 저녁에 개가 배가 고파서 저녁밥을 바랄 무렵에 서쪽 하늘에 잘 보인다고 해서 생긴 이름이야."

"근데 천승조의 별은 어디 있어?"

"천승조의 별을 보려면 좀 더 기다려야 해. 주위가 캄캄해야 보이거든."

엄한길이 대답했다.

삼겹살과 라면으로 배를 채운 셋은 어둠이 농익기를 기다리며 시간을 보냈다. 오동석이 기타를 가지고 나와 흥을 돋웠고, 셋은 기타 반주에 맞추어 노영수도 따라 부를 수 있는 동요를 합창했다. 이윽고 하늘이 비좁을 만큼 별들이 총총해졌을 때, 그들은 테라스 끝에 나란히 걸터앉았다. 바야흐로 별의 시간이었다.

엄한길이 말했다.

"영수야, 내가 가리키는 쪽으로 머리를 돌려봐 봐. 저쪽이 북쪽이거든. 저기 반짝이는 별들이 보이지? 하나, 둘, 셋, 넷, 다섯, 여섯, 일곱. 그걸 마음속으로 연결해봐. 그러면, 국 떠먹을 때 사용하는 국자 알지? 그 국자 모양이 돼. 북두칠성이라고 들어 봤어? 저 일곱 별이 북두칠성이야. 내가 저 별에 국자 머리 왼쪽부터 번호를 매겨 볼게. 1번, 2번, 3번, 4번, 5번, 6번, 7번. 번호를 잘 기억해."

"응."

"1번 별이 천승조의 별이야."

엄한길이 두베를 가리키며 말했다.

"우와 진짜 대단한데."

"영수야, 천승조의 별에게 안녕! 하고 손 흔들어 봐."

엄한길이 시키는 대로 노영수가 "안녕!" 하고 손을 흔들었다. 엄한길도 뒤따라 "안녕!" 하고 손을 흔들었다.

"어라, 천승조의 별이 우리에게 인사하네."

오동석이 참견했다.

"난 모르겠는데."

"내 귀에는 승조 친구가 '친구들 안녕'하고 인사하는 소리도 들리는데."

"거짓말."

노영수가 입을 삐쭉 내밀었다.

"진짜라니까. 어이 새벽닭, 네 귀에도 들리지?"

오동석이 엄한길을 향해 눈을 찡긋했다.

"어. 잘 들리는데. 승조가 영수에게 전하는 말도 또렷이 들리는걸. 백수도 들었지?

"그럼. 정말 영수 친구 귀에는 안 들려?"

"난 아무 소리도 안 들리는데. 뭐래?"

"말해줘?"

"응."

"할머님 말씀 잘 듣고, 선생님 말씀 잘 듣고, 공부 열심히 하고…… 음, 또 뭐라더라, 정직하고 착한 학생이 되라네."

오동석이 능청스레 말했다.

"왜 재미없는 것만 하래?"

"그건 나도 모르지. 영수, 소원 있어?"

"몰라."

"자기 말을 잘 들으면 영수 소원도 들어주고 재미나는 별 이야기도 해주겠다네."

"알았어. 하라 해봐."

"내가 대신 전달해 줘?"

"응. 해줘 봐."

"오케이."

오동석이 자세를 고쳐 앉았다.

"천승조의 별에서 왼쪽 위로 쭉 올라가면 반짝거리는 별 다섯 개가 보이지? 그 별들을 선으로 연결해봐. 그러니까 영문자 W 비슷한 모양이 생기지. 저게 카시오페이아라는 별자리야. 왜 서양 이름이냐 하면 최초에 서양 사람이 별 이름을 지었거든. 저 별에는 이런 얘기가 전해 내려와. 카시오페이아는 에티오피아의 왕비야. '케페우스'라는 왕의 부인이자 '안드로메다'라는 공주의 엄마야. 카시오페이아 왕비는 허영심이 많은 여자였어. 자기가 바다 요정들보다 예쁘다고 자랑하고 다니는 바람에 바다 요정들로부터 미움을 샀어. 골이 난 바다 요정들이 바다의 신 포세이돈에게 카시오페이아를 혼내 달라고 요청했어. 그 말을 들은 포세이돈이 괴물 고래를 에티오피아에 보내 보복했어. 그래서 카시오페이아 왕비는 공주와 함께 제물로 바쳐졌지. 포세이돈이 후세 사람들에게 교훈을 심어주기 위해 왕비를 밤하늘의 별자리로 만들어버린 거야. 잘 봐봐. 카시오페이아 별자리는 왕비가 의자에 앉은 채 거꾸로 매달려 있는 모양이잖아. 이건 그녀에게 벌주고 있는 거야. 그러니까 사람은 잘난 체하고 허풍이 심하면 안 되는 거야. 어때? 재미있지?"

"몰라."

노영수가 고개를 가로저었다.

"저 별자리는 북극성을 찾는 데도 도움을 줘."

"북극성은 왜 찾는데?"

"그건 그 별이 북극 가까이에 늘 있어 북쪽 방위를 찾는 데 길잡이 구실을 하기 때문이야. 나침반 알지? 동서남북 방위를 알려주는 기구. 나침반이 없던 시절에는 나그네들이 그 별을 이용해 북쪽 방위를 알아냈어. 그 별이 어디 있는가 하면 내 손가락 끝을 봐봐. 저기 유난히 반짝이는 별이 있지? 저게 북극성이야. 그러니까 아까 새벽닭이 번호를 붙인 별 생각나지? 국자 머리 왼쪽부터 다시 번호를 붙여 볼게. 1번, 2번, 3번, 4번, 5번, 6번, 7번. 1번과 2번을 연결해 1번 쪽으로 쭉 선을 그어 봐. 그러면 1번과 2번 거리 5배쯤 되는 곳에 반짝이는 별 보이지? 저게 북극성이야.

보여?"

"응. 보여."

노영수가 머리를 바짝 쳐들고 대답했다.

"북극성은 다른 별자리의 으뜸별이기도 해. 별자리는 카시오페이아 말고도 무수히 많아. 대개 짐승과 물건들 이름이 많지. 천승조의 별 옆에 흡사 지렁이처럼 길게 꾸불꾸불 이어져 있는 별들이 보이지? 제게 용자리야. 용자리의 몸에 안긴 것 같은 별 여섯 개가 나뭇가지처럼 늘어져 있는 게 보이지? 저게 작은곰자리인데, 저 별의 으뜸별이 북극성이야. 다시 천승조의 별 쪽을 봐봐. 내 손가락 따라 번호 붙인 쪽으로 별들을 연결해봐. 그러니까 꼭 짐승 같은 모양이 생기지? 저게 큰곰자리야. 그 아래 별 세 개는 작은사자자리라고 해. 다시 카시오페이아자리 쪽으로 봐봐. 오른쪽 조금 위 사다리꼴 모양의 별 다섯 개가 보이지? 저게 기린자리야. 카시오페이아자리 아래쪽 별 다섯 개를 이으면 흡사 몽당연필 같은 모양이 생기지? 저건 케페우스, 혹은 세페우스자리라고 해. 별자리는 계절마다 보이는 게 달라. 지금은 여름이니까 여름 별자리가 보이는 거야. 남서쪽으로 봐봐. 유난히 반짝이는 별 세 개가 보이지? 그걸 연결하면 큰 삼각형 모양이 되지? 맨 아래쪽 눈부시게 반짝이는 별, 저게 데네브라고 하는 별이야. 그곳이 백조자리야. 위쪽 두 번째로 반짝이는 별, 저게 베가라는 별인데, 우리나라에서는 직녀성이라고 불러. 그곳이 거문고자리야. 직녀성에서 아래로 쭉 늘어져 세 번째로 반짝이는 별, 저게 알타이르라는 별인데, 우리나라에서는 견우성이라 불러. 그곳이 독수리자리야."

"별자리와 별은 어떻게 달라?"

노영수가 점점 관심을 보이기 시작했다.

"음, 어떻게 설명해야 영수 친구가 잘 알아들을 수 있을까. 비유하자면 별자리는 가정이고, 별은 가정을 구성하는 가족들이야. 가정마다 가족들의 수가 다르듯이 별자리도 그런 거야. 그러니까 가정마다 다 사연이 있듯이 별자리마다 사연들이 있는 거야. 영수 친구는 견우와 직녀 얘기는 들어봤어?"

"몰라."

오동석은 찬찬히 견우와 직녀에 대해 이야기하기 시작했다.

그날, 셋은 밤이 깊도록 별과 함께 놀았다. 여름밤이라 공기가 알맞게 부드럽고 사위가 풍성하고 적요한 어둠으로 둘러싸여 있어 선계에 와 있는 느낌이었다. 어느 순간 노영수의 제안으로 각자의 별도 정했다. 순서는 가위바위보로 했다. 노영수, 엄한길, 오동석 순이었다.

노영수는 용자리의 알파별인 투반을 찜했다. 왜 하필 그 별이냐고 했더니 천승조의 별 가까이에서 천승조의 별을 지켜주고 싶다고 했다. 제법이었다. 엄한길은 큰곰자리의 델타별인 메그레즈를, 오동석은 케페우스자리의 알파별인 알데라민을 찜했다.

내친김에 각자 생각나는 사람들을 초대해 자신의 별자리를 만들어보면 어떻겠느냐는 오동석의 제안에 엄한길과 노영수가 박수로 화답했다. 단, 자신의 별자리에 초대한 사람들은 개인 프라이버시를 감안해 비밀에 부치기로 했다. 역시 가위바위보로 순서를 정했다. 이번에는 오동석, 노영수, 엄한길 순이었다.

오동석은 케페우스자리에 카시오페이아자리의 알파, 베타, 감마별을 더해 꼬부랑 할머니 모양의 별자리를 만들었다. 이름은 '백수자리'로 명명했다. 노영수는 용자리의 알파, 베타, 감마별에 작은곰자리를 더해 아기 안은 아주머니 모양의 별자리를 만들었다. 이름은 '영수자리'로 정했다. 엄한길은 큰곰자리의 주요 별로 자신의 별자리를 만들었다. 알파별(두베)에 천승조, 베타별(메라크)에 조신혜, 감마별(페크다)에 오동석, 델타별(메그레즈)에 차인애, 엡실론별(알리오스)에 손인호, 제타별(미자르)에 남상달, 에타별(알카이드)에 양수종, 용자리 알파별(투반)에 노영수를 배치했다. 모두 소중한 사람들이라 경중을 가릴 수 없었지만, 고민 끝에 그렇게 결정했다. 그리고 자신의 별은 처음 정한 별을 차인애에게 양보했으므로 오미크론별(무시다)로 다시 정했다. 부모님과 세 누나, 세 자녀는 가슴속의 별들로 채웠다. 이름은 '새벽닭자리'. 노영수가 붙였다.

별 놀이는 밤이슬이 테라스를 적시는 자정 넘게까지 이어졌다.

밤이슬에 떠밀려 실내로 들어오자마자 노영수는 곯아떨어졌다. 엄한길과 오동석도 몸이 노곤했지만, 곧장 자고 싶은 기분은 아니었다. 둘은 캔맥주 하나씩을 옆에 갖다 놓고 접이식 바둑판 앞에 마주 앉았다. 노영수의 잠꼬대와 야산에서 들려오는 올빼미의 간헐적 울음소리가 밤의 깊이를 느끼게 해주었다.

"별 이야기, 제법이던데."

엄한길이 말하자 오동석이 캔맥주를 따며 대꾸했다.

"효계는 분필을 놓은 지가 꽤 되어 모르겠구나. 자고로 수업의 질은 교재연구에 비례하지. 낮에 별자리판으로 녹슨 머리를 쓰느라 좀 끙끙거렸지. 명퇴하길 아주 잘한 것 같아. 이젠 힘들더라고."

"고맙다."

엄한길이 바둑판 위에 흑 네 점을 깔며 진심으로 말했다.

노영수는 그날의 추억이 무척 감명 깊었던 모양이었다. 밤하늘에 그렇게 많은 짐승과 이야기들이 숨어 있는 줄은 진짜 몰랐다며 언제 또 한 번 데려가 달라고 엄한길에게 졸랐다. 어느 날은 도서관에서 빌렸다며 『별지기 아저씨가 들려주는 별 이야기』라는 책을 들고 와 다 읽었다고 자랑했다. 엄한길이 놀라움을 표시하며 읽은 소감을 물었더니 자기의 별자리가 된 용자리와 작은곰자리 이야기를 해주었다. 그러고는 말했다.

"왜 별 이름은 모두 서양말로 되어 있는 거야? 이름이 어려워 혼났어."

"그건 서양 사람들이 우리보다 별에 대한 관심이 더 많고 먼저여서 그런 거야."

엄한길이 친절히 답해 주자 노영수는 고개를 끄덕였다.

"저번에 천승조의 별이 자기 말을 잘 들으면 소원 들어준다고 그랬잖아. 지금도 그 말이 유효할까?"

"그럼. 영수에게 소원이 생겼어?"

"이 책 읽고 생겼어. 비밀인데 새벽닭한테만 살짝 말해줄게. 다른 사람한테는 절대로 말하지 마."

엄한길이 약속하자 노영수가 말했다.

"커서 별지기가 되고 싶어. 별지기가 되어 천승조의 별이랑 우리 별자리를 지키고 싶어. 백수에게만 살짝 말해줘. 노영수가 백수자리를 꼭 지켜주겠다고 하더라고."

"분명히 약속했다. 할머님과 선생님 말씀 잘 듣고, 공부도 열심히 하고, 정직하고 착한 학생이 되겠다고."

"어렵지만 노력해 볼게. 별지기가 되려면 그 방법밖에 없잖아."

"만일 영수가 약속 지키면 내년에 또 데려갈게."

"정말?"

노영수의 눈이 반짝 빛났다.

"그럼."

엄한길이 힘차게 고개를 끄덕이자 노영수는 신나서 돌아갔다.

그 후, 노영수는 약속을 지키기 위해 무척 애썼다. 전보다 일찍 등교했고, 어떤 날은 교정의 휴지를 한 움큼 주워 와서 엄한길에게 검사를 맡으러 오기도 했다. 표정도 밝았다. 담임과 교과 선생님들께 물어보니 수업을 빼먹는 일도 없을 뿐만 아니라 매우 열심이라는 것이다.

집에서도 그런가 싶어 할머니께 전화했더니 할머니가 상기된 목소리로 말했다. 기특하다고. 밥투정도 안 하고 방 청소도 잘하고, 전에는 쳐다보지도 않던 설거지를 어느 때부터 스스로 한다는 것이었다. 그런데 한 가지 걱정스러운 게 있다며 조심스럽게 말을 꺼냈다.

"다 잘하는데 밤마다 장독대로 올라갑니더. 별 본다미. 또 다칠까 걱정도 되고, 지금은 안죽 날이 안 추워 괜찮은데 추울 때도 그칼까 싶어 그기 걱정입니더. 고것만 고치면 딱 좋겠는데……. 교장 선상님께서 잘 타일러 주시이소. 이 은혜는 핑생 안 잊겠심더."

다음 날 엄한길은 노영수를 불러 밤마다 장독대에 올라가지 않겠다고 약속하면 별자리판을 사주겠다고 제안했다. 그랬더니 그게 뭐냐고 물었다. 엄한길은 인터넷을 열어 실물을 보여주며 자세하게 설명해 주었다. 그러자 호기심이 발동한 노영수가 즉석에서 약속했다.

엄한길은 퇴근하는 대로 시내 교구사에 들러 별자리판을 구입해 노영수에게 선물했다. 선물을 보자 노영수는 별 보러 갈 때만큼 좋아했고, 다시는 장독대에 올라가지 않겠다고 다짐했다. 노영수는 한번 약속한 것은 꼭 지켰으므로, 며칠 뒤 할머니에게 전화했더니 교장 선생님이 주신 선물을 받은 뒤로 장독대에는 올라가지 않는데 주야장천 그걸 붙들고 앉았다는 전언이었다. 그랬다. 노영수는 한번 무엇에 빠지면 끝없이 몰입하는 집요함이 있었다.

그 뒤로 노영수의 손에는 언제나 별자리판이 쥐어져 있었다. 등하교할 때는 물론이고 특별실로 이동할 때나 쉬는 시간에도 들고 다녔고, 심지어 점심시간에도 그것을 들고 식당으로 갔다. 수업 중에도 그걸 옆에 두고 수시로 본다고 했다. 좀 심하다 싶어 불러 주의 주어도 그때뿐이었다. 주의의 약효가 떨어지면 어느새 원점으로 돌아가 있었다.

노영수의 별자리판에 대한 열정은 해가 바뀌어도 여전했다. 별자리판뿐만 아니었다. 노영수는 별에 관한 책이란 책은 모조리 도서관에서 빌려 닥치는 대로 읽었다. 읽다가 이해가 안 되면 가져와 묻기도 했다. 비전공자인 엄한길인들 제대로 알 리 없었다. 앞으로 과학 선생님께 물으라고 했더니 그때부터 죽으라고 꽁무니를 쫓아다니며 물어대는 통에 죽을 맛이라고, 어느 날 과학 선생님이 찾아와 하소연했다. 겨울방학을 넘기자 노영수는 진정한 실력을 갖춘 별지기가 되어 있었다. 별에 관한 한 모르는 게 없었다. 계절별 별자리 이름, 별자리에 얽힌 이야기, 별의 탄생과 소멸 과정 등, 한번 별에 관한 이야기가 나오면 끝이 없었다. 2학년이 되면서 노영수의 이름 앞에는 '별 박사'라는 새로운 닉네임이 붙었다. 그러나 노영수는 그 닉네임을 그다지 달가워하지 않았다. 한번은 엄한길이 '별 박사'라고 불렀더니 노영수가 뚱한 표정으로 중얼거렸다.

"난 별 박사보다 별지기가 더 좋은데."

그 뒤로 엄한길은 별 박사 대신 별지기라고 불러주었다.

"새벽닭, 내 부탁 하나 들어줄 수 있어?"

노영수가 엄한길에게 느닷없이 제안한 것은 지난 6월 중순경이었다. 그날도 엄한길은 저녁 먹고 느직이 학교로 갔다. 그 무렵이면 이웃 주민들이 뜸했다.

엄한길은 교감이 된 뒤부터 특별한 일이 없으면 학교로 가 한 시간 정도 운동장 트랙을 걸었다. 오십 초반을 넘기면서 점점 체중이 늘고 혈압도 정상 범위를 벗어나 고심하던 중 의사의 권유로 시작했는데, 결과는 놀라웠다. 그 뒤로 엄한길은 걷기를 생활화했다.

노영수가 학교에 오기 시작한 것은 두 달 전쯤이었다. 엄한길이 저녁 먹고 자주 학교에 온다는 사실을 알게 된 뒤부터였다. 그날도 노영수는 걸은 지 한 시간이 다 되어 갈 무렵, 운동복 차림으로 모습을 드러냈다. 그 무렵의 노영수는 철들어 남들이 보는 앞에서는 대놓고 "새벽닭!"하고 부르지 않았다. 부를 일이 있으면 기다렸다가 아무도 없거나 있으면 가까이 다가와 귀엣말로 나직이 부르곤 했다. 노영수의 귀엣말을 듣고 돌아보았을 때, 노영수가 웃으며 엄지척했다. 엄지척은 노영수의 인사법이었다. 엄한길도 엄지척하며 노영수를 반갑게 맞았다. 노영수의 손에는 언제나처럼 별자리판이 쥐어져 있었다.

"뭔 부탁?"

노영수가 제안한 것은 두 사람이 현관 옆 벤치에 앉아 엄한길이 가져온 비트 찻물을 나누어 마시고 있을 때였다. 엄한길은 찻물을 마시다 말고 노영수를 돌아보았다. 운동장은 어둠으로 가라앉아 있었고, 걷는 사람이 없었다.

노영수가 말했다.

"작년에 천승조 마을에 갔을 때 산에서 새벽닭이랑 그랬잖아. 또 그래보고 싶어."

"뭘?"

"오줌 말이야."

"그래? 지금 현관문이 잠겨 있을걸."

그때만 해도 엄한길은 단순하게 생각했다.

"화장실 말고. 거긴 너무 답답해."

그러곤 노영수가 덧붙였다.

"학교 뒤편 은행나무에서, 어때?"

학교 뒤편에는 제법 널찍한 공간이 있었고, 거기에 돌멩이로 둥글게 가두리 한, 꽤 헌거로운 수은행나무가 서 있었다. 은행나무는 교목이었다.

"안 돼."

엄한길이 단호하게 말했다.

"왜?"

"소변은 반드시 화장실 변기에서 봐야 하는 거야."

엄한길이 차분하게 설득했다.

"그때도 화장실이 아니었잖아."

"그때와는 달라. 여긴 학교고, 엄연히 가까운 곳에 화장실이 있고……."

"그래도 그래 보고 싶어. 내 부탁 들어주면 새벽닭 부탁도 한 가지 들어줄게. 뭐든 말해."

노영수가 별자리판을 만지작거리며 말했다.

"그럼 그것, 학교에 안 가져올 수 있어?"

엄한길이 턱으로 별자리판을 가리키며 말했다. 그러면 노영수가 그건 말고, 할 줄 알았다. 그런데 머뭇거리던 노영수가 좋아,

하고 일어섰다. 엄한길은 난감했다. 이러지도 저러지도 못하고 멍하니 앉아 있는데 노영수가 덧붙였다.

"따라 와."

그 한마디가 엄한길의 미래를 갈랐다. 안 일어날 재간이 없었다. 솔직히 말하면 그날 엄한길은 그곳에서 실례하지 않았다. 실례하는 시늉만 냈을 뿐이었다. 노영수는 어땠는지 기억에 없다. 그러나 그것으로 끝이었다.

끝의 처음

“여보, 집에만 있지 말고 산책하든지 활동 좀 하세요.”

엄한길이 퇴직한 지 한 달이 지나도록 집에만 틀어박혀 있자 조급증이 난 아내가 잡쳤다. 엄한길은 눈앞의 풍경을 담으며 못 들은 척했다. 가을 기운이 완연한 시가지는 아침 햇살로 눈 부셨다. 차들이 파도처럼 끝없이 밀려가고 밀려오고 사람들은 저마다의 목적지를 향해 부지런히 발길을 놓고 있었다. 부러웠다. 어디로 갈 데가 있고, 갈 수 있다는 게 행복이란 걸 시간이 갈수록 절감하고 있었다.

퇴직 후, 엄한길의 바깥 소통은 베란다가 유일했다. 외출이라곤 퇴직 첫날 부모 산소에 벌초 다녀온 일과 이수인 일행이 들이닥쳐 잠시 막창집엘 들른 것과 잠깐 노영수를 만나보고 온 것이 다였다. 왠지 사람 만나는 게 두렵고 싫었다. 어쩌다 쓰레기를 비우러 나가거나 급히 필요한 물품을 사러 잠깐 마트에 들를 때도 등산모와 마스크로 얼굴을 최대한 가렸다. 그러지 않으면 괜히 불안했다.

엄한길은 여전히 그 사진의 충격에서 자유롭지 못했다. 그날의 행위 자체는 입이 열 개라도 할 말이 없지만, 문제는 사진이었다. 인적이 드문 그믐밤이었고, 보안등은 우련하게 켜져 있었지만 폐쇄회로 TV가 없는 곳이었다. 그런데 어찌하여 그 모습이 적나라하게 찍혔을까. 그 의문은 아직도 엄한길의 가슴속에서 풀리지 않는 수수께끼로 남아 있다. 그 미스터리는 세상에서 믿을 곳은 집뿐이라는 확실한 깨달음을 심어주었다.

"내 말 들었어요?"

아내가 베란다로 얼굴을 내밀었다.

"알았소."

엄한길은 그제야 시선을 거두었다.

아내가 약국으로 출근하는 기척이 느껴졌다. 엄한길은 현관문이 닫히는 소리를 듣고서야 거실로 들어왔다. 또 지루한 하루가 시작되고 있었다. 요즘은 무얼 해도 재미가 없었다. 소파에 앉아 리모컨으로 TV 채널을 돌려보거나 컴퓨터 앞에 앉아 애써 눈을 끔벅거려 봐도 금세 싫증이 났다. 책도 손에 잡히지 않았다. 퇴직 후 읽을거리를 손에 잡은 것이라곤 아내가 현관 앞에서 가져온 조간신문이 다였다. 그것도 큰 글씨의 제목만 대충 훑고 내려놓았다. 온종일 멍청히 앉아 있거나 거실과 주방을 서성거리고 있노라면 시간은 한없이 더디게 흘러갔다.

엄한길은 아내의 체면과 성의를 생각해 등산복으로 갈아입었다. 그리고 둥근 챙이 있는 국방색 등산모와 흰 마스크로 얼굴을 최대한 가리고 현관을 나섰다. 왠지 모든 것이 낯설었다. 엘리베이터 앞에서 잠시 두리번거리다 버튼을 눌렀다.

"핸드폰은 챙겼어요?"

아내에게 눈도장을 찍기 위해 약국에 갔을 때 아내가 말했다. 엄한길은 대답 대신 바지 주머니에 넣어둔 휴대전화를 꺼내 번쩍 들어 보였다.

"한 시간 뒤에 전화해 볼게요. 꼭 켜두세요."

엄한길은 고개만 끄덕이고 약국을 나왔다. 꼭 어린애가 된 기분이었다. 어디로 갈까. 막상 약국을 나섰으나 방향이 잡히지 않았다. 무작정 아파트 담장 길을 따라 걸었다. 노란 가로수의 은행잎이 가을을 채색하고 있었다. 얼굴을 가렸으나 스치는 행인과 눈이라도 마주치면 반사적으로 어깨가 옴츠러들고 고개가 꺾였다. '아이고, 교장 선생님 아니세요?' 이 순간 가장 듣기 싫은 말은 그 인사말이었다. 그 상상만으로도 엄한길은 등줄기가 꼿꼿하게 굳었다. 아무 데나 몸을 숨기고 쉬고 싶었다.

한참을 걷다 보니 자그마한 공원 같은 숲이 나타났다. 드문드문 벤치도 놓여 있었다. 엄한길은 외진 벤치로 가 앉았다. 그것도 걸었다고 가슴이 들썩이고 목덜미가 끈적끈적했다. 가문비나무 숲에서 내려오는 바람이 시원하고 달콤했다.

엄한길은 바지 주머니에 넣어둔 휴대전화를 꺼냈다. 그제야 여태 전원을 꺼두고 있었다는 걸 알았다. 전원을 넣자 막혔던 수챗구멍처럼 뚫리기 시작했다. 배터리 충전이 30%가량 남아 있었고, 다행히 아내의 전화는 없었다. 몇 통의 부재중 전화와 누군가의 문자메시지가 들어와 있었다.

교장 선생님, 차인애입니다. 퇴직하셨다는 소식을 듣고 몇 차례 전화를 드렸으나 연결이 되지 않아 망설임 끝에 문자를 드립니다. 그동안 교육에 열정을 쏟으시느라 수고 참 많으셨습니다. 남들은 어떻게 생각할지 모르지만, 저는 교장 선생님을 잘 압니다. 결코, 비교육적 행동을 하실 분이 아니라는 것을요. 우리 사회의 가장 큰 폐단은 원인이나 과정을 깡그리 무시한 채 오직 결과만을 중시하는 나쁜 풍조라고 생각합니다. 교장 선생님은 언제나 저의 롤 모델이셨습니다. 멀리서 조용히 지켜보았지만 한결같더군요. 제가 지금까지 교장 선생님을, 사랑할 순 없지만, 진심으로 존경하는 이유입니다. 언제 기회가 되면 꼭 저녁을 대접하고 싶습니다. 늘 건강하고 행복한 나날을 보내세요.

- 차인애 드림

고맙습니다, 차 교장.

엄한길은 메시지를 읽자 까닭 없이 눈물이 솟구쳤다. 세상 사람들이 다 손가락질해도 단 한 사람만이라도 진심을 알아준다면 그것으로 족하다고 생각했는데, 그 단 한 사람이 차인애라는 사실에 엄한길은 적잖은 위로와 감동을 받았다. 차인애는 엄한길보다 일 년 먼저 교장이 되었다. 그때 엄한길은 축전을 보내주었고, 일 년 뒤 엄한길이 교장이 되었을 때는 그 답례로 축하 난 화분을 보내주었다. 그렇게 교육 동지로서 교통하고 있었지만, 그녀가 지금까지 그렇게 생각하고 있는 줄은 몰랐다.

미안합니다, 차 선생.

엄한길은 메시지 앱을 닫으며 가만히 중얼거렸다. 차인애는 아직도 독신이다. 그녀는 원래 독신주의자가 아니었다. 가정을 꾸리면 아들이든 딸이든 둘 이상은 낳고 싶다는 속내를 엄한길에게 내비친 적도 있었다. 그래서 엄한길은 차인애가 결혼 적령기를 훌쩍 넘길 때까지 독신으로 살고 있다는 소식을 접했을 때, 공연히 미안했고, 일말의 책임감 같은 걸 느꼈다.

"지금 어디에요?"

정확히 한 시간이 되자 아내에게서 전화가 왔다. 여기가 어딘지 정확히는 모르지만 얼마 떨어지지 않은 공원 같은 숲이라고 하자 아내가 명령하듯 말했다.

"그럼 12시까지 이리로 오세요. 맞은편에 도가니탕 집이 새로 생겼어요. 거기서 점심 먹어요."

"번거롭게 그럴 필요가 뭐 있소. 집에서 아침에 먹던 국 데워 한술 뜨면 되지."

"그냥 내가 하자는 대로 해요. 언제까지 그렇게 살 순 없잖아요. 당신이 무슨 큰 죄를 지은 것도 아니고. 시간 꼭 지켜요."

"알겠소."

엄한길이 풀 죽은 목소리로 대답했다.

아내와 통화를 끝내고 시간을 보니 아직 한 시간이나 남아 있었다. 곧장 집으로 가 좀 쉬다가 나올까 하다가 근처를 산책하기로 했다. 그랬다. 아내의 말처럼 무슨 큰 죄를 지은 것도 아닌데, 위축될 필요가 없었다. 차인애의 진심 어린 메시지도 큰 힘이 되었다. 좀 당당해지자. 엄한길은 애써 어깨를 펴고 발길이 닿는 대로 인도를 걷기 시작했다. 한번 통화가 터지니 거푸 터졌다. 엄한길이 전화를 받자 도리어 상대가 놀라 소리쳤다.

"아직 살아 있었어?"

재직 때 친하게 지내던 대학 동기인 현직 교장이었다.

"그럼, 뒈진 줄 알았어? 엄한길이 보기보다 강단 있다고."

엄한길은 부러 크게 껄껄 웃었다.

엄한길은 점심 후 곧바로 집으로 들어왔다. 단 30분이라도 걷다가 들어가라는 아내의 권유를 귓등으로 듣고 곧장 승강기 쪽으로 향했다. 오랜만에 걸어서인지 아랫도리가 후들거리고 어깨가 자꾸 내려앉았다. 종합비타민과 오메가3을 챙겨 먹고 소파에 앉아 바둑TV의 바둑을 시청하고 있자니 졸음이 쏟아졌다. 간밤에도 거의 잠을 못 자 눈알이 모새를 흩뿌린 듯 따끔거렸다. 반은 졸고 반은 시청하며 무료하게 오후의 시간을 죽이고 있는데, 또 전화가 왔다. 엄한길은 미처 전원을 꺼놓지 못한 걸 후회하며 전화를 받았다.

"이번에도 전화기 꺼져 있으면 쳐들어갈까 했더니 내 성질 눈치챘나 보네."

오동석이었다. 오동석은 여전히 씩씩했다.

"용건만 말해."

"야, 친구끼리 꼭 용건이 있어야 전화하냐. 이번에는 용건이 있어서지만."

"용건?"

"차 교장이 퇴임 축하 기념으로 저녁을 사겠다는데."

"차 교장이?"

엄한길은 그녀의 문자메시지를 받지 못한 것처럼 반문했다.

"쓰리 쿠션으로 청탁이 들어왔더라고. 어때? 그립고 아쉬움에 가슴 졸이던 머언 먼 젊음의 뒤안길에서 이제는 돌아와 거울 앞에 선 국화가 되어 보면 말이야."

"유치하긴. 그러기엔 세월이 저만큼 줄행랑치지 않았냐."

"겨우 이 나이에 뒷방 늙은이 곰방대 두드리는 소리 하고 있네. 넌 안 그렇냐. 요즘 들어 이상하게 그 생각이 자꾸 나더라고. 넷이서 역 뒤편의 포차에서 닭똥집, 제육볶음을 안주로 막걸리를 퍼마시던 시절 말이야."

"그게 늙었다는 증거지."

"그래서 방금 생각났는데, 그 시절로 마구마구 역주행해 보면 어떨까, 싶거든."

"아직도 그 포차가 있어?"

"당연히 없지. 내 생각엔 내 별장에서 그때를 재연해 보면 어떨까, 싶어. 상상만 해도 엄청 재미있을 것 같지 않냐."

오동석은 자신의 농막을 꼭 별장 아니면 세컨드 하우스라 불렀다.

"물론 효계 자네는 천생 범생이니까 그 순간 거울 대신 조 약사 얼굴이 태산처럼 가로막겠지. 하지만 그건 염려 딱 붙들어 매라고. 조 약사가 그런 깜냥이 안 되는 사람도 아니고. 내가 확실히 보증서고 허락을 받아낼 테니까……."

"차 교장이 동의 안 할걸."

"차 교장은 전혀 걱정할 필요 없고. 내가 꽉 잡고 있으니까."

"오 백수, 낮술했어? 심하게 오버한다."

"두고 보라니까. 그리고 술이면 술이지, 술에 낮이 있고 밤이 있냐. 말이 난 김에 말뚝을 콱 박아 버리자고. 이번 주말로. 효계나 나나 남는 게 시간뿐이니까 시간 없단 소린 못할 거고. 그날 보자."

그러고는 오동석은 일방적으로 전화를 끊었다. 엄한길은 어이없어 끊어진 휴대전화 화면을 멀거니 들여다보다가 피식 웃었다.

"내일 오 선생님 별장에서 한잔하기로 했다면서요?"

오동석이 정말 아내에게 귀띔한 모양이었다. 약속 전날 밤, 아내가 잠자리에서 그 얘기를 끄집어냈다. 그 친구 싱거운 사람인 것 당신도 알지 않느냐며 신경 쓰지 말라고 했더니 아내가 말했다.

"제 걱정 말고 기분 풀고 오세요."

"괜찮겠소?"

"괜찮지, 그럼. 안 괜찮을까 봐요."

"누가 참석하는지도 알고 있소?"

"오 선생님이 말씀해 주시더라고요. 차 교장 선생님이 마련한 자리라고요."

아내는 아무렇지도 않은 듯 말했다. 아내는 과거 둘의 관계를 알고 있었다. 결혼 직전, 엄한길이 솔직히 말해주었다. 아내가 덧붙였다.

"전 정말 괜찮으니까 기분 풀고 오세요. 정말 그럴 의향이 있었다면 지금까지 가만있었겠어요. 전 당신을 믿어요. 과거에도 그랬고, 지금도 그렇고, 앞으로도…….”

“고맙소.”

엄한길은 아내가 자신을 전적으로 신뢰해 준 데 대해 한없이 뿌듯함을 느꼈다.

다음 날 오후, 오동석은 제 마누라를 조수석에 태우고 엄한길의 아파트로 왔다. 엄한길을 태운 오동석이 인사차 약국 앞에 차를 세우자 아내가 미리 준비한 과일과 비타500과 간 해독제라며 넣은 박스를 트렁크에 실었다.

“제수씨, 내가 눈 부릅뜨고 일거수일투족 감시하고 있을 테니 염려 붙들어 매십시오.”

“아이고, 둘은 떠밀어도 못할 사람들이에요.”

반쯤 열어둔 창문 너머에서 잘 놀다 오라고 인사하는 아내에게 오동석과 나정숙이 웃으며 말했다.

“차 교장은 자기 차로 바로 오기로 했어. 올봄에 이 사람이랑 한번 다녀갔거든.”

창을 올리고 출발하며 오동석이 말했다.

차인애는 오동석의 차가 도착하고 10분쯤 뒤에 왔다. 엄한길은 코앞에서 차인애를 보기는 오동석 결혼 이후 처음이었다. 같은 교육계에 있었지만, 공사립이라 만날 기회가 거의 없었다. 관리자가 된 뒤로 출장 갔을 때 먼발치로 보긴 했지만, 굳이 알은체하지 않았다. 작년 오동석의 딸 결혼 때도 그녀는 오지 않았다.

나중에 오동석에게 들으니 부친상을 당해 오지 못했다고 했다.

차인애는 30년 세월을 건너뛴 것 같았다. 피부의 탄력만 조금 옅어졌을 뿐, 머리 스타일, 표정, 몸피, 옷매무새, 모든 것이 예전 그대로였다.

"반가워요."

차인애는 아무렇지도 않게 웃으며 다가와 손을 내밀었다. 엄한길은 두 손으로 차인애의 손을 감쌌다. 감싼 두 손 속에 복잡미묘한 감정을 담았다.

오동석의 말은 빈말이 아니었다. 정말 그 시절의 버전으로 술상을 차릴 모양이었다. 오동석이 트렁크에서 끄집어내는 술은 온통 막걸리였다. 농막 뒤 빈터에는 그 시절을 흉내 낸 포차가 가설무대처럼 설치되어 있었다.

나정숙과 차인애가 술상을 차릴 동안 엄한길과 오동석은 비닐하우스 앞에서 얼쩡거리며 노닥거렸다.

"영수 친구 근황은 알아봤어?"

"그런대로 지내는 모양이야. 지난달 초에 집 근처에서 한 번 봤는데, 아직 상황 파악을 못하고 있더라고."

"암만 생각해도 이상하단 말이야."

"뭐가?"

"해프닝. 혹시 영수 걔, 그때 뭔가 다르지 않았어?"

"걔가 그럴 애야?"

"내 말이……."

"문제는 사진인데, 우연치고는…… 좀 그렇긴 해. 다 지나간 일이지만."

"아무튼 미스터리야."

오동석이 담배를 빼 물며 갑을 내밀었지만, 엄한길이 손사래 쳤다. 엄한길은 교감이 된 뒤부터 담배를 끊었다.

나정숙이 오라고 손짓했다. 짧은 시간에 차린 걸 보면 안주는 집에서 미리 준비해 온 모양이었다. 오동석이 얼른 담배를 밟아 끄고 앞장섰다. 휘장을 들추고 들어가니 놀라웠다. 탁자와 의자와 바닥도 옛날 '원조 성주집'과 똑같았다. 그뿐이 아니었다. 차려놓은 안주와 노란 양은 술잔과 주전자까지.

"와! 완벽하구먼."

엄한길의 입에서 저절로 감탄이 터졌다.

"이 양반이 똥고집을 부려 주전자와 술잔을 사러 온 전통시장을 헤맸구만."

나정숙이 웃으며 말했다.

네 사람은 그때처럼 마주 앉았다. 그러자 정말 그 시절로 돌아간 기분이었다.

넷은 양은 잔에 막걸리를 가득 채워 그때처럼 두 손으로 잔을 받쳐 들고 건배했다. 한 모금 마신 차인애가 "날을 참 잘 잡은 것 같아요."라고 만족감을 표시했고, 이럴 때는 더없이 싹싹한 오동석이 "신이 우릴 가상히 여기사 마구마구 축복해준 거죠."라고 마침가락으로 추임새를 넣었다. 아닌 게 아니라 분위기 살리기에 더할 나위 없는 날씨였다. 춥지도 덥지도 않은 기온에, 휘장을 밀치고 들어온 바람은 부드럽다 못해 감미로웠다. 이대로 하늘이 먹빛 어둠을 빨아들인다면 작년처럼 별들의 환상적인 축제도 만끽할 수 있을 것 같았다.

차인애의 주량은 여전했다. 똑같은 속도로 술잔을 기울이는데도 엄한길과 오동석에 조금도 꿀리지 않았다.

"얘는 술 실력으로 교장 땄나."

"그거 노랑 신문에 났데?"

따라가다 지친 나정숙이 놀리자 차인애가 넉살을 떨었다. 성격은 그때보다 훨씬 적극적이고 활달하게 변해 있었다.

넷은 땅거미가 질 때까지 그 시절로 돌아가 떠들며 즐겼다. '이제는 말할 수 있다'의 토크쇼의 게스트처럼 기억을 속속들이 들추어내고는 함께 웃었고, 그리워했고, 아쉬워했다. 기억이란 아름답고 긍정적인 것보다 부끄럽고 부정적인 것들이 더 오래 남는 법. 그때 왜 그랬을까. 그때 일을 생각하면 쥐구멍에라도 들어가고 싶다. 쥐구멍이면 약과게. 나는 자다가도 가슴이 찌지직 타고 머리칼이 쭈뼛 선다. 끝내는 술자리가 아쉬움과 부끄러움으로 도배돼 이내가 깔린 저녁 풍경처럼 숙연해지기도 했다.

"행복하시죠?"

나정숙이 저녁 대용의 라면을 끓이러 나가고 오동석이 전화를 받느라 잠시 자리를 떴을 때였다. 차인애가 어색한 분위기를 의식한 듯 웃으며 말했다. 엄한길은 어떻게 대답해야 좋을지 몰라 조금 뜸을 들였다가 동문서답하듯 대답했다.

"잊지 않으시고 따뜻한 위로의 문자를 보내주셔서 감사했습니다. 제게는 천군만마를 얻은 느낌이었습니다."

"진작 알았으면 좀 더 일찍 보냈을 텐데 그런 면에 둔감하다 보니 늦게야 알게 되었어요."

"실망하셨겠군요."

"전혀요. 메시지에도 그렇게 썼지만, 오히려 효계 선생님답다고 생각했어요. 그 일로 위축되지 않았으면 좋겠어요. 진심이에요."

"고맙습니다."

엄한길은 감격스러워 목이 멨다.

"그렇게 마주 앉아 있으니까 새로 미팅하는 분위기네."

"행동 각별히 조심해라. 일거수일투족 눈 녹화 중이다."

나정숙이 라면을 끓여 냄비째로 들고 들어오며 말했고, 오동석이 담배를 신발 밑창에 비벼 끄고 다가오며 협공했다. 차인애는 아이고 참, 하며 웃었고, 엄한길은 괜스레 얼굴이 붉어졌다. 어디선가 무엇에 놀란 꿩의 소스라친 울음이 아득히 일었다.

하늘은 결코 실망시키지 않았다. 라면으로 저녁을 때우고 포차 밖으로 나와 잠시 저마다의 자세로 쉬고 있노라니 별들이 꽃씨를 터드리듯 섬섬히 돋아나기 시작했다. 여름 밤하늘과는 달리 고즈넉한 장관이었다. 테라스 끝에 나란히 앉은 나정숙과 차인애는 별을 생전 처음 보는 사람처럼 감탄사를 연발했고, 그 앞에 선 오동석은 박자를 맞추듯 가을은 가을대로 맛이 있네, 혼잣말로 중얼거렸다. 엄한길은 별을 보자 노영수가 생각났다.

어느새 또 죽이 맞은 넷은 자연스럽게 동심으로 돌아가 별들을 관객 삼아 아는 동요란 동요는 다 소환해 불렀고, 대학 시절에 유행했던 통기타 가수들의 노래를 합창했다. 그리고 밤이 이슥해져 한기가 느껴질 무렵 근처의 모텔로 이동했다. 오동석이 사전에 예약해 두었고, 거기서도 그냥 자 버리기가 아쉬워 캔맥주 파티를 열다가 자정이 한참 지나서야 두 개의 방에 동성끼리 나뉘어 일박했다.

효계 선생님, 잘 들어가셨나요? 지난밤은 오래도록 아름다운 추억으로 가슴속에 남을 것 같아요. 건강한 모습을 뵈니 무척 반가웠어요. 제가 선생님을 뵙고 싶었던 것은 간절한 바람이 있었기 때문이에요. 기회를 엿보고 있었지만, 좀처럼 그럴 기회가 없더라고요. 선생님, 다시 용기를 내보세요. 저는 선생님의 재능을 믿어요. 용기를 내어 쓴 첫 번째 글이 소설이었으면 좋겠어요. 언젠가 제 문방 책장에 엄효계의 소설이 꽂히기를 손꼽아 기다릴게요. 그것으로 독후감을 써서 엄효계 작가에게 부치는 날을, 모란이 피기를 기다리는 영랑처럼 지금부터 기다리고 있을게요. 초대에 응해주셔서 감사드립니다.

- 차인애 드림

갈 때처럼 오동석의 차를 타고 집으로 돌아와 샤워하고 쉬고 있는데, 차인애에게서 문자가 왔다. 엄한길은 즉시 열어 긴장한 눈으로 메시지를 읽고 또 읽었다. 읽을수록 그 옛날 그녀가 보낸 책 속에서 찾아낸 편지를 읽을 때처럼 기분이 야릇했다.

엄한길은 메시지 앱을 닫고 뒤숭숭한 가슴을 다스리기 위해 베란다로 나갔다. 먼 풍경에 눈을 주고 몽몽히 서 있자니 불현듯 생각났다. 지금도 '뮤즈'라는 이름의 음악감상실이 명맥을 유지하고 있는지, 그리고 여전히 주말마다 음악감상실에 가는지 물어본다는 걸 깜박했다는 것을. 언젠가 학사서점에 들를 일이 있어 갔을 때, 문득 생각나 올라가 본 적이 있었는데, 그 자리엔 PC방으로 바뀌어 있었다.

그리고 또 있다. 하긴 어느 순간 생각났더라도 차마 물어볼 수야 없었겠지만, 2년 남짓 주고받았던 그 책들은 어떻게 했는지……. 그녀의 책들은 엄한길의 문방 책장 속 어느 한 녘에 아직도 고스란히 보관되어 있다. 소장 가치뿐 아니라 책으로서의 가치도 없지 않기에 엄한길은 굳이 폐기해야 할 필요성을 느끼지 못했다.

"여보, 나 소설 한번 써볼까. 이 나이에 쓸 수 있을까?"

그날 밤 엄한길은 잠자리에서 망설임 끝에 용기를 내어 아내에게 가만히 물어보았다. 그러나 아무런 기척이 없었다. 돌아보니 그새 아내는 잠 속에 빠져 있었다. 미처 염색하지 못한 아내의 머릿밑이 희끗희끗 새싹처럼 돋아 있었다.

엄한길이 노트북의 문서 폴더를 열어놓고 일주일째 멍청히 앉아 있던 저녁 무렵이었다. 주소록에 등록되어 있지 않은 전화가 왔다. 엄한길은 처음에는 받지 않았다. 1분 간격으로 세 번째 컬러링이 흘러나왔을 때, 마지못해 집어 들었다.

"교감 쌤! 양수종입니더."

엄한길은 처음 상대를 얼른 알아보지 못했다. "누구?" 하고 되물었을 때, 상대가 "교감 쌤 속 썩이다가 시골로 전학 간 양수종임더."라고 덧붙였을 때야 아, 양수종! 하고 깨달았다. 그 순간 미안함이 가슴을 훑고 지나갔다.

양수종은 전학 간 뒤에도 두어 번 문자를 보내주었다. 엄한길은 그때마다 새로운 환경에서 새로운 마음으로 열심히 학교생활을 하라는 내용의 답장을 보내주었다. 그 뒤로는 소식이 없었다. 장수천의 정체가 드러난 뒤로 마음 한구석에 양수종에 대한 미안함이 뭉근히 자리하고 있었지만, 시간이 흐르면서 그것도 묽어졌다.

"반갑다, 양수종. 지금 어떻게 지내고 있어?"

엄한길은 미안한 마음을 목소리에 담아 필요 이상으로 목소리를 높였다.

양수종은 시골에서 고등학교까지 졸업하고 지금은 가스 배달원으로 일하고 있다고 했다. 네가 전화할 줄 몰라서 얼른 알아보지 못해 미안하다고 했더니 오히려 자주 연락드리지 못해 죄송했다고 미안해했다. 그러곤 긴히 드릴 말씀도 있고 저녁을 사드리고 싶다며 오늘 시간이 안 되면 최대한 가까운 날짜에 약속을 잡아 주시면 만사를 제쳐두고 찾아뵙겠다고 했다. 엄한길은 그러잖아도 그때 양수종의 진심을 무시한 것에 대해 사과도 할 겸 만나고 싶었는데, 잘 되었다 싶었다. 그래서 흔쾌히 수락했다. 지금 어디냐고 물었더니 양수종이 대답했다.

"쌤 아파트 근처라예. 이따 신혜약국 맞은편에 있는 반점에서 뵙겠심더."

"알았다. 곧 나가마."

그 반점은 양수종이 봉사활동을 끝냈을 때 대견해 탕수육과 짜장면을 사준 곳이었다. 엄한길은 바로 옷을 갈아입고 나갔다. 약국에 들러 아내에게 전후 사정을 설명하고 나오니 양수종이 맞은편 반점 앞에서 엄한길을 알아보고 손을 흔들었다. 엄한길은 횡단보도의 신호등이 녹색으로 바뀌자마자 선걸음을 놓았다. 양수종은 엄한길을 보자 구십도로 인사하고는 엄한길이 내민 손을 두 손으로 힘껏 감쌌다. 그새 양수종은 몰라보게 성장해 있었다.

"봉사활동 마치던 날 쌤께서 여기서 탕수육하고 짜장면을 사주싰잖아예. 지금도 그게 안 잊어져예. 쌤한테 얻어먹기는 털 나고 처음이었거든예."

반점 한 녘에 마주 앉았을 때 양수종이 말했다. 엄한길은 양수종에게 정식으로 사과했다. 양수종은 그 일은 다 잊었다며 밝게 웃었다. 양수종이 짜장면을 주문하기 전에 탕수육과 소주 한 병을 먼저 시켰다.

"쌤께서 갑자기 그만두셨다는 소식을 듣고 그쪽 애들에게 물어봤어예. 전후 사정을 들어보이까네 대박 구린내가 확 풍기데예. 공부 머리는 없지만 그런 촉은 엄청 발달했거든예."

양수종이 소주병 뚜껑을 열어 엄한길의 잔에 공손히 술을 따르며 말했다.

"지금도 연락하고 지내?"

엄한길이 따라 주려 하자 양수종이 사양했다.

"그럼예. 자주는 못 만나지만, 가끔씩."

양수종은 자작한 소주를 단번에 털어놓곤 말을 이었다.

"한마디로 말해서 교감 쌤은 보복당한 깁니더. 장수천 따까리들한테."

"뭔 소리냐?"

"그 새끼들한테 보복당한 거라고예."

"그게 말이 되나. 장수천이 떠난 지가 언젠데."

"교감 쌤은 그쪽 세계를 잘 몰라서 그래예. 세월이 지나도 마음만 묵으면 얼마든지 영향력을 행세할 수 있어예. 염주처럼 선후배로 끈끈히 연결되어 있거든예."

"글쎄다. 선뜻 이해가 안 된다만."

"교감 쌤께서 잘 돌봐준, 좀 모자라는 아 하나가 있었다면서예?"

"있었지, 노영수라고."

엄한길이 바로 시인했다.

"그걸 알고 가를 이용해 묵은 기라예."

"그럴 리 없다. 노영수는 법 없이도 살 착한 애야."

엄한길이 단호하게 말했다.

"그래서 가를 이용해 묵었다니까예. 가가 뒤늦게 사태를 파악하고 엇그제 학부를 찾아가 다 나발을 불었어예. 누가 시켜서 그랬다고. 시키는 대로 안하면 죽이겠다고 협박해서 그랬다고."

"도저히 네 말을 못 믿겠다."

"정 안 믿기면 당장 학부에게 전화해 알아보시이소. 확실하다니까예. 제가 그 정보를 입수하고 하루빨리 쌤을 만나 뵙고 싶었던 건 나쁜 새끼들을 그대로 놔두면 절대로 안 된다는 걸 꼭 말씀드리고 싶어서라예. 골치 아프니까 학교에서 쉬쉬하다가 그대로 덮어버릴 분위기라예. 그러이까 쌤 명예를 회복해야 되지 않겠습니꺼."

"도저히 믿기지 않는다만, 암튼 귀띔해 줘서 고맙구나. 내가 한번 알아보마."

엄한길은 서둘러 그 문제에서 빠져나왔다. 술로 거푸 가슴속을 씻어 내렸지만, 믿어지지 않긴 마찬가지였다. 엄한길은 탕수육과 술 몇 잔을 먹고 나니 저녁 생각이 없었다. 그러나 양수종이 기어이 간짜장 두 그릇을 주문했다. 잠시 뒤 주문한 간짜장이 나왔고, 엄한길은 양수종의 성의를 생각해 깨끗이 비웠다. 엄한길이 계산하려 했으나 양수종이 한사코 계산대 앞으로 카드를 내밀었다.

양수종과 작별하고 돌아오는 엄한길의 발걸음은 무거웠다. 꼭 도깨비에게 홀린 기분이었다. 약국은 문이 닫겨 있었다. 엄한길은 약국 뒤편 놀이터 옆 벤치에 앉아 혼란한 머리를 식혔다. 뚜렷한 근거도 없이 남을 의심하면 안 되지만, 이사장에게 제보한 학모가 학모를 코스프레한 장수천의 어머니일지도 모른다는 의구심이 쉬이 뇌리에서 떠나지 않았다. 그 학모라면 그러고도 남았다. 그 사건 때 그녀의 적나라한 모습을 보았다. 우리 수천이가 그럴 리 없다고, 모두 누군가가 꾸며낸 음모라고, 도도하던 평소의 그녀 같지 않게 생떼를 부리던 모습과 아들의 범행이 물증과 증인으로 속속 확인되자 나중에는 촌지까지 내밀며 제발 한 번만 선처해 달라고 마치 엄한길에게 그런 권한이라도 있는 것처럼 하소연하던 모습, 장수천이 결국, 재판에 넘겨지자 교사와 전교생 명의의 탄원서를 제출해 달라고 읍소작전을 펴던 모습이 물 위의 그림자처럼 일렁거리며 떠올랐다. 엄한길은 학모의 마음을 십분 이해할 수 있었지만, 규정대로 엄정하게 처리할 수밖에 없었고, 그렇게 처리했다. 물론 탄원서도 정중히 거절했다. 폭력은 어떤 경우에도 용서하거나 관용을 베풀어서는 안 된다는 게 엄한길의 확고하고 일관된 신념이었다. 그런 불만들이 쌓여 양수종의 말처럼 장수천의 사주를 받은 따까리들이 은밀히 그런 음모를 획책했는지도 몰랐다.

사건 발생 일주일 만에 경찰에 연행된 장수천은 최종 단기 2년 6월, 장기 4년의 형을 확정받고 김천소년교도소에서 수감 생활을 하다가 작년에 출소했다.

양수종의 말이 사실이라면 자신의 계획이 성공적으로 마무리된 날, 녀석은 얼굴에 만면의 웃음을 지었을 것이다. 아니 어쩌면 그 옛날 오 총사처럼 제 똘마니 앞에서 거짓 눈물을 흘렸을지도 모른다. 제가 제일 존경하던 분이셨는데…… 나직이 중얼거리며. 상상만으로도 가증스럽고 끔찍했다.

"당신, 안 좋은 일 있었어요?"

집으로 돌아오니 소파에 앉아 주말 드라마를 보던 아내가 물었다. 아내는 9월 중순부터 방영된 KBS2 주말 드라마 '하나뿐인 내 편' 시청에 열성이었다. 엄한길은 대꾸 없이 제 방으로 들어가 학생부장에게 전화했다. 양수종의 말은 사실이었다. 그저께 노영수가 찾아왔더라고 했다. 협박한 놈들의 명단을 죄다 파악해 놓았다며 학생부장이 언성을 높였다.

"교장 선생님, 이 나쁜 새끼들을 어떻게 할까요? 억울하게 당한 걸 밝혀야 하지 않겠습니까?"

"교장 선생님과 상의해 조용히 처리해 주게. 이미 다 지나간 일인데, 새삼 들쑤셔서 어쩌겠나. 학교 이미지도 그렇고 노영수도 심적 부담이 클 테고……."

"저는 아직도 미스터리합니다. 교장 선생님께서 왜 노영수를 그렇게 감싸고 도는지……."

"그런 것 없네. 단지 걔의 눈높이에 맞는 교육을 했을 뿐이네."

학생부장과 통화를 마치고 나오니 아내는 큰딸과 전화하고 있었다. 엄한길은 조용히 베란다로 나갔다. 그래도 반 울분은 풀린 기분이었다. 무서웠을 텐데, 용기를 내준 노영수가 기특하고 고마웠다. 엄한길은 늘 묵직하게 짓누르고 있던 양어깨가 비로소 조금 가벼워진 느낌이었다.

어둠에 잠긴 앞산의 먼 능선을 바라보니 불현듯 아버지 생각이 났다. 죽어서 훨훨 새가 되고 싶어 했던 아버지. 그 소원은 이루어졌을까. 아버지는 일평생 자신의 삶이 아닌 타인의 삶을 살다가 죽었다. 돌이켜보면 엄한길의 삶도 엄상출의 그것과 별반 다르지 않았다. 이제는 훨훨 탈피하고 싶었다. 연습이나 연기가 아닌, 있는 그대로의 삶을 살고 싶었다. 아버지가 이루지 못한 삶을 이루기 위해서라도…….

밤하늘엔 조각배 같은 반달이 떠 있었다. 어디에도 별은 없었다. 그 많던 별들은 다 어디로 갔을까. 엄한길은 '새벽닭자리'의 별들을 찾으러 달에게로 갔다. 달을 타고 힘차게 노를 저으며 하염없이 별을 찾고 있을 때, 별 대신 아내의 목소리가 유리문 너머에서 별처럼 반짝거리고 있었다.

"눈치를 보니 네 아빠가 요새 소설은 쓰고 싶은데 마음대로 안 되는 모양이더라. 그래서 표정이 어두워. 응, 응. 네 친구 아빠 중에 창작 교실을 운영하는 분이 계시댔지? 거기에 수강하시게 하면 어떨까 해서……. 응, 응. 아무래도 체계적으로 배우는 게 낫겠지. 응, 응. 잘됐네. 네가 알아보고 아빠께 효도해."

통화를 끝낸 아내가 다시 드라마에 몰두하고 있을 즈음, 엄한길은 거실로 들어왔다. 그리고 못 들은 척 시치미 떼고 아내 곁에 앉았다. 아내가 뭔 말을 하기를 기다리며 덤덤히 텔레비전에 눈을 박고 있자니 오늘 밤은 이래저래 여느 밤보다 더 오래 별을 외어야 할 것 같은 불길한 예감이 들었다.

염원의 밤

초판 1쇄 인쇄일 • 2023년 5월 25일
초판 1쇄 발행일 • 2023년 5월 30일

지은이 • 이연주
펴낸이 • 임성규
펴낸곳 • 문이당

등록 • 1988. 11. 5. 제 1-832호
주소 • 서울시 성북구 동소문로 65-2 삼송빌딩 5층
전화 • 928-8741~3(영) 927-4990~2(편)
팩스 • 925-5406

전자우편 munidang88@naver.com

ISBN 978-89-7456-549-7 03810

값은 뒤표지에 표시되어 있습니다.

잘못된 책은 바꾸어 드립니다.
저자와의 협의로 인지는 생략합니다.